Um **romântico** incorrigível

Um **romântico** incorrigível

Devan Sipher

Tradução
Ana Death Duarte

1ª edição

Rio de Janeiro-RJ / Campinas-SP, 2012

VERUS editora

Editora: Raïssa Castro
Coordenadora Editorial: Ana Paula Gomes
Copidesque: Entrelinhas Editorial
Revisão: Anna Carolina G. de Souza
Capa e Projeto Gráfico: André S. Tavares da Silva

Título original: *The Wedding Beat*

ISBN: 978-85-7686-187-4

Verus Editora Ltda.
Rua Benedicto Aristides Ribeiro, 55, Jd. Santa Genebra II, Campinas/SP, 13084-753
Fone/Fax: (19) 3249-0001 | www.veruseditora.com.br

CIP-BRASIL. CATALOGAÇÃO NA FONTE
SINDICATO NACIONAL DOS EDITORES DE LIVROS, RJ

S626r

Sipher, Devan
Um romântico incorrigível / Devan Sipher ; tradução Ana Death Duarte. - 1.ed. - Campinas, SP : Verus, 2012.
23 cm

Tradução de: The Wedding Beat
ISBN 978-85-7686-187-4

1. Ficção americana. I. Duarte, Ana Death. II. Título.

12-4053 CDD: 813
CDU: 821.111(73)-3

Revisado conforme o novo acordo ortográfico

Impresso pelo Sistema Cameron da Divisão Gráfica do Grupo Editorial Record

A todos os noivos e noivas que compartilharam suas histórias... e inspiraram a minha

Agradecimentos

Quero agradecer a todos que já disseram "sim".

Na vida, existem tantas oportunidades para a rejeição. Especialmente quando se é escritor. Assim, não consigo enfatizar o bastante como me sinto grato a todas as pessoas que já me apoiaram.

No topo dessa lista está Danielle Perez, da Penguin, que deu uma chance a um romancista de primeira viagem, assim como minha agente, Deborah Schneider, que tem sido minha sábia e leal parceira nessa jornada.

Quero agradecer aos meus pais, por terem fé em mim e apoiarem minhas escolhas. Ao meu irmão, por me dizer com sinceridade que eu devia escrever sobre o que eu quisesse. E à minha avó, por ser uma fonte de inspiração (na vida real, ela tem noventa e cinco anos e realmente corre todas as manhãs).

Não gosto quando os autores fazem longas listas de agradecimentos a pessoas de quem a maioria dos leitores nunca ouviu falar, então, por favor, me perdoem pelo que vem a seguir. Estes são alguns escritores maravilhosos cujo nome em breve pode estar na sua estante de livros ou no seu e-reader – isso se já não estiver. Eles compartilharam comigo seu talento, gosto e paciência nas inúmeras vezes em que reescrevi trechos e mantiveram o senso de humor todas as vezes que perguntei: "Assim fica melhor, pior ou dá exatamente na mesma?" (É impressionante de quantas maneiras se pode fazer algo dar "exatamente na mesma".)

Então, obrigado a Stacey Luftig, Badria Jazairi, Jami Bernard, Stephen Gaydos, Kimberlee Auerbach Berlin, Andrea York, Frank Basloe, Nina Dec,

Wendy Shanker, Amy Welsh-Hanning, Adam Szymkowicz, Janis Brody, Amy Klein, Anne Newgarden e a todo o grupo de escrita criativa de domingo. E um obrigado especial a Susan Shapiro (que virá a esta página antes de ler o livro), por me forçar a ir além dos meus limites e por ser a irmã mais velha que nunca tive (e nem sempre quis ter).

Tenho mais uma lista de pessoas sem as quais este livro simplesmente não existiria, começando com Robert Woletz, do *Times*, cuja generosidade tanto como editor quanto como pessoa é igualável apenas por seu impecável julgamento. Obrigado a Heidi Giovine e a Erika Sommer, sem as quais eu nunca teria trabalhado no *Times* para início de conversa, e a Lois Smith Brady, por estabelecer um padrão impossivelmente alto na arte de redigir colunas sobre casamentos.

Agradeço também a Elizabeth Hayes, por acreditar que eu tinha este livro em mim muito antes de eu mesmo acreditar nisso. A Rich Green, por crer que ele poderia virar filme. A Ken Sandler, o mecenas do mundo da publicidade médica, e a Jean Banks, da BMI, pelo apoio que me deram em todos estes anos (e ao falecido Allan Becker, por encorajar um garoto de vinte e três anos com um grande sonho).

A Julia Fleischaker, Erin Galloway, Katie McGowan, Cathy Gleason, Victoria Marini, Rosalind Parry e Adrian Garcia, por todo o esforço em meu nome.

A Ruth Andrew Ellenson, Julie Doughty, Nicki Wheir e Kelly Macmanus, por não apenas oferecer ajuda, mas prover ajuda vital no momento em que era mais necessária.

A June Cuddy, Vincent Mallozzi, LeAnn Wilcox e Nadine Brozan, por me acolherem na fraternidade localizada à 229 West 43rd Street e por me instruírem em suas tradições.

A dr. Bruce Yaffe, dr. Craig Antell e dra. Sandra Engelson, por me manterem saudável.

E a Stacey Luftig e Badria Jazairi, por me manterem são.

Há tantas pessoas na minha vida, tanto pessoal quanto profissional, que ofereceram apoio crucial e fizeram de mim o escritor (e a pessoa) que sou hoje. Porém, como diz Gavin no livro: "Tudo na vida é uma escolha". E estou escolhendo parar aqui.

Prólogo

Bloco de notas do repórter: 31 de dezembro de 2007

Alguém me ajude! Sou um prisioneiro numa cerimônia formal de casamento na véspera do Ano Novo! Para falar a verdade, não bem um prisioneiro, e sim um trabalhador forçado por meio de um contrato assinado com um jornal ganhador do Prêmio Pulitzer cujo nome não posso revelar.

Já se passaram cinquenta e sete minutos e a cerimônia ainda nem começou. O quarteto de câmara está tocando "Endless Love" pela terceira vez. Alguém atire em mim agora, por favor?

Estou rabiscando no meu bloco de notas, tentando esquecer que sou um solteiro de trinta e sete anos sozinho em plena véspera de Ano Novo. Não, sozinho não. Cercado de casais. A única mulher solteira aqui é a avó da noiva, que tem oitenta e cinco anos e é corcunda. E até ela tem companhia.

Não gostaria de estar aqui. Não quero escrever sobre um casamento na Fundação de Artes Angel Orensanz, uma antiga sinagoga do século XIX no Lower East Side, para a qual vão as noivas fashionistas em busca do estilo exuberante do centro da cidade. Quero ficar com a Jill. Quero beijar sua nuca e envolver seu corpo com os braços enquanto nos embalamos no vaivém do samba no Blue Iguana.

Uma dama de honra finalmente caminha até o altar da antiga sinagoga. Lentamente. Nunca antes ouvi tocarem "Canon", de Pachelbel, tão devagar. Uma florista flutua numa nuvem de tafetá branco. Com grandes olhos e longos cachos castanhos.

Vejo a noiva parada sob o brilho âmbar da luz de velas, e algo em mim se entrega. Não consigo deixar de pensar em todas as noivas que vieram antes dela, conectadas por um vestido branco, uma aliança de ouro e um primeiro beijo. É um momento de sublime esperança.

E faz com que eu me sinta insuportavelmente sozinho.

1

Um peixe morto na mesa principal e outras confusões de festas

— Você sabia que a Sarah Jessica Parker se casou aqui? – balbuciou Barbara em tom de fofoca.

A organizadora do casamento estava tentando me distrair. E por um bom motivo. Sarah Jessica Parker nunca matara uma carpa. Olhei de relance para o peixe importado, com seus matizes dourados, flutuando letárgico no ponto central da mesa da noiva.

– Você sabe, a Mimi e a Sarah Jessica frequentam o mesmo massagista – Barbara me informou, falando com admiração tanto da noiva quanto da atriz da moda. – Elas têm uma estética muito parecida.

A única estética que eu conseguia notar era a extravagância absoluta. Garçons vestindo smokings serviam Dom Pérignon e antepastos de caviar beluga sob jardins suspensos de hortênsias brancas, que pendiam do teto abobadado do Angel Orensanz. O santuário, transformado num espaço para eventos e produções artísticas, estava enfeitado com candelabros de prata com pouco mais de dois metros de altura, além de cortinas de contas de cristal que circundavam vinte e cinco mesas cobertas com reluzentes toalhas brancas de seda e renda francesas, combinando com o vestido da noiva. No centro de cada uma dessas mesas, erguia-se um aquário cilíndrico de vidro com carpas iridescentes que nadavam em meio a orquídeas submersas.

Exceto na mesa da noiva, na qual as flores afogadas não eram as únicas vítimas.

– Chame o cara dos peixes – Barbara gritou em seu headset. Em seu terninho preto sem forma, ela não parava de mexer os braços feito louca, enxotando dali Eddie Wong, a Annie Leibovitz dos fotógrafos de casamentos, que tirava fotos da carpa camicase.

– Você tem de me prometer que não vai escrever sobre isso no *The Paper* – me implorou Barbara, agarrando meu braço como se ele fosse sua boia particular. – A noiva ficaria arrasada. Ela é vegetariana.

Sorri como se tivesse entendido a ligação, o que foi uma escolha ruim. Sorrir só encoraja as pessoas a continuar falando.

– Mimi queria que este dia fosse perfeito. Como seu amor por Mylo. Sabe, ela o amaria mesmo se ele fosse um limpador de fossas.

Só que Mylo não era limpador de fossas. Era sócio de um fundo de investimento no setor imobiliário que não gostava de ter o nome estampado em jornais. Ou pelo menos foi o que me disse umas seis vezes o diretor de comunicações.

– Mimi sabia que estava destinada a ficar com o Mylo desde a noite em que se conheceram – prosseguiu Barbara. – Eles são como Romeu e Julieta. Tirando a parte do suicídio.

A saga sem veneno fatal dos dois teve início no verão passado, numa festa surpresa em um iate de mais de duzentos pés, em Sag Harbor. O iate era dele. A surpresa era dela. A atração foi imediata. A festa terminou lá pelas quatro da manhã, e Mimi ficou a bordo do iate de Mylo – durante as seis semanas seguintes. Depois disso, ela se mudou para a cobertura duplex dele na Park Avenue. Fim do Ato Um. O Ato Dois teve início quando ela descobriu que já existia uma sra. Mylo, que, com muita relutância, estava abrindo mão de tal honroso título. Lágrimas se seguiram. Lá se foi a arrumação de malas. Lá se foram as reservas em St. Barts.

– Gavin... – Barbara ronronou meu nome. – Ninguém além de você teria o dom de capturar a magia da história deles! Você vai ficar aqui até os balões da meia-noite, não vai? – Era a sexta vez que ela me fazia essa pergunta. – Teremos um espetáculo virtual de fogos de artifício projetado por Stephano Spanetto!

Pouco me importaria se tal espetáculo tivesse sido projetado até pelo Steven Spielberg. Os únicos fogos de artifício em que eu estava interessado eram naqueles que vivenciava quando estava com Jill, e minha meta era estar ao lado dela quando o relógio soasse meia-noite. Batalhei uma reserva no Blue Iguana para as onze e meia, na esperança de conseguir chegar a tempo, e de que Jill fosse boa no improviso. O problema é que já passava das dez.

– Vou ver o que posso fazer – foi minha resposta evasiva.

– Mas, Gavin, é véspera de Ano Novo.

Exatamente. Eu não queria passá-la assistindo ao desenrolar de uma festa de construtores e incorporadores do ramo imobiliário como se ainda fosse 2006. Eu não deixaria o trabalho ser minha única prioridade. Não este ano. Eu não era mais o homem de trinta e dois anos que caíra de paraquedas num trabalho no jornal mais importante do país. Num piscar de olhos, cinco anos se passaram, ou, para ser mais preciso, num estado de privação de sono, já que eu vinha trabalhando mais de oitenta horas por semana. Os cabelos brancos foram abrindo caminho em meio aos meus cabelos castanho-claros. E, com isso, minha resolução de que as coisas mudariam. Este seria o ano em que eu finalmente encontraria alguém inteligente e com jogo de cintura. Alguém com raciocínio rápido, coração bondoso e um belo sorriso. Alguém como a Jill.

Executiva de contas de uma agência de publicidade com uma improvável predileção por filmes do Fellini, Jill chamou minha atenção no mês passado durante uma corrida de cinco quilômetros no Central Park. Corri ao lado dela durante a última volta, e fiz questão de deixar que ganhasse de mim. Ela ficou encantada. Eu fiquei eufórico. Tínhamos dado um jeitinho de nos encontrarmos apenas algumas vezes desde então, de forma que passar o Ano Novo juntos era um salto. Não para a humanidade. Mas o repórter em mim prefere olhar antes de saltar – e reunir as informações fornecidas pelas fontes que corroborem o salto.

– Os balões são uma representação simbólica da jornada emocional da noiva no dia do casamento – persistiu Barbara sem ironia. – Sua presença é obrigatória.

Barbara passara de fã bajuladora para aprendiz de fascista. Fazia horas que eu estava no Angel Orensanz, e tinha entrevistado todo mundo, menos os encarregados da limpeza dos banheiros. Embora o casamento tivesse sido marcado para as sete, já passava bastante das oito quando o sacerdote episcopal deu início à misteriosamente atrasada cerimônia – "uma obra de Deus", segundo Barbara. Traduzindo: a noiva teve um problema com o vestido (estrategicamente resolvido com o uso de um pequeno broche de diamante que o noivo comprou numa espécie de operação de resgate na Bergdorf).

A "hora" do coquetel já estava alcançando a marca de uma hora e meia. Calculei que, se saísse de fininho depois da dança dos noivos, teria tempo suficiente para buscar Jill e chegar a tempo de nossa reserva, presumindo que os deuses dos táxis estivessem a meu favor.

Mas e se houvesse algo realmente extraordinário com o lance dos balões? E se o casal dissesse ou fizesse algo à meia-noite que, de forma perfeita, expressasse a essência de seu relacionamento?

Enquanto conferia meu relógio, lembrei-me da meia dúzia de entrevistas que fizera com a noiva e o noivo antes da cerimônia. Eu já tinha em meu computador um arquivo com mais de quarenta páginas, ou aproximadamente dez mil palavras para um artigo de mil palavras. Porém, sempre havia mais que eu poderia fazer, e sou do tipo de pessoa que sempre teme perder algo essencial.

– Mimi ficará tão desapontada se você não estiver aqui – disse Barbara num sussurro meio alto, com a intenção de que os outros também ouvissem, bem no momento em que o casal, por fim, fez sua grande entrada. Eles se arrastaram salão adentro, e a silhueta esguia de sereia de Mimi vinha na frente da estrutura de ombros largos do noivo, que vestia um confortável smoking de botões com lapela estreita. A cor prateada metálica de sua gravata combinava com os grampos dos cabelos presos dela. Enquanto iam passando em meio à multidão, ambos sorriam, acenavam, batiam palmas e se beijavam. E, sim, eles reluziam.

– Você nunca seria capaz de imaginar tudo que ela passou. – Barbara suspirou antes de se apressar na direção de um homem com a barba por fazer, vestindo regata e carregando uma rede de pesca. E um balde.

Mimi não era exatamente a heroína trágica que Barbara insinuava que fosse, mas, aos catorze anos, foi diagnosticada com escoliose e passou três anos usando colete para a coluna. Durante uma de nossas conversas, ela me mostrou uma foto de quando era adolescente usando uma engenhoca esquisita, com tensores de metal, que cobria metade de seu corpo. Sua irmã a descreveu como uma jovem ágil, extrovertida, cujo mundo mudara da noite para o dia. Numa escola secundária inflexível quanto à condição do aluno, todos os dias Mimi era alvo de insultos e ridicularizada por seus antigos colegas da equipe de tênis, tanto por causa do inevitável ganho de peso, quanto pelas roupas largas e desalinhadas. Deixada de lado nas danças em quadrilha, ela jurou que um dia seria capaz de ficar ereta num vestido sem alças. Menos de uma década depois, ali estava ela: envolta em uma renda etérea adornada com contas.

Algo dentro de mim se dissolveu. Não, ela não queria encontrar a cura para o câncer nem fazer do mundo um lugar melhor para uma espécie de coruja em extinção. Mimi só queria ser bela. E ter uma boa postura. E ela era. E ela tinha. Estava muito orgulhosa de sua aparência e da forma como ele olhava para ela. Dava para notar o quanto ele a queria a seu lado. O quão solitário parecia o braço direito dele sem envolvê-la. Naquele momento, eu de fato acreditei que ela o teria amado até mesmo se ele fosse um limpador de fossas. Droga, até mesmo se ele fosse um colunista de jornal.

Quando os dois chegaram à pista de dança, a orquestra com doze membros se pôs a tocar um exuberante arranjo da canção "SexyBack", de Justin Timberlake, e meus olhos ficaram marejados. Então peguei meu celular e liguei para a Jill.

– Estou a caminho – disse, ansioso para ver aonde a noite poderia nos levar.

– Gavin, não estou me sentindo muito bem – disse Jill com uma voz fraca, soando mais distante que o outro lado da cidade. – Corri meia maratona hoje pela manhã e estou acabada.

Não perguntei por que ela foi correr meia maratona em plena véspera do Ano Novo, porque aquilo pareceria uma crítica. Porém, já havia me passado pela cabeça mais de uma vez que Jill era meio obcecada por todo esse lance de maratona. Eu gostava do êxtase que sentia quando corria, mas havia algo punitivo demais numa corrida de mais de quarenta quilômetros. No entanto, eu gostava dessa paixão e da energia dela.

E a quem eu estava tentando enganar? Eu também gostava da sua excelente forma física.

– Sinto muito. Se você preferir, podemos ficar em casa hoje à noite.

Eu já estava visualizando uma noite tranquila no aconchegante edifício sem elevador de Jill no West Village, só nós dois e uma garrafa de champanhe. Que a verdade seja dita: nunca fui fã de celebrações de Ano Novo. Pessoas demais, desesperadas demais para serem felizes.

– Não quero acabar com a sua festa – disse ela.

Sinais vermelhos de aviso piscavam em meu cérebro, mas os ignorei.

– Posso levar alguma coisa daquele restaurante italiano que você gosta – sugeri.

– Você está numa festa ótima. Por que ia querer sair daí?

– Porque prefiro estar com você – disse, na esperança de parecer charmoso, e não carente. – Sushi? – Sem resposta. – Posso chegar aí em meia hora.

– Não é uma boa ideia. – Sirenes gritaram na minha cabeça. – Tenho companhia – ela declarou, soando vagamente como se estivesse pedindo desculpas.

Engoli em seco. Fique frio, disse a mim mesmo. Seja forte. Confiante.

– Isso quer dizer que você não quer mais sair comigo? – perguntei.

NÃÃÃÃÃÃÃÃÃOOOOO!!!! Como pude ter dito uma coisa dessas? É por isso que sou escritor. Por isso anoto palavras em papéis. Para poder editá-las. Para não dizer a primeira coisa idiota que me vem à cabeça.

Silêncio. Um doloroso e embaraçoso silêncio. E eu não podia fazer nada além de esperar, enquanto a Orquestra Don Diamond, numa suave transição, começava a tocar uma versão disco de "Can't Buy Me Love".

– Não é nada pessoal – disse Jill finalmente, antes de desligar.

Casais eufóricos passavam por mim, a caminho da pista de dança, sem nem ao menos me notar. Um garçom distribuía apitos coloridos e chapéus de festa.

Barbara passou apressada por mim:

– Jonathan Adler desenhou os chapéus e os assinou um por um. São colecionáveis. Você vai ficar para os balões? Diga que vai ficar.

– Claro – eu disse entediado, enquanto um padrinho bêbado fazia um brinde, dando as boas-vindas ao Ano Novo.

2

Nunca tenha pais

— Estamos preocupados com a sua ex-mulher – foi a primeira coisa que meu pai me disse ao me ligar às oito da manhã no dia seguinte, provando que nunca é cedo demais para um comportamento fantasioso.

– Não tenho ex-mulher – foi minha resposta.

– Mas um dia pode ter – disse ele.

Eu havia pulado do meu sofá-cama, achando que era uma ligação do meu editor, fiquei aliviado por ser só o meu pai me desejando feliz Ano Novo. Ou pelo menos achei que fosse esse o motivo da ligação de Saul Greene a seu primogênito. Boas notícias e surtos aleatórios sempre se alternam na minha família.

– Você precisa se preparar para a pior das situações – declarou meu pai.

– Fomos a um seminário de planejamento imobiliário – minha mãe entrou na conversa, depois de pegar a outra linha no complexo de prédios deles na Flórida, em Boca Raton, na contramão da interestadual. O novo hobby dos dois era a obsessão com o testamento. Para mim, o objetivo disso era encontrar novas formas de atormentar a mim e a meu irmão mais novo.

– Gavin, você sabe qual é o índice de divórcios em Nova York? – perguntou minha mãe antes de continuar, me informando de que era muito alta.

– Temos de pensar no futuro – dessa vez foi meu pai que falou. – Temos de pensar nos nossos netos.

Só que eles não têm neto, o que sempre era tema de discussões.

– E se ela se casar de novo? – disse minha mãe.

– Ela quem? – perguntei meio atordoado.

– Sua ex-mulher! – ela gritou.

– Você está tirando conclusões precipitadas, Lorraine – reprimiu meu pai, se tornando a voz da razão no assunto da minha futura ex-mulher. – Não sabemos se ela vai se casar de novo. Às vezes, os casais voltam. Veja Elizabeth Taylor e Richard Burton.

– É diferente! – protestou minha mãe. – Ela se converteu ao judaísmo por ele.

– Ela se converteu ao judaísmo por Eddie Fisher!

– Ela não se reconverteu?

Coloquei o telefone de lado e fui atrás de uma caixa de All-Bran, e então decidi que esse seria mais um dia para Sucrilhos. Havia uma garrafa aberta de vodca Absolut no balcão zoneado da minha cozinha. Eu me lembrei de ter pegado a garrafa ao chegar em casa, depois do casamento, com a intenção de beber até esquecer. Mas eu não gosto do sabor de vodca pura. Tinha dado uma olhada na geladeira, procurando algo para misturar com a bebida, mas só achei uma caixa vazia de leite, três garrafas de cerveja Sam Adams e algumas pimentas-malaguetas ressecadas. O estoque do freezer era melhor, e tirei dali um saco de frutas vermelhas congeladas para bater com a vodca. Mas então conclui que não seria bebendo um drinque de fruta congelada preparado por mim no dia do Ano Novo que melhoraria minha autoimagem.

Ao olhar para a garrafa de manhã, pensei mais uma vez em tomar um bom gole daquilo. Eu nunca seria o próximo Ernest Hemingway se meu gosto em termos de bebida fosse drinque de frutinhas silvestres. É claro que, na época em que Hemingway era jornalista, ele escrevia sobre a Guerra Civil Espanhola, e não sobre casamentos da alta sociedade.

O homem é quem faz o ritmo ou é o ritmo que faz o homem? Coloquei a vodca de volta no freezer, junto com as frutas vermelhas e várias caixas de sorvete, e depois me sentei no meu escritório/canto para jantar, com a caixa de Sucrilhos como reforço na mão. Encarando a pilha de anotações perto do laptop, percebi que temia as longas horas que tinha pela frente para escrever sobre Mimi e Mylo. Meu prazo para entregar a história se esgotaria em menos de vinte e quatro horas, já que o feriado caíra numa segunda-feira, e não num fim de semana. Se começasse imediatamente, teria uma pequena chance de terminar a coluna sem ter de ficar acordado a noite toda. Peguei o telefone. Dava para ouvir a inconfundível voz agudíssima da minha mãe antes mesmo de encostar o telefone na orelha.

– E se sua ex-mulher tiver filhos com o segundo marido? Você gostaria que herdassem seu dinheiro? – Minha mãe não soube usar sua vocação. Ela deveria estar trabalhando para a Receita Federal americana. – Sua vida estará acabada antes que você se dê conta. E tudo que vai poder fazer é nutrir esperanças de que seus filhos sejam bem-sucedidos naquilo que falhou. Mas você não tem filho. E isso acaba comigo, pensar em você morto e na sua ex-mulher por aí gastando seu dinheiro com filhos que nem mesmo são seus. Está vendo por que me preocupo tanto?

Eu sabia que era melhor não responder. Outra das minhas resoluções de Ano Novo era minimizar as discussões com meus pais. Emocionalmente exaurido, apenas disse "Feliz Ano Novo". A pequena gentileza desestabilizou minha mãe. Ela se deteve, talvez para considerar como é a interação nessas datas nas famílias menos pitorescas.

– Você estava com a Janice ontem à noite? – ela perguntou.

– Quem é Janice? – respondi antes de considerar se queria saber a resposta.

– A moça com quem você está saindo – disse meu pai.

Pela definição dele, moça era qualquer mulher solteira com menos de oitenta anos.

– O nome dela é Jill – eu disse, engasgando ao dizer o nome dela enquanto um cereal descia pelo lado errado da minha garganta.

Eu tinha esquecido que meus pais haviam conhecido a Jill, mesmo que por um breve instante, quando estiveram na cidade num fim de semana em dezembro. Foi uma rápida apresentação. Literalmente. Eu os estava colocando num táxi para que fossem a uma apresentação de *Mamma Mia!* quando Jill apareceu para irmos correr.

– Ela disse que o nome dela era Janice – insistiu meu pai.

– Por que ela diria que se chama Janice se o nome dela é Jill? – perguntei enquanto cerrava dentes.

– Talvez o nome da irmã dela seja Janice – foi a sugestão inútil da minha mãe.

– O nome dela é Jill!

– A família dela a chama de Janice? – insistiu meu pai.

– O NOME DELA É JILL! APENAS JILL!

Eu não quero gritar com os meus pais. Eu não quero gritar com os meus pais. Fico repetindo essa frase na minha cabeça como se fosse o Bart Simpson escrevendo frases na lousa quando faz algo errado na sala de aula.

– Bernie está no hospital – anunciou minha mãe, enquanto meus batimentos cardíacos ainda estavam se estabilizando.

Bernie Perlstein era o marido da minha avó. O quarto, e daí? Fiquei zonzo com a abrupta mudança de assunto. Conversar com os meus pais era como vivenciar um manifesto dadaísta.

Tentei lembrar o quão recentemente eu falara com Bernie. Veterano da Segunda Guerra e ex-piloto em linhas aéreas privadas, ele era orgulhoso, mas generoso e devotado à minha avó. No Dia de Ação de Graças, ele parecia estar bem, mas me lembrei de que estava fazendo tratamento para algum problema relacionado a proteínas no sangue.

– Ele sofreu um acidente – disse meu pai com indiferença.

Meu pai nunca dizia nada com indiferença. Meus pais não suavizam fatos. Isso não tinha nada a ver com proteínas no sangue. Algo estava terrivelmente errado.

– Eu disse para a vovó não deixá-lo dirigir – falou minha mãe, soltando com isso uma indireta do perigo em potencial a que me expunha sempre que ignorava seus conselhos.

– A vovó estava com ele? – perguntei, enquanto uma centena de outras perguntas me vinham à cabeça.

Senti um aperto no peito ao imaginar minha avó em meio a vidro quebrado e metal retorcido. Com oitenta e dois anos, ela ainda corria quase cinco quilômetros todas as manhãs. (Usou biquíni até os oitenta.) Era destemida e irreprimível – e a única pessoa no mundo que me amava incondicionalmente.

– Logo ela deve receber alta do hospital – disse meu pai.

– Não se preocupe – disse minha mãe confusa. – Está tudo bem com o carro.

3

Não cutuque o peixe com vara curta

Mimi Martin não está chorando sob os balões estourados.

Eca. Deletei tudo e tentei mais uma vez. Ainda estava na primeira linha de minha coluna depois de passar horas digitando e deletando, mas na maior parte do tempo estava preocupado com a minha avó, com quem não conseguira falar apesar das inúmeras tentativas. Debrucei-me sobre o laptop, o que faria maravilhas pela minha postura se eu tivesse sorte o bastante de também chegar aos oitenta e dois.

Lágrimas não eram as únicas coisas que caíam no casamento de Mimi Martin na véspera do Ano Novo.

Pior ainda.

Quando Mimi Martin conheceu Mylo Nikolaidis em seu iate particular, ela pensou que ele era um bom partido. E, depois do casamento deles na semana passada, há um peixe a menos no mar.

O rosto aflito de Barbara piscou diante de mim.

Meu cérebro se recusava a funcionar. Num bom dia, meu processo de escrita era mais doloroso que prazeroso. Hoje não era um desses dias.

Thomas Mann disse certa vez: "O escritor é um homem que, mais que qualquer outra pessoa, tem dificuldade para escrever". Tentei não pensar em Thomas Mann. Tentei não pensar em Jill. Queria ligar para ela, mas sabia que não deveria. Não poderia. Não deveria.

Então, em vez disso, liguei para a Hope. Ela era a pessoa para quem eu telefonava em casos de emergência, e essa era uma emergência emocional. Mas a caixa postal dela estava cheia. Provavelmente porque eu deixara mensagens durante o dia todo. Voltei a encarar a tela do computador.

Inadequado.

Não apenas meu parágrafo inicial. Meu modo de vida. Quem eu era para escrever sobre casamentos? Eu era uma fraude. Seria só uma questão de tempo até as pessoas perceberem isso. Leitores enfurecidos fariam uma campanha contra mim. Meu editor apagaria minhas colunas do banco de dados do jornal. E quem sairia com um jornalista desempregado que mora numa quitinete e tem um pescoço com trinta e cinco centímetros de largura? Meu celular tocou.

– Você está enrolando? – perguntou meu irmão, Gary.

– Não – menti.

– Bem, pare – disse ele, e então deu risada.

Eu lhe enviara um e-mail contando dos nossos pais e também sobre a ruína que foi meu Ano Novo. Respeitando a diferença de três horas em Los Angeles, me contive e não liguei para meu irmão, mas acontece que meu pai não tem esse tipo de hesitação. A namorada do Gary ficou bem animada com isso.

– Fiquei perguntando: "Sabe que horas são, pai?" – disse Gary. – "Que horas você acha que são em Los Angeles?" E ele: "Por que você está me perguntando isso? Está precisando de um relógio novo?"

Gary e eu temos o hábito de nos entregarmos aos desvarios um do outro quanto às infrações de nossos pais, embora geralmente cheguemos à conclusão de que o outro acabou exagerando na reação.

– Eles me ligaram também – ressaltei.

Gary não gostou da minha falta de empatia.

– Na semana passada, ouvi você reclamar por uma hora da sugestão de nossa mãe de que você arrumasse uma noiva nessas agências de casamento.

Mudei de assunto.

– Conversei com uma enfermeira do andar onde está a vovó no Centro Médico Delray. Ela disse que o médico vai me dar um retorno.

– Ah, Garoto Repórter, estou bem mais adiantado que você – disse Gary. Apenas dois anos mais novo e pouco mais de cinco centímetros mais alto que eu, meu irmão gostava de mexer com o meu ego sempre que possível. – Enviei um e-mail ao médico do pronto-socorro que deu entrada quando a vovó chegou lá, e ele me disse que só a mantiveram ali durante a noite para observação. – Fiquei aliviado com a notícia. – Também descobri que Bernie está na UTI. – *Eu também*, quase respondi, me sentindo por um instante mais competitivo que compassivo.

– Então você pode ir até a Flórida? – ele perguntou, de um jeito suficientemente casual para me convencer de que esse era o principal motivo de sua ligação.

– Estou em cima do prazo para entregar minha coluna – eu disse.

Meu primeiro impulso tinha sido ir imediatamente à Flórida. Eu já tinha verificado preços de passagens aéreas, mas não diria isso a Gary. Quando se tratava de obrigações familiares, ele era muito generoso ao oferecer o meu tempo para resolver as coisas.

– A vovó não deve ficar sozinha – ele disse, mesmo sabendo que ela não estava sozinha, já que os nossos pais moravam a menos de meia hora do hospital. Perto o bastante para atormentá-la nos bons tempos e ajudá-la em momentos ruins como esse. – Você sabe muito bem que seria muito importante para ela que um de nós estivesse lá. – Sim, eu sei, e ficou claro para mim a quem ele estava se referindo. – É o mínimo que podemos fazer.

– Não, é o mínimo que *você* pode fazer – rebati, me sentindo culpado por não estar naquele exato momento dentro de um avião, mas ciente de que não havia muito que eu pudesse fazer por lá.

– A Leslie e eu acordamos às seis da manhã. Conseguimos encontrar o tal dr. Stein, que por acaso tem o mesmo sobrenome de mais de uma dúzia de médicos em Delray Beach. E a Leslie já enviou para lá uma cesta com brownies e um buquê de flores, e pusemos seu nome nos dois.

Leslie era a mais recente da longa lista de namoradas que moraram com Gary, e o esforço dela era mais previsível que louvável. Estavam juntos havia mais ou menos seis meses, o que geralmente fazia com que as namoradas de Gary começassem a achar que ele estava interessado num relacionamento longo. Ao contrário de mim, ele nunca hesitava em abrir o coração, a carteira e a casa também. Só se recusava a seguir em frente caso surgisse alguém melhor em seu caminho. Meus pais tinham desistido da ideia de que Gary um dia se casaria.

– Talvez uma das namoradas dele engravide sem querer – minha mãe disse. – Tudo o que uma mãe pode fazer é nutrir esperanças.

– Leslie ficou triste quando soube do que aconteceu entre você e a Jill – Gary falou de um jeito como se estivesse mais bajulando a Leslie que me consolando.

– Estou pensando em ligar para ela – eu disse.

– Para a Leslie?

– Para a Jill!

– Não! – Gary me repreendeu. Havia quase sempre uma ponta de frieza sob sua preocupação. Algo que, inevitavelmente, suas namoradas descobriam tarde demais. – Você levou um fora em pleno Ano Novo, e isso é um saco! Mas não faz sentido ficar batendo na mesma tecla.

Eu não estava batendo na mesma tecla. Estava lamentando. Não apenas da noite, mas de tudo que esperei que acontecesse depois.

– Você romantiza demais as coisas – disse Gary. – Continua procurando a mulher que vai transformar a sua vida, mas essa mulher não existe.

Sim, ela existia. Na minha cabeça. Era inteligente. Incrivelmente inteligente. Eu imaginava que ela tinha estudado em Harvard (onde eu só ficara na lista de espera). E sempre interessada no mundo. E não tinha apenas curiosidade. Tinha paixão pelo mundo e espírito aventureiro. Viajara como mochileira pela América do Sul. Ou dera aulas de inglês na Estônia. Ou era o tipo de pessoa que consideraria essas hipóteses. O que havia de tão errado em desejar que Jill fosse essa pessoa?

– Você precisa parar de procurar sua alma gêmea e apenas arrumar uma paquera – disse Gary. – A Hope ainda está solteira? – ele me perguntou com a sutileza de um bombardeiro.

Gary e Hope saíram por um tempo, fazia cinco anos. Desde então, ele vinha tentando me convencer a sair com ela. Eu tinha lá minhas suspeitas de que era para marcar um ponto para o nosso time.

– Somos amigos – eu disse pela enésima vez. – Muito bons amigos.

– Um ponto muito bom para iniciar um relacionamento. Você é como Patrick Dempsey em *O melhor amigo da noiva*. Só vai se dar conta de que a quer quando for tarde demais. – Era inevitável: conversar com Gary sempre incluía referências a filmes. Às vezes, clássicos como *Casablanca*, mas geralmente era algo de qualidade duvidosa que seu escritório de relações públicas estava promovendo. – Posso sentir seu esperma morrendo dentro de você, um por um – disse ele, citando uma pérola do cinema sobre um homem que é convidado para ser "madrinha" de uma noiva.

Felizmente, ouvi o bipe da chamada em espera. Era Hope.

– Chame a Hope para sair – disse Gary.

– Não quero chamá-la para sair.

– Você não tem nada a perder além dos seus privilégios no bar – disse ele. – *Fora da jogada*. Ótimo filme.

Alternei para a outra chamada.

– Vou acabar passando o resto da vida sozinha – disse Hope.

Ela estava roubando a minha frase de efeito. Mas a empatia venceu.

– O que aconteceu com o Número Dois?

Hope deixara de se referir aos homens com quem saía pelo nome. Em vez disso, lhes atribuía posições, como numa tabela de campeonato. Isso a ajudava a se manter emocionalmente afastada deles. O que não estava de fato funcionando. Ela queria namorar sem se preocupar com fins precipitados, mas a ideia que tinha de precipitação era comer um cupcake de chocolate antes do jantar. O eterno Número Um em sua lista era Conrad Eberhart III, seu eterno ex-namorado, com quem sempre comparava todos os outros homens que conhecia. No momento, o Número Dois era um chef japonês de Seattle.

– O Número Dois acabou de ser rebaixado para Oitenta e Seis – disse ela.

O nome dele era Sebastian. Os dois se conheceram em outubro no pronto-socorro do St. Vincent, quando ela deu pontos no polegar dele, após um infeliz episódio do reality show *Iron Chef*, que não vai ao ar tão cedo. Enquanto Hope suturava o ferimento, ele lhe perguntou se alguma vez um paciente a beijara. E então ele a beijou. Ela foi para Seattle todos os fins de semana desde então, mas ele cruzara o país no feriado.

– Ele quebrou a minha cama – disse ela. – O que parece muito mais divertido do que realmente foi.

– Ainda assim parece que a sua noite foi melhor que a minha – comentei.

– Isso foi no começo da noite. Depois fomos até a festa de fim de ano do chefe da minha equipe. – Um compromisso insuportável ao qual eu fora coagido a ir no ano passado. O dr. Aldridge mora num grande apartamento abarrotado de coisas na Park Avenue, com a esposa e os filhos (também grandes e abarrotados). A diversão da noite consistia em médicos do pronto-socorro tentando beber mais que os cirurgiões, enquanto os radiologistas e os anestesistas comparavam taxas de erros médicos de ambas as especialidades, e os psiquiatras fumavam compulsivamente. – Eu avisei que seria chato – disse Hope na defensiva. – Ele me falou que se divertiria, o que imagino que acabou acontecendo, porque deu meia-noite e não consegui encontrá-lo. Sabe o que é estar numa sala cheia de casais bêbados e ser a única que não está sendo beijada?

Ela estava descrevendo a minha vida. Eu revivi a cascata de balões prateados e negros da noite anterior. Concentrei-me nos balões para evitar que meu olhar contemplativo recaísse nas belas mulheres com vestido decotadíssimo, dando boas-vindas à boca aberta de homens com fortes maxilares. Barbara me beijara na bochecha, o que só fez me sentir pior ainda.

Afastei a lembrança e me dei conta de que Hope estava chegando perto de contar o final de sua história.

– Finalmente acabei encontrando o Número Dois na cozinha, com a língua na garganta da mulher do bufê.

– O que ele disse?

– Ele me perguntou se poderia levar a mulher até o meu apartamento. – Dava para ouvir que Hope estava mastigando alguma coisa. – Você tem de me impedir de ter uma overdose de chocolate – disse.

– Pare de comer chocolate – ordenei.

– Falar não adianta. Tenho de ser fisicamente contida. E ajudaria também se você me levasse ao Trader Joe's para comprar aqueles cookies de merengue sem gordura a caminho da festa. – Eu havia me esquecido completamente de que a Hope me convidara para uma festa.

– Não posso ir. Estou trabalhando.

– Se você está trabalhando, por que me ligou dezessete vezes? – Ela parecia irritada por eu ter me apropriado de sua caixa postal.

– Entre as ligações eu estava trabalhando – eu disse de maneira nada convincente.

– Se vier me ajudar, será recompensado com um bom carma, e sua coluna do jornal ficará pronta mais rápido.

Eu geralmente era suscetível a esse tipo de lógica, mas seria preciso muito mais que carma para que essa coluna ficasse pronta no tempo que me restava.

– Hoje é feriado – Hope fez questão de me lembrar.

– Eu trabalho nos feriados. Trabalho nos fins de semana. Por isso não tenho vida social e vou passar o resto da vida sozinho.

Pronto. Eu disse. Hope não era a única que estava sofrendo. Já havia se passado três anos desde que mantive um relacionamento por mais de um mês. Desde a Laurel. Eu não ia pensar na Laurel. A regra era nunca pensar nela.

Hope tentou dizer algo para me consolar. Mas eu não queria ser consolado. Queria estar apaixonado.

– Há quarenta e oito horas você estava preocupado se estaria cometendo um erro em sair com a Jill no Ano Novo. Você disse que ela era superficial e que não tinham quase nada em comum além do lance da corrida.

Se eu não queria ser reconfortado, tinha mais do que certeza de que também não queria ser lógico.

– E se ela for o melhor que vou encontrar? Sou um cara de quase quarenta anos que mora numa quitinete e tem um...

– Você vai começar a falar do tamanho do seu pescoço de novo?

– Tenho pescoço fino – eu disse, soando um tanto magoado.

– As mulheres não saem por aí olhando para o pescoço dos caras. Não fazemos esse tipo de coisa. Se formos olhar para alguma coisa num homem, vai ser para os músculos do peito, e você tem um ótimo peitoral, tá?

Eu me orgulhava bastante dos meus peitorais. E dos meus músculos abdominais também. Numa idade em que meus amigos estavam ganhando pneuzinhos, eu tinha desenvolvido um tanquinho. Às vezes, um supertanquinho, se eu parasse de respirar.

– Gavin, eu não quero ir a essa festa sozinha – Hope disse baixinho. – Tive uma noite horrível. Por favor, não me faça ir sozinha.

Eu tinha me dado conta de que estar só não é apenas um sentimento. É uma marca. É a primeira coisa que os outros notam. Não importa o que mais você tenha realizado na vida, isso o deixa marcado a ferro como um fracassado aos olhos deles – e, o pior de tudo, aos seus também.

– Encontro você lá às cinco – eu disse –, mas só vou poder ficar uma horinha. – Desliguei e comecei a digitar de novo.

Quando se tratava de amor, Mimi Martin achava que havia perdido o barco.

No último verão, com quase trinta anos e ciente de que estava sozinha, se viu chegando atrasada a uma festa de aniversário de um amigo no barco *Vênus de Mylo*. Ao tropeçar no passadiço, temia ter causado uma impressão errada logo na entrada, mas um belo estranho a ajudou a se reequilibrar bem na hora.

Com o braço envolvendo sua cintura, Mylo Nikolaidis disse: "Ainda bem que temos salva-vidas a bordo".

"É assim que as pessoas se referem a você?", ela perguntou.

Era uma começo. Às vezes, isso é tudo de que precisamos.

4

No que um tolo acredita

Eu me arrependi de ter ido à festa antes mesmo de chegar lá. Mal havia passado da porta da frente do edifício Chelsea. Era uma daquelas novas construções luxuosas comprimidas num estreito lote entre dois edifícios convencionais de antes da guerra. A fachada de vidro reluzente parecia gritar: "Não me odeie por minha beleza. Odeie a si mesmo por não ter dinheiro para me comprar".

O apartamento na cobertura não era o maior que eu já tinha visto na vida e, sendo no topo de um prédio com apenas sete andares, também não era o mais sublime. Mas bem que poderia ser o mais lotado. Eu previra uma reuniãozinha de mais ou menos uma dúzia de médicos, ao som de jazz e regada a vinho branco. Em vez disso, havia ponche de rum e drinques camicase e quase duzentas pessoas embriagadas grudadas umas nas outras entre as paredes transparentes, dançando em meio à mobília da década de 1960 e tapetes felpudos. Conversas em voz alta e música ainda mais alta predominavam. Por algum motivo, a maior parte das canções era da década de 1980. Muito de Michael Jackson, Cyndi Lauper e Spandau Ballet. Reconhecer Spandau Ballet me deprimiu imensamente. Procurei por Hope, mas não consegui avistá-la em meio àquela massa de boêmios.

Ninguém mais passa o dia de Ano Novo na cama, ou de ressaca, ou as duas coisas? Havia algo de desespero no ar. Como se todos ali estivessem tentando se recompensar pelas oportunidades perdidas na noite anterior.

Uma loira desgrenhada veio cambaleando em minha direção, me olhando como se eu fosse carne de primeira.

– Qual é a sua especialidade médica? – ela guinchou diretamente dentro do canal do meu ouvido.

Era a terceira vez que alguém me fazia a mesma pergunta. Nem todos ali eram médicos. Alguns estavam ali para conhecer médicos. Fui abrindo caminho em meio à multidão, apenas desejando encontrar Hope e cair fora dali.

Mas eu não conseguia vê-la em lugar nenhum, e eu estava numa armadilha. À minha direita, um cardiologista com problemas dermatológicos entretinha uma pediatra com suas proezas cirúrgicas. À minha esquerda, o anfitrião parecia estar examinando as amígdalas de uma viçosa oftalmologista. Sem sucesso, tentei me espremer para passar ao lado deles e acabei esbarrando nas costas da oftalmologista. Ela me olhou bem feio, e o anfitrião me olhou de um jeito ainda pior. Dava para sentir o espaço ao meu redor diminuindo, e eu estava prestes a me tornar um animal morto vítima de atropelamento.

Foi então que a vi. Não a Hope. Uma versão jovem da Sandra Bullock com um emaranhado de cachos castanhos soltos obscurecendo seus olhos, mas não as amplas têmporas e os lábios cor de ameixa. Eu conseguia ver apenas seu rosto em meio à multidão, mas era o suficiente. Ela estava recostada na porta de um quarto e, quando sorria, parecia estar canalizando profundos reservatórios de alegria. Notei que a estava encarando e rapidamente desviei o olhar. Quando voltei a admirá-la, vi que estava conversando com um cara jovem, loiro e de pescoço grosso, cujos braços eram do tamanho das minhas coxas.

Bombeei meus músculos peitorais, mas minha constituição de nadador de um metro e setenta e cinco não era páreo para o projeto de Matthew McConaughey de um metro e noventa. Especialmente um que devia ter um "dr." antes do nome. Mesmo com todos os motivos do mundo para voltar minha atenção para qualquer outro lugar, havia algo irresistível na forma como ela sorvia o ponche colorido e fluorescente do copo quase vazio. Ela se inclinou em direção ao projeto de McConaughey, e eu fiz um grande esforço para ouvir sua voz. Ela estava apenas a alguns metros de distância, mas havia muita gente se esbarrando entre nós.

Então meia dúzia de boêmios grosseirões surgiram da cozinha, desestabilizando o equilíbrio tectônico da sala. Enquanto o oceano de gente se movia, avancei lentamente uns quinze centímetros antes de ser empurrado na direção oposta. Como uma contracorrente submarina, quanto mais eu lutava, mais me afastava dela. Até ser empurrado de encontro à porta deslizante de vidro que dava para o terraço, e ela desapareceu dentro do quarto, assim como o loiro sarado de vinte e poucos anos.

– Você trabalha no St. Luke's? – me perguntou um homem corado esmagado do meu lado esquerdo. – Acho que conheço você da residência em gastroenterologia.

Para falar a verdade, cheguei a frequentar a faculdade de medicina em algum momento da minha vida, mas não a ponto de fazer residência. Estudei na Columbia, onde conheci a Hope. Mas, depois de três semestres, tirei uma licença sabática por um ano. Então um ano se tornou dois. Conclui que, se você deixa a porta aberta por muito tempo, começa a sentir um vento muito forte, então tranquei a matrícula oficialmente. Mais de uma década depois, meus pais, judeus, ainda estavam se recuperando disso.

Falei para o gastroenterologista com o que eu trabalhava, mas foi a esposa dele, pressionada contra ele do outro lado, que respondeu:

– Ai, meu Deus, eu amo seus artigos! – ela gritou com alegria. – Posso tirar uma foto sua?

Eu me contorci enquanto ela se esforçava para tirar seu celular de dentro da bolsa. Era um estranho privilégio do meu trabalho que desconhecidos às vezes quisessem minha foto ou um autógrafo.

– Você é tão bonitinho! – disse ela. – A cara do James Franco. Aposto que muita gente diz isso. – Tive de admitir que já tinha ouvido isso antes, uma ou duas vezes.

– Só que mais velho – disse o marido dela.

– Meu irmão vai se casar em duas semanas – disse ela –, e seria perfeito para a sua coluna.

O problema de ser bajulado era a solicitação inevitável de dar algo em troca.

– É uma grande história – disse ela, ou seja, o mesmo que todos me diziam antes de começarem a contar uma história muito ruim. – Veja bem, meu irmão vai à mesma lavanderia toda segunda-feira à noite. Religiosamente. Mas, numa semana, em apenas uma semana, imagine você, ele foi até lá numa noite de *terça-feira* e...

Cortei o barato dela.

– Sinto muito. Já tenho minhas pautas para o restante do mês, mas espero que seu irmão tenha um excelente casamento.

– Ela tirou a droga da foto – disse o marido dela. – O mínimo que poderia fazer é ouvir a história idiota dela.

Será que o James Franco tinha esse tipo de problema?

Fui poupado de mais interações com o casal quando um homem fortinho se enfiou no minúsculo espaço entre o casal e eu. Nosso corpo estava sendo esmagado por toda parte, e eu tinha consciência do aumento da umidade debaixo dos meus braços e na minha testa. Ainda não via nem sinal de Hope, então abri a porta deslizante para respirar o vívido ar puro.

Sete andares não eram o suficiente para ter uma vista não obstruída da cidade, mas um pôr do sol rosado e arroxeado digno de filmes da Disney era visível entre os prédios. Era bom ter um lugar onde respirar. Fui até a balaustrada e olhei para baixo.

– Você trouxe uma corda de bungee jump? – perguntou-me uma voz feminina.

Eu me virei. E ali estava ela. A garota de cachos castanhos.

– Seria uma saída bem mais rápida do que tentar lutar para chegar à porta da frente – disse ela, com um sorriso que formava covinhas. Ela tinha o rosto em formato de coração e minúsculas marcas de expressão nos cantos dos olhos cor de chocolate, sugerindo tanto alegria quanto idade apropriadas. Ela parecia estar na casa dos trinta e era muito mais mignon do que quando vista de longe, apenas um metro e sessenta em botas de camurça. Ela vestia calça jeans justa e suéter de cashmere creme com decote em V, que permitia um vislumbre da fenda entre seus seios surpreendentemente robustos.

– Esqueci minha corda em casa – eu disse, me perguntando se não poderia ter pensado em algo mais estúpido para dizer. Bem, parece que eu podia sim. – Você curte bungee jumping? – perguntei.

– Nunca saltei – foi a resposta dela. – Tenho medo de altura. – Notei que ela se apoiava na parede de vidro, se segurando ao corrimão da escadaria branca em espiral ao lado dela.

– Que bom que você não está num terraço aberto, então.

– Gosto de me desafiar. – Ela tomou um gole de uma garrafa de cerveja Corona que agora ela embalava. – Só não me peça para ficar perto do peitoril. – Ela sorriu de novo, e eu queria viver dentro daquele sorriso.

– Meu nome é Gavin – eu me lembrei de dizer.

– Melinda.

– Nunca conheci uma Melinda antes. – Qual a sua especialidade?

Ela deu risada.

– O mais próximo que cheguei da faculdade de medicina foi quando andei pelo campus em Harvard. – A palavra "Harvard" ricocheteava na minha cabeça como bola de pinball. – Sou jornalista. Bem, sou escritora-viajante. Se é que isso é um trabalho de verdade. Viajo a locais exóticos e finjo que isso é trabalho. Ou costumava fazer isso. Até o ano passado. Agora estou trabalhando num livro. – As palavras dela saíam numa velocidade impetuosa. – O que eu queria mesmo era ser fotojornalista, mas sou muito baixinha para isso. Ou muito tímida. Não que eu seja tímida. Mas fotojornalistas precisam ter cara de pau.

– Acho sua cara ótima – eu disse.

As covinhas em seu rosto reapareceram. Notei que eram levemente assimétricas, o que de alguma forma a deixava ainda mais atraente.

– Essa é a sua opinião como médico? – ela provocou.

– Não sou médico.

– Desculpa – ela se apressou em dizer. – Acho ótimo que mais homens estejam se tornando enfermeiros.

Passei de examinador para examinado. Porém, antes que pudesse corrigir a situação, uma aberração da natureza loira enfiou o pescoço, que mais parecia um tronco de árvore, para fora da porta do quarto.

– Aí está você – rugiu o projeto de McConaughey, enquanto flexionava os músculos do trapézio. Ele nos cercou, apesar da minha melhor cara feia do tipo não-mexa-comigo-porque-sou-um-repórter-bem-treinado. – Quase perdi um braço para conseguir isto – disse ele, segurando duas Coronas em sua pata gigante.

Melinda ergueu a sua.

– Sinto muito, já peguei uma para mim.

Ela se virou para mim:

– Quer uma cerveja?

Uma longa e desconfortável pausa se seguiu antes que eu respondesse:

– Claro – e uma ainda maior até ele me entregar uma das garrafas. Nós nos encaramos com ar de suspeita, do ombro ao plexo solar.

Melinda deu início a uma conversa.

– Então, Gavin, como você decidiu se tornar enfermeiro?

– Não decidi... – comecei a dizer.

– Sei exatamente o que você quer dizer, cara – disse ele, me interrompendo. – Não sinto que tenha sido uma decisão ter me tornado cirurgião ortopédico. É só algo que fui compelido a fazer. Acho que é um chamado. Como ser artista, e é uma responsabilidade incrível. Segurar os ossos quebrados de alguém nas mãos e saber que tem a habilidade para consertá-los.

Eu não tinha como competir com um cirurgião sensível que calçava quarenta e cinco.

– Que estranho – comentou Melinda. – Sempre pensei em cirurgiões mais como técnicos que como artistas.

O projeto de McConaughey se encolheu.

– Está frio aqui fora – disse ele.

– Talvez você devesse ir lá para dentro se esquentar – ela sugeriu com um sorriso empático, nem um pouco parecido com aquele outro, o estonteante. Isso pareceu atingi-lo bem no diafragma, fazendo com que perdesse o fôlego. Ele me saudou com sua garrafa de Corona e foi lá para dentro. Foi como exterminar o Golias. Com as flechas de outra pessoa.

– Algumas pessoas simplesmente não entendem indiretas – disse Melinda, franzindo a testa. Ela não estava saboreando a vitória tanto quanto eu. Uma expressão triste lhe passou pelo rosto enquanto ela mordiscava uma unha. Ela desviou o olhar, e fiquei me perguntando se eu também deveria estar entendendo alguma indireta.

– O que você acha que tem *lá* em cima? – Ela apontou para o topo da escada caracol, não muito longe de nossa cabeça.

– A cobertura – foi minha resposta inútil.

– O que você acha que tem *na* cobertura?

Ela já estava subindo os degraus de aço da escada, e eu a seguia logo atrás.

– Imagino que os dutos de ar, uma caixa-d'água e, talvez, uma antena parabólica – respondi, só para manter a conversa, enquanto subia rapidamente os últimos degraus.

– Sua suposição pode estar errada – disse ela num tom suave.

Um passadiço de madeira na altura da cintura serpenteava pelo gramado cor de palha. Pequenas lanternas pontilhavam a paisagem, como vaga-lumes suspensos no céu que escurecia. Fomos levados pelo caminho espiralado até chegarmos a um beco sem saída que circundava um vórtice de água em forma de lagoa, raso, de cuja superfície ondulante saía vapor em forma de névoa. Eu me sentia como Heathcliff nas charnecas de *O morro dos ventos uivantes*.

Com quase nada além de vapor entre nós, começamos a dar a volta na piscina. Seus longos cachos dançavam com o vento suave, iluminados por trás pela paisagem noturna da cidade. Eu precisava dizer alguma coisa. Qualquer coisa.

– Então, para onde você foi na sua última viagem?

– Morei seis meses em Katmandu. – Ela poderia ter dito que morou no Kansas e mesmo assim eu teria ficado embasbacado. Mas a resposta não foi essa. – Fui voluntária num orfanato para garotas enquanto trabalhava meio período como correspondente internacional para o *Lonely Planet*. Depois passei um mês ensinando inglês numa aldeia rural e escrevendo artigos como freelancer sobre o impacto cultural da indústria do turismo de aventura.

Ela me fez sentir inferior como jornalista, e como ser humano.

– Acho que sou a única pessoa no mundo que já pôs os pés no Nepal e não foi escalar as montanhas – disse ela. – O lance da vertigem é um empecilho para mim.

– Você se saiu muito bem subindo até aqui – comentei, aproximando-me dela, enquanto continuávamos em nossa lenta órbita em torno da água borbulhante.

– Eleanor Roosevelt disse que todos os dias devemos fazer uma coisa que nos assusta – disse Melinda –, mas um lance de escadas com corrimão é o máximo que consigo em termos de altura. – A menos que eu estivesse imaginando coisas, ela parecia estar se aproximando de mim também. – Até mesmo em altitudes mais baixas, consigo me meter em confusão. Eu me lembro de uma vez, à beira de um lago no Himalaia, ao pôr do sol, com as brumas rolando pelas árvores de figo do lugar. Devo ter tirado centenas de fotos e perdi a noção do tempo. A trilha parecia desaparecer nas trevas. Tinha certeza de que nunca mais encontraria meu caminho de volta à civilização.

– Você não estava viajando sozinha, estava?

– Foi o que meu avô me perguntou quando contei essa história. – *Ai!* – Eu adoro meu avô – ela acrescentou.

– É impressionante uma mulher ir a lugares assim sozinha. – Esperava não soar nem misógino nem um octogenário.

– É loucura – disse ela. – Fiquei aterrorizada, mas isso acontece comigo até ao levantar de manhã. Não estou brincando. Eu costumava sonhar quando era criança que um avião vinha em rota de colisão e atingia minha janela. E isso foi antes de 11 de setembro, então era só minha morbidez mesmo. Ah, meu Deus. Agora você vai achar que sou uma daquelas mulheres neuróticas que você vive conhecendo em festas em Nova York.

– Não acho você neurótica.

Ela me concedeu mais um sorriso. Era a oportunidade perfeita para dizer algo devastadoramente espirituoso. Em vez disso, falei:

– Não sou enfermeiro.

– Deixe-me adivinhar – disse ela, virando-se para mim com um olhar travessamente malicioso. – Você é mágico.

– Sou – respondi, usando seu mesmo tom de flerte, enquanto ainda revirava o cérebro em busca de algo espirituoso a dizer. No computador era muito mais fácil. Cogitei descer a escadas e enviar a ela uma mensagem de texto.

– Qual seu truque de mágica favorito? – ela me perguntou.

– Fazer uma bela mulher sentir como se estivesse saltando de bungee jumping, ainda que esteja perfeitamente imóvel. – Tentei imaginar o que eu mesmo quis dizer com isso quando notei que ela estava ficando corada, o que presumi ser um bom sinal.

– Você aprendeu isso na escola de mágicos?

– Posso dizer que sim – falei, me inclinando em sua direção. – Passei dois anos na faculdade, o que fez com que trinta mil dólares desaparecessem num passe de mágica.

Melinda estava perto o bastante para que eu a beijasse.

– Estou começando um programa de mestrado em redação na NYU para me ajudar com meu livro. Então, cubro seus trinta e aumento dez.

Antes que eu pudesse aumentar minha aposta, um cara alto e magro surgiu atrás dela e deslizou os braços por sua cintura.

– Oi, sexy – ele arrulhou.

Seus olhos brilharam e ela o abraçou com entusiasmo. E prolongadamente. Sofri uma metamorfose e virei uma pilha de fígado cortado em cubinhos. Depois do que senti serem os quinze segundos mais longos da minha vida, pigarreei, e o som foi alto.

– Gavin – disse ela, soltando-se dele. – Este é o Jamie. – Ele acenou com a cabeça na minha direção, embora pudesse estar apenas tirando do rosto os cabelos negros e ondulados. – O colega de quarto dele conhece um cara que trabalha com o anfitrião. Somos penetras.

Bem, *ele* com certeza era. E parecia estar com pressa de chegar à próxima parada. O passadiço não era largo o bastante para nós três, então, desajeitado, eu seguia atrás deles como uma sombra conforme voltávamos. Jamie sussurrou algo no ouvido de Melinda, e ela reagiu com uma breve risadinha. A pele dele era pálida e tinha marcas de espinhas, e ele era só alguns centímetros mais alto que eu. Não me senti intimidado.

– Nós nos conhecemos num templo vixnu em Katmandu – comentou Melinda, e Jamie me deu uma carona de moto até as colinas de Bandipur. – Talvez eu estivesse um pouco intimidado. – Viramos parceiros desde então. – Não amantes. Parceiros. Mas, se eram parceiros, por que a mão dele ainda estava grudada à cintura dela?

Jamie se inclinou na direção de Melinda. De novo os sussurros.

– Não era Bandipur – ela riu. – Era Gorkha.

Eu tinha muito pouco a oferecer em termos de lembranças românticas do Nepal. Precisava, e rápido, mudar de assunto.

– Sobre o que é o seu livro? – perguntei.

– Nepal – foi a resposta. Eu queria me matar. – Não está indo tão bem quanto eu gostaria. Alguém disse certa vez que um escritor é alguém para quem escrever é mais difícil que para os outros.

– Thomas Mann – disse eu, convencido de que tinha encontrado minha alma gêmea.

Ela arregalou os olhos e pareceu olhar para mim com um novo apreço.

– O problema é que eu quero que o livro vá além de minhas experiências. Quero que fale o que significa viajar, tanto por dentro como por fora.

Tínhamos chegado à escadaria, e Jamie foi o primeiro a descer. Eu ainda não conseguia entender se eram ou não um casal. A disposição dele de deixá-la sozinha comigo sugeria suprema confiança, ou desinteresse.

– Você pode não saber disso – disse Melinda –, mas a origem da palavra "viajar", em inglês, "travel", vem do francês "travail", que vem do latim "tripalium", que surpreendentemente é o nome de um instrumento de tortura de três estacas.

Falando em tortura, Jamie batia, impaciente, no balaústre de metal na parte inferior da escada. Melinda parecia relutante em pôr um ponto final em nossa conversa, ainda que se movesse na direção da entrada da cobertura. Sob nós havia o terraço e, além disso, um caminho de janelas iluminadas e trechos cinzas do rio Hudson.

– Então, a princípio, viajar – prosseguiu – era concebido como algo doloroso, uma experiência árdua.

– E isso antes da criação do Departamento de Segurança Nacional – satirizei, desejando dar um passo e achando difícil acreditar que algo poderia ser mais doloroso ou exaustivo.

Ela riu enquanto, hesitante, segurou o corrimão. Ela estava tremendo.

– Descer é a parte mais difícil.

– Vire-se – eu disse num impulso, o que ela fez, se agarrando ao corrimão com força. – Mantenha os olhos fixos em mim. – O que ela também fez, erguendo o queixo até deixá-lo paralelo ao meu. Mantive o olhar fixo no dela enquanto Melinda descia, a duras penas, um degrau. Depois, mais um. Abaixei-me e desci também um degrau após o outro, sincronizando meus movimentos com os dela. Até mesmo minha respiração.

– Não olhe para baixo – continuei dizendo, como se tivesse feito isso centenas de vezes. Quando a mão dela esbarrou de leve na minha, meu coração parou. Ou pelo menos foi a impressão que tive. Senti como se tudo tivesse parado.

Então Jamie entrou em cena e a ergueu para fora da escadaria.

– Obrigado, colega – disse ele, enquanto a carregava para longe. O sotaque australiano era um pé no saco.

Por fim, me arrastei lá para dentro ao som explosivo dos Doobie Brothers. Quando fechei a porta de vidro, me senti esgotado. Não era possível que o ano tivesse mais trezentos e sessenta e quatro dias. Vi Hope acenando entusiasmada para mim da cozinha e, como havia menos gente na festa, consegui abrir caminho e alcançá-la. Hope usava um vestido verde-esmeralda de tricô que evidenciava sua forma atlética e parecia bem animada para alguém que supostamente estava nas profundezas da depressão.

– Desculpa pelo atraso – disse, e me deu um grande abraço. – Conrad me ligou.

Sempre que se sentia fraca, Hope corria para o ex, que tinha fobia de relacionamentos e também uma similaridade mais que casual com o pai distante dela. No entanto, tínhamos um pacto. Ela nunca mencionava Laurel. Eu nunca mencionava seu pai.

– O Conrad ligou? – perguntei desconfiado.

– Tá bom, eu liguei para ele – ela admitiu. – O que importa é que agora estou me sentindo bem comigo mesma.

– Bem como?

– Bem o bastante para encontrá-lo na sexta à noite? – ela grunhiu, já antecipando minha desaprovação.

– Um telefonema e que se dane a tabela de campeonato?

– Aquilo parece funcionar melhor na teoria que na prática – disse ela.

Eu tinha aprendido a gostar do sistema da tabela, mas quem era eu para julgar? Agora eu estava medindo relacionamentos em quartos de hora. Hope tentou melhorar meu humor.

– Você vai encontrar alguém perfeito – disse ela num tom confortador. Agora que conseguira um encontro, tinha se transformado na Dama da Tranquilidade. – Alguém que faça você esquecer completamente a Laurel.

Hope sabia que não deveria usar a palavra proibida que começava com "L", e eu sabia que não deveria sair quando tinha um artigo para terminar. Estava irritado com ela por ter me pressionado a ir àquela festa. E principalmente irritado comigo mesmo por ter desenvolvido uma quedinha por Melinda com tamanha rapidez.

– Encontrei uma pessoa perfeita para mim, mas eu não era perfeito para ela. Eu não era nada para ela.

– Quer conversar comigo sobre ela?

– Não – eu disse, antes de dar início a um monólogo sobre as viagens de Melinda e seu charme excêntrico. – E ela estudou em Harvard E é jornalista.

– Ela deve ter ficado impressionada quando você disse a ela onde trabalhava – comentou Hope, o que me fez calar a boca. – Você disse a ela, não disse?

– Fiquei fazendo perguntas a ela – respondi em minha defesa. – Você sempre fala que as mulheres gostam de homens que fazem perguntas.

– Como você pôde não dizer a uma jornalista que trabalha para um dos jornais mais importantes do planeta? – Eu era melhor fazendo perguntas do que respondendo. – Seu problema não está em encontrar mulheres. Seu problema está em ser inseguro e se autossabotar.

– Se eu fosse inseguro, não teria durado um dia no trabalho.

– Quando se trata de trabalho – comentou Hope –, você é confiante, mas, quando está perto de uma mulher de quem gosta, regride, como se tivesse doze anos de novo.

– Eu não faço isso, e se algum dia fiz não foi dessa vez – falei, como se tivesse pelo menos catorze anos.

Alguém deu um tapinha no meu ombro. Eu me virei e era Melinda, com uma jaqueta de marinheiro cinza e uma expressão doce no rosto. Vi o australianinho esperando por ela perto da porta da frente, e uma pontada pubescente de ciúme ardeu bem debaixo de minha caixa torácica.

– Só queria dizer que foi um prazer conhecer você – disse ela, inclinando a cabeça para cima, para me olhar, com sua franja de cabelos cacheados se espalhando pela testa. Eu queria tomá-la nos braços e dizer o quão vertiginosamente adorável ela era. Acabei me conformando em segurar sua mão esguia.

– Foi um prazer conhecer você também – eu disse, desejando que não houvesse australiano nenhum.

– Que bom. Quero dizer, obrigada. Quero dizer, feliz Ano Novo.

Soltei os dedos de Melinda e fiquei olhando enquanto ela ia embora. Então me virei para Hope, gaguejando:

– Era ela!

– Ela é uma graça – comentou Hope. – Pegou o telefone dela?

– Falei para você que ela tem namorado.

– Então por que ela veio se despedir?

– Ela só estava sendo legal. O que a torna ainda mais incrível. Ela se desviou de seu caminho só para me encontrar e poder dizer... – Parei no meio da frase enquanto me dava conta, horrivelmente atrasado, do motivo pelo qual ela teria feito aquele esforço. Eu me virei rapidamente bem a tempo de ver a porta se fechando.

– Gavin, você é um tolo – disse Hope, da maneira mais gentil possível.

Saí em disparada em meio à multidão, me esquivando das pessoas, mergulhando entre elas e levando ao chão um desafortunado casal que calhou de estar parado entre mim e a porta, que escancarei, na esperança de encontrar Melinda na entrada. Mas ela não estava ali.

Bati no botão para chamar o elevador. O monitor eletrônico indicava que o único elevador do lugar já estava descendo até o terceiro andar. Não poderia esperar que voltasse até o sétimo e desci voando as escadas, dois degraus por vez e saltando nos últimos antes de cada andar.

Assim que chegasse até ela, explicaria que eu não estava pensando direito. Que era óbvio que queria o telefone dela. Não, eu não queria o telefone. Queria beijá-la. Não queria dizer que queria beijá-la; só beijá-la e pronto. Mal podia esperar para fazer isso. Entrei tropeçando no saguão e saí do prédio, respirando com dificuldade. A avenida escura estava deserta, mas Melinda não poderia ter ido muito longe. Corri em direção ao norte, em direção à 26th Street, e olhei para cima e para baixo, de um lado para o outro da rua. Ninguém. Devo ter ido para o lado errado. Corri a toda velocidade para a outra direção, à 25th Street. Depois, à 24th Street. Procurando avistar seu casaco ou seus cachos. Girei nos calcanhares. Ainda assim, ninguém.

Ela se fora.

5

Se a Cinderela estivesse no Facebook, o Grilo Falante tuitaria?

Eu não tinha o telefone dela. Nem seu sobrenome. E o anfitrião da festa me disse que não conhecia nenhuma Melinda e nenhum australiano. Minha única pista era o *Lonely Planet*, mas eram mínimas as chances de terem os registros de uma correspondente internacional no Nepal. Menores ainda as de me passarem tais dados, mesmo que tivessem. Então, fiz o que qualquer jornalista que se preza faria. Fui pesquisar no Google.

Obtive 2,34 milhões de resultados quando procurei por "Melinda" e "viagem". Acrescentei "Nepal" à busca, reduzindo os resultados a um número relativamente baixo de 10,7 mil.

Melinda Shapiro postara um artigo sobre um hotel em Katmandu.

Bob e Melinda Blanchard escreveram um livro chamado *Live What You Love*.

Melinda Windsor foi a modelo da *Playboy* em fevereiro de 1966. Não sabia ao certo qual seria a relação com o Nepal, mas me diverti por um breve instante. A listagem do eBay para a tal edição da *Playboy* não mostrava foto, mas havia uma citação da mulher, extraída da revista: "Nunca saio com homens casados, então você não vai fazer a gentileza de entrar?" Fiquei me perguntando se alguém tinha checado a veracidade daquele fato.

Prometi a mim mesmo que faria um intervalo de apenas dez minutos antes de terminar meu artigo. Depois de uma hora clicando em links nada promissores, tive a primeira pista ao deparar com um artigo sobre voos de baixo custo para o Nepal, redigido por Melinda Adams no website do Travel Channel. Também encontrei postagens num blog. Mas nenhuma foto.

Seria um tiro no escuro, mas tentei a busca no Google Imagens. Digitei "Melinda Adams" e "Nepal." E lá estava ela numa foto no Adventure-Traveler.com. Uma ruiva de olhos azuis que parecia ter cerca de dezenove anos.

Eu estava num beco sem saída. Visualizei o rosto de Melinda se erguendo para me olhar enquanto nossos dedos se soltavam. Tinham sobrado ainda quase dez mil resultados da minha busca inicial no Google e nenhuma garantia de que qualquer uma daquelas seria a Melinda certa. Só de pensar em ler tudo aquilo ficava desanimado. Então não pensei.

Melinda Lopez estava em busca de uma mulher budista, bissexual por curiosidade, para viagens e outras explorações.

Melinda Davis estava protestando contra políticas chinesas no Tibete numa festa de irmandade com temática do Himalaia na Universidade de Tulane, na Louisiana.

E Melinda Finn escreveu um artigo sobre trekking com um gurkha nepalês para o *New York Observer*. Mais de um artigo. Meu coração disparou enquanto eu os lia atentamente. O *Observer* a descrevia como uma escritora de Nova York. Não tive sucesso quando fiz uma busca por imagens, mas não deixaria isso me deter. O que mais me deixava perplexo era que não havia nenhuma Melinda Finn em Nova York com conta no Facebook, e o Yahoo! People Search não apresentou nenhum resultado para Melinda Finn de Nova York com menos de cinquenta e três anos. No entanto, havia números de telefone de vinte e sete M. Finns.

Quando comecei a discar, me passou pela cabeça que eu pudesse estar começando a me tornar um maníaco, mas preferi ver as coisas sob termos mais cavalheirescos. Na literatura, existe uma longa tradição de empreitadas e gestos românticos por heróis também românticos, e, comparado ao lance de bater de porta em porta com um sapatinho de vidro na mão, até que eu estava me comportando de modo bem racional. Realmente não via problema algum nisso, até me ver explicando ao sr. Sheldon Finn o que me levou a telefonar à sua filha de dez anos, Madelyn.

Com medo de atrair suspeitas de pedofilia, repensei minha abordagem. Li os artigos no *Observer* com mais atenção, procurando por pistas que pudessem me ajudar. Em um deles, ela mencionava um namorado com quem fazia trilhas. Visualizei a silhueta de Jamie, em pé, parado num afloramento de granito, e então o vi se virando e rindo, debochando de mim. Estremeci e continuei com a leitura. Numa história mais recente, ela se referia de modo mais específico a uma viagem que fizera sozinha. Além disso, não encontrei mais nenhuma característica que a pudesse identificar. Nada sobre altura, cor dos olhos, ou predileção por caras importados da Austrália.

Então notei algo que fez meu estômago dar um salto mortal! Um endereço de e-mail impresso na parte de baixo de um dos artigos. Era um e-mail do *Observer*. Mas, ainda assim, era um e-mail de contato, e era dela. Ela estava a um clique de distância.

Digitei corajosamente meu endereço de e-mail do trabalho no campo do remetente. Uma forma sutil, mas eficaz, de fazer com que ela soubesse onde eu trabalhava. Hope ficaria orgulhosa de mim. Além do mais, parecia profissional, apenas um jornalista entrando em contato com uma colega da área, caso outra pessoa no *Observer* tivesse acesso ao e-mail dela. Imaginei que deveria manter o tom profissional na mensagem também.

Foi um prazer conversar com você.

Era profissional, mas muito formal.

Gostei muito da nossa conversa, e espero sinceramente ter a oportunidade de retomá-la.

Soar esquisito e inseguro não seria um jeito de conseguir que ela me desse uma segunda chance.

Seu sorriso incandescente causou um curto-circuito no meu cérebro. Não consigo parar de pensar em você, e ficarei eternamente grato se concordar em jantar comigo.

Cliquei em ENVIAR antes de ter tempo de mudar de ideia.

6

O zoológico das notícias

Sob a luz matinal, minha impetuosidade parecia mais autodestrutiva que sedutora.

Enquanto me apressava para chegar ao trabalho, percebi que não tinha como saber se a Melinda a quem enviei o e-mail era a que eu procurava. E, mesmo se fosse, ela poderia não gostar de ter uma carta de amor enviada a seu local de trabalho. E, se fosse freelancer, bem provável, seriam grandes as chances de que nem chegaria a receber meu e-mail. Minha mensagem pararia em alguma conta de uso geral e seria lida por um assalariado mal remunerado e ambicioso demais. Minha grande esperança seria que tal assalariado encaminhasse meu e-mail a Melinda, em vez de lê-lo em voz alta para a diversão de seus colegas de trabalho e depois deletá-lo. Ou, pior ainda, ele poderia notar o endereço de e-mail do remetente, o que não seria bom. Bem, não para mim.

Se tivesse usado meu endereço do Hotmail, teria permanecido anônimo. Em vez disso, optei por anunciar que trabalhava no *The Paper*. Poderia também ter enviado fotos nuas minhas ao *National Enquirer*. Para falar a verdade, a segunda opção teria sido mais segura. O *Enquirer* não teria muito interesse num mero jornalista. O *Observer*, sim. Eu podia ver a manchete do dia seguinte: "COLUNISTA DE CASAMENTOS NECESSITA DESESPERADAMENTE DE AULAS DE ROMANCE".

Se fosse possível se encolher e correr ao mesmo tempo, eu estaria fazendo isso. Queria chegar ao *The Paper* o mais rápido possível. Ou, mais especificamente, à minha caixa de e-mails.

A sede ultramoderna do jornal, de vidro e aço, se erguia sobre a margem oriental de Midtown. Guarnecida de uma cobertura protetora em forma de grade, sua fachada lembrava altivas páginas de papel-jornal com seu nome em um banner de mais de quinze metros de altura ao longo dos andares superiores. Até mesmo apressado, senti uma onda de orgulho. Num tempo em que a internet ameaçava sua existência, o recentemente terminado edifício de sessenta e um andares se estendia na linha do horizonte da cidade, desafiando tanto a gravidade quanto a globalização numa declaração física de relevância. Jornais não iriam a lugar algum, o edifício parecia atestar. Ou, ao menos, não esse icônico jornal.

Não era tanto um local de trabalho quanto um sistema de crenças. Quando as pessoas se referem à imprensa como uma quarta potência, a implicação é que o jornalismo é rival dos três ramos do governo, e, no *The Paper*, se espera que ajamos como se a própria democracia estivesse em jogo quando se trata de cada prazo de entrega. Não se assumia um emprego ali para bater ponto, mas para devotar sua vida a um propósito maior: a busca da verdade e da excelência. Eu me esquivei das equipes de construção que ainda estavam por ali e entrei voando no amplo saguão. Minhas costas instintivamente se endireitaram com o controle da segurança enquanto eu agitava meu cartão de identificação, a prova de que eu era membro de uma fraternidade exclusiva.

Meu orgulho diminuiu um tanto quando me deparei com um monte de gente esperando o elevador. Ao contrário do edifício neogótico que recentemente havíamos deixado vago, não havia acesso por escada a partir do saguão, então havia uma demanda ainda maior por elevadores, já que funcionários agora se espalhavam por quarenta andares em vez de vinte. Poderia ser pior. A empresa planejara ocupar andares adicionais do novo edifício, mas, assim como as previsões de receita tendiam a descer, o mesmo acontecia com as aspirações imobiliárias.

O "inteligente" e altamente tecnológico sistema de transporte do elevador dispensava os botões padrões de subida e descida, substituídos por um painel computadorizado. Digitei o andar desejado, o cinco, e tolerei o indispensável atraso para que a tela me mostrasse qual elevador eu deveria pegar. Mas não. Não mostrou número nenhum. Estava escrito: ERRO. Tentei rapidamente de novo, e recebi mais uma vez a mesma mensagem. Frustrado, golpeei o painel pela terceira vez e fui direcionado ao elevador F, no qual me juntei a uma dúzia de jornalistas marcados pela tensão, impaciência e agressividade, em fila, como se fossem visitantes esperando para entrar num brinquedo num parque temático da Disney. Como nossos equivalentes turistas, abríamos mão de todo o controle depois de entrarmos num daqueles meios de transporte. Infeliz daquele que resolvesse ir para outro andar, pois não há nenhum botão de andar dentro do elevador. Aparentemente, repórteres de verdade não têm lapsos de memória.

Eu batia os pés impacientemente. A espera estava me deixando agitado. Visualizei uma luz vermelha piscando no telefone sobre a minha mesa e já esperava por uma mensagem de voz do editor de ética e padrões, solicitando que eu fosse falar com ele. Podia ouvir sua voz de barítono declarando: "Tenho algumas perguntas sobre uma chamada que recebi nesta manhã do *Observer*". Fiquei me perguntando em que precisamente consistia assédio sexual.

As portas do elevador se abriram.

– Em que andar estamos? – perguntou uma mulher nos fundos do elevador, já que os números dos andares não eram exibidos. (Repórteres de verdade confiam em seu instinto.) Alguém perto da porta disse "Cinco", e eu saí voando dali.

O aquário de dois andares estava zunindo com conversas sussurradas enquanto eu cruzei rapidamente o espaço do tamanho de um campo de futebol americano. Gerentes estavam reunidos com editores seniores em pequenos escritórios com paredes de vidro, enquanto repórteres se aninhavam no computador, com fios de telefone pendendo de seus headsets nem um pouco fofos. Auxiliares de escritório inexpressivos digitavam, e diretores de arte mantinham os olhos cravados em monitores gigantescos. Embora a redação seja o centro nervoso da produtividade do *The Paper*, o que acontecia ali não parecia tão diferente do que rolava numa agência de publicidade. Ou num escritório de contabilidade. A luz do sol inundava os cubículos forrados com painéis de cerejeira enquanto eu virava à esquerda, num corredor no lado mais afastado da redação, e ia direto para a minha mesa.

Nenhuma luz vermelha. Eu estava a salvo. Por ora.

– Isso aqui é um jornal, não uma doceria! – berrou minha editora por cima do meu ombro. Eu me virei, preocupado com o que seria aquilo. Renée Brodsky, um dínamo de pouco mais de um metro e meio, estava parada no cubículo atrás de mim com seu headset no lugar, sobre os cabelos grisalhos, curtos e espetados. Seus olhos de aço azuis estavam estreitos por trás dos óculos de armação preta e grossa. O olhar me contemplava diretamente, mas, ainda bem, o foco de Renée estava numa conversa ao telefone.

– As páginas sobre casamentos não são diferentes das outras. Não adocicamos as notícias – ela disse, com a voz gutural enrijecida pelo desdém.

Ex-repórter durona promovida a editora, com uma queda por folhados da culinária judaica e piadas afiadas, Renée tinha pouca tolerância a alguém que contestasse sua opinião – ou a do *The Paper*.

– Lidamos com fatos, sra. Murphy – prosseguiu ela enquanto sua cabeça emergia sobre altas pilhas de solicitações para colunas de casamentos. – E o fato é que esse será seu *terceiro* casamento. Se formos publicar um artigo sobre ele, seremos obrigados a incluir os fatos da história.

Renée trabalhava para aquele jornal fazia quase cinquenta anos, e, até onde ela sabia, não havia diferença entre um anúncio de casamento e uma matéria na primeira página. Assim como ficaram sabendo muitas noivas desafortunadas. Eu estava simplesmente aliviado ao ver que eu não era o foco de sua ira. Dessa vez.

Meu telefone tocou. Era Tony Fontana, sentado a menos de um metro de mim, no cubículo à minha direita.

– Mais uma noiva foi para o espaço – sussurrou ele.

– O falatório acordou você? – perguntei, enquanto ligava meu computador.

A pergunta era uma piada, já que Tony era um burro de carga que chegava no escritório às seis da manhã. Ele escrevia para três seções diferentes e era o treinador do time de hóquei de seus quatro filhos. De alguma forma, ele também conseguia arrumar um tempinho para ser presidente do fã-clube de *Jornada nas estrelas* em Great Neck.

– Ah, você vai ter seu próprio despertador assim que a Brunhilda puser os olhos na sua coluna – ele disse rindo.

Renée nasceu na Alemanha, por isso Tony a provocava com o apelido de Brunhilda quando ela estava de mau humor. Mas, piadas à parte, era óbvio que ela não estava em seu melhor estado de espírito para editar meu artigo, que eu enviara à redação antes de dormir.

– Vá encher o saco de um noivo – respondi, enquanto dava duplo clique no meu programa de e-mail.

– Mantendo o mundo a salvo pela democracia, um casamento por vez – disse ele antes de desligar.

Apreensivo, passei os olhos pelos inúmeros e-mails novos que eu havia recebido, descendo a tela e passando por muitas ofertas de aumento de pênis. Havia diversas mensagens de uma noiva nervosa confirmando e reconfirmando nossa entrevista marcada na sexta-feira de manhã, mas não parecia ter chegado nada do *Observer* – nem de Melinda. Fiquei aliviado. E desapontado. Eu me lembrei de que era sortudo apenas por ter conseguido evitar a destruição de minha carreira. Ainda assim, sentia uma leve dor no peito quando imaginava as covinhas no rosto de Melinda.

– Noivas! – exclamou Renée, enquanto se livrava de sua diatribe e voltava a se sentar.

– É assim tão terrível querer deixar de fora os casamentos anteriores no anúncio de um novo casamento? – perguntou Alison Dolan.

Ao mesmo tempo, Tony e eu erguemos a cabeça por cima de nosso cubículo, com uma mórbida previsão do que viria a seguir. Fazia dois anos que Alison saíra de Barnard e não entendia por que ainda não era editora chefe do *The Paper*. Nós não entendíamos como ela ainda trabalhava ali.

– Todos nós queremos coisas – Renée respondeu irritada, enquanto lhe dava as costas de novo, ereta. – Eu queria morar no sul da França.

O que não era realmente verdade. Ela estava convencida de que feneceria e morreria se passasse mais de uma semana afastada do *The Paper*.

Ninguém sabia exatamente quantos anos Renée tinha, mas deveria estar beirando os setenta, e a aposentadoria era algo impensável para ela.

– Se citamos alguém num artigo sobre as eleições, não dizemos quantas vezes essa pessoa se casou – Alison persistiu em seu lânguido lamento.

– E, quando citamos alguém num artigo sobre casamentos, não dizemos em quem essa pessoa vai votar – foi a resposta de Renée, um pouco na defensiva. – Se for uma história sobre casamento, um casamento anterior é relevante. Tem a ver com o contexto. – Renée voltou a se sentar, depois se levantou rapidamente de novo. – Em 1977, Lana Fogerty e eu éramos as únicas mulheres repórteres com uma mesa no *Washington*. E então Lana foi demitida por ter tido um caso com um congressista. Não enquanto estava trabalhando lá, mas *antes*. – Renée enfatizou a palavra "antes" e depois prosseguiu com o restante da história. – Achei que aquilo fedia a sexismo e fui direto falar com J. D. Rosenberg, que disse: "Não me importo se minhas repórteres estiverem dormindo com elefantes, contanto que não estejam fazendo reportagem sobre o circo".

A bestialidade na metáfora era perturbadora, mas foi a referência à demissão de uma repórter por conduta sexual inadequada que me fez empalidecer. Eu sabia muito bem que a integridade moral não só era algo esperado no *The Paper*, mas uma exigência sacrossanta.

Meu telefone tocou de novo e eu hesitei. Não reconheci o número. Nada muito incomum. Mas e se fosse do *Observer*? Minha melhor opção era deixar cair na caixa postal. Só para garantir. *Mas e se ligassem para o editor de padrões do jornal?* Eu tinha de me controlar.

Voltei a ler meus e-mails e achei um de minha avó em meio aos spams: "Já saí do hospital. Só levei alguns pontos. Você vai ter de esperar mais um pouco para receber sua herança. Com amor, vovó."

Imediatamente comecei a discar o número dela.

– Gavin! – minha avó falou animadíssima ao atender o celular. – Estou no Winn-Dixie. Como sabia onde me encontrar? – O fato de ela usar tecnologia não significa que a entendesse completamente. – Foi correr hoje de manhã?

– Hoje não, vó.

– Por que não? Quando cheguei do hospital, a primeira coisa que fiz foi sair para correr.

– Por que não me ligou depois? – perguntei. – Deixei um monte de mensagens.

– Não queria incomodar você no trabalho.

– Estou sempre trabalhando – falei –, mas estou pensando em tirar uma folga para visitá-la.

– Você não deveria tirar folga do trabalho – disse ela. – Nove mil pessoas perderam o emprego na Verizon.

Minha avó acompanhava relatos de desemprego da mesma maneira que fãs de beisebol acompanham as médias de rebatidas.

– Não vou perder meu emprego – garanti antes de lhe perguntar detalhes sobre sua saúde.

Ela insistiu que tinha apenas escoriações e estava cansada. Era com Bernie que estava preocupada. Ele ainda estava na UTI.

– A noite passada foi a primeira vez que dormimos separados desde que nos casamos – disse ela, com um tremor na voz. – Não quero que você venha me visitar agora. Guarde seu dinheiro para levar uma garota legal para jantar. – Abruptamente, ela disse que tinha que ir, e eu ainda estava segurando o telefone quando Renée bateu no meu cubículo.

– Sua coluna está na mesa da redação – ela me informou.

Renée não enviava uma história para os editores da redação até que ela mesma tivesse terminado de editá-la, o que, de modo geral, era um martírio exaustivo que demorava horas ou até mesmo dias.

– Você não tem nenhuma pergunta a me fazer? – perguntei descrente. E particularmente orgulhoso de mim mesmo.

– Tenho certeza de que poderia fazer algumas – respondeu ela, com uma pontinha de ameaça na voz. – No entanto, Al disse que quer tirar uma dúvida com você.

– O capitão Al! – retumbou a voz de Tony. – Deve ser uma tremenda de uma história!

Al Macallister conduzia a mesa da redação com uma espécie de atenção detalhada que ajudava o *The Paper* a fazer por merecer sua aclamada reputação. Também era do tipo que costuma ficar obcecado por uma única coisa.

– É sobre o lide – disse Al quando liguei para ele.

Ah, meu Deus, pensei. *Por favor, não me faça mudar meu lide depois de todas as horas que levei para escrever aquilo.*

Al leu a linha de abertura como um robô, sem inflexão alguma na voz nasalada:

– Em termos de amor, Mimi Martin achava que tinha perdido o barco – ele fez uma pausa antes de citar meu crime linguístico. – *Que* barco? Que barco a senhora Martin tinha perdido?

Há uma linha tênue entre precisão editorial e neurose obsessivo-compulsiva.

– Não estava me referindo a nenhum barco específico – falei, tentando reprimir o John McEnroe* dentro de mim ("Você não pode estar falando sério!").

– Mas você usou o artigo "o", que na verdade implica um barco específico – ele retaliou. – Se não tiver um barco específico em mente, deveria mudar para "*um* barco", caso contrário, nossos leitores ficarão se perguntando a que barco você está se referindo.

A única coisa que nossos leitores se perguntariam seria em que planeta vivemos.

– É para ser engraçado – eu disse, numa débil tentativa de usar a razão, mas, se você tem de explicar a alguém que uma coisa é engraçada, é porque não é. – É um coloquialismo: "Perdi o barco".

– Você não escreveu que VOCÊ perdeu um barco. Escreveu que a srta. Martin perdeu um barco – apontou-me o capitão Al, sempre alerta em busca de um erro factual.

– A questão é que isso é estilo, um modo de dizer que perde o sentido se eu usar o artigo "um" – insisti.

– Não sei – disse ele. *O que ele não sabe?*, me perguntei. *Como as pessoas falam na vida real?* – Acho melhor ser mais preciso.

Desliguei o telefone, grunhindo.

– Al está assassinando o meu lide!

Renée ergueu novamente a cabeça sobre seu cubículo.

---

* John McEnroe foi um tenista americano que tinha o hábito de xingar juízes e atirar raquetes, chegando a ser expulso de um momento importante num torneio por seu temperamento. (N. da T.)

– Em 1968, Archie Donovan era o copidesque da redação quando escrevi uma história sobre o Oscar de John Wayne. Meu lide era "Antes tarde do que nunca. John Wayne demonstrou ter *Bravura indômita*, ganhando o Prêmio da Academia por seu 139º filme". Donovan, que acreditava que quanto menos palavras, melhor, mudou o lide para "John Wayne foi o *tardio vencedor* do Prêmio da Academia por seu 139º filme". Isso sim é assassinar um lide. – Ela soltou uma gargalhada alta e rouca, depois afundou de novo na cadeira. Por trás da parede, disse: – Vou conversar com o Al.

Fiquei grato por ter uma coisa a menos com que me preocupar. E foi aí que um alerta de e-mail apareceu na tela do meu computador. Eu tinha uma nova mensagem, e era da Melinda.

7

O encontro dos sonhos

Eu estava decidindo entre rosas e tulipas numa floricultura em Midtown antes de me encontrar com Melinda para um jantar tarde da noite. Rosas fariam uma forte declaração. Talvez forte demais. Eu estava pensando demais. Ou, o que era mais provável, estava exagerando. Era apenas um primeiro encontro. Eu me perguntei se ficara tão ansioso no primeiro encontro com Jill. Eu lhe dera uma caixinha de trufas belgas. Talvez isso a tenha desanimado. Gostaria de poder perguntar isso a ela. Deveriam existir entrevistas de desligamento antes de sairmos para o próximo encontro. Apenas uma breve avaliação dos pontos altos e dos desafios de um relacionamento, e talvez algumas perguntas como: "Então, o que exatamente motivou você a me deixar?"

Desisti das flores, mas comprei balas de menta. Eu não estava nervoso. Ou não estava tão nervoso quanto fiquei quando recebi o e-mail de Melinda dois dias antes. Fiquei olhando para o monitor por dez minutos antes de abrir a mensagem, meio que esperando que ela me dissesse para parar com isso e desistir. Ao contrário, ela aceitou entusiasmada meu convite. Não só não se sentiu ofendida como ficou admirada com a minha ousadia. O único problema era manter essa impressão. Pedi a Hope que me recomendasse um restaurante ousado.

– Ousado na comida ou na aparência? – ela quis saber. Eu realmente não sabia, mas não me parecia muito ousado admitir isso. – Que tal uma localização ousada? – sugeriu ela.

– Como no exterior? – perguntei.

– Eu estava pensando mais no Bronx.

– Novos parâmetros – eu disse. – Ousado sem ter de cruzar uma grande superfície aquática.

– Que tal *na* água?

Ser insosso tem suas vantagens, pensei enquanto subia a estreita escada vertical a bombordo do *The Lightship*, um barco de oitenta e dois anos que fora resgatado das profundezas da baía de Chesapeake, e agora ficava ancorado num píer no rio Hudson.

Quando Hope me recomendou o lugar, eu me imaginei seguindo os passos do romance iniciado na marina de Mimi e Mylo. Mas era verão nos Hamptons no caso deles, e agora estávamos em pleno inverno na West Side Highway.

Soprava um vento gélido vindo do Hudson, e as ondas negras espirrando no casco do *The Lightship* pareciam mais assustadoras que animadoras. Quando me icei a bordo, lembrei que Melinda gostava de aventuras.

Uma escadaria de metal dava para a barriga do barco, onde se ouvia rhythm & blues vindo da sala dos motores, coberta de cracas, que alojava um lounge íntimo. Com passadiços à luz de velas atravessando o casco enferrujado, o restaurante era um misto de bar elegante e navio de pirata.

Não havia nem sinal de Melinda entre os fashionistas ali presentes, com idades que variavam entre os vinte e os trinta e poucos anos, todos de roupa preta. Eu estava com uma jaqueta cinza-escura e calça jeans, meu uniforme padrão, mas colocara a camisa por dentro da calça.

Arrumei um lugar numa banqueta do bar. Depois de alguns minutos, percebi que estava sentado de um jeito desengonçado, então me levantei. Dei uma olhada no relógio. Eram 21h05. Eu tinha uma entrevista às oito da manhã que não tinha terminado de preparar. Prometi a mim mesmo que nem pensaria nisso.

Meu celular vibrou, e fiquei preocupado que pudesse ser Melinda cancelando o encontro, mas eram meus pais. Eles vinham me atualizando regularmente sobre a saúde de minha avó. Não que houvesse alguma atualização a ser feita, já que eu ligava para ela todas as manhãs a caminho do trabalho; no entanto, essa minha atitude teve um impacto desprezível nos boletins de meus pais sobre a saúde dela.

– Estou ligando só para dizer que não houve nenhuma alteração na doença de sua avó – disse meu pai.

– Ela não tem doença nenhuma – eu disse. – Ela levou pontos.

– Bem, ela não levou mais pontos hoje – ele esclareceu.

– Ela não vai ter de levar mais pontos – retruquei.

– De repente você virou médico – comentou meu pai.

– Não é tarde demais para voltar para a faculdade de medicina – disse minha mãe.– O sobrinho do meu professor de zumba só foi para a faculdade aos trinta e oito anos e, quando se formou, estava casado.

– Não vou voltar para a faculdade de medicina – garanti.

– Já reconsiderou a possibilidade de procurar uma noiva numa agência de casamento?

Antes que eu pudesse responder, meu pai disse:

– O Bernie saiu da UTI.

Como de costume, meus pais tinham acabado com o lide.

– Que ótima notícia! – eu disse.

– Certifique-se de dizer isso a sua avó.

– Farei isso – comentei, antes de fazer a pergunta óbvia. – Por que não faria?

– Bernie ainda está inconsciente – comentou minha mãe. – O médico disse que não estava otimista.

– Não foi isso que o médico disse – objetou meu pai.

– Ele disse que talvez o Bernie nunca mais recupere a consciência.

– Mas ele não usou a palavra "otimista"!

– Porque não estava!

Dei uma olhada em volta do escuro salão. Uma lagosta envernizada com goma-laca parecia estar de olho em mim. Melinda estava atrasada. Bernie estava morrendo. Meus pais eram disfuncionais. E eu estava sozinho. Figurativamente falando. Havia cerca de vinte pessoas estiradas em sofás e dançando nas sombras enquanto Mary J. Blige insistia que estava tudo bem.

Ouvi um bipe no meu telefone. Era Melinda.

– Vou atender a segunda ligação – eu disse a meus pais, interrompendo a briga.

Alternei a chamada, temendo receber más notícias e esperando que ela estivesse meramente atrasada por causa do metrô ou de piratas somalianos.

– Onde você está? – ela me perguntou.

– Onde *você* está? – respondi.

– Sentada numa adorável mesa para dois, sem meu acompanhante – ela respondeu, antes de eu me dar conta de que estava ouvindo Mary J. Blige pelo celular.

– Estou indo aí – respondi e desci correndo os degraus.

Eu podia jurar que havia dito para nos encontrarmos no bar, mas não importava. Nada importava, além de vê-la.

O salão de jantar ficava no deque. Fileiras de mesas cobertas com toalhas quadriculadas de vermelho e branco estavam dispostas sob uma tenda em meio a lamparinas elétricas que imitavam tochas, envoltas em fios coloridos de luzes de Natal.

– Estou no deque – eu disse, ainda segurando o celular ao ouvido.

– Estou indo em direção à popa do barco, a estibordo – disse ela.

– Isso é um teste? – tentei me lembrar se a popa ficava na frente ou atrás do barco.

– Sim – ela respondeu rindo. – Se você falhar, nunca vamos nos encontrar.

Gostei do tom desafiador, mas de flerte dela.

– Você não vai me ajudar? – perguntei enquanto caminhava a passos largos entre as mesas, virando a cabeça de um lado para o outro.

– Que tipo de herói romântico pede ajuda para andar num barco?

– O tipo que poderia ser condenado por falta de conhecimentos náuticos – eu disse, empolgado por ela pensar em mim como um herói romântico.

– Nada tema, Coração Valente, e não te desvia de teu caminho, serei tua luz.

– Como?

– Estou acenando para você – disse ela, e pude perceber alguém balançando um braço. Mas, sob a luz bruxuleante, não pude vê-la. – Não demore – ela falou antes de desligar.

Sem chance, pensei, enfiando o celular no bolso e me apressando em direção a ela.

Melinda se levantou para me cumprimentar. Com toda a sua altura. Ela me envolveu com os braços quando eu, hesitante, a abracei. Nós nos sentamos e ela arrumou algumas mechas de seus cabelos grisalhos.

– Tenho de confessar que quando recebi seu e-mail não tinha certeza de quem você era – ela disse. – Mas agora é claro que me lembro que nos encontramos numa festa no último verão em Southampton.

Eu não sabia o que dizer. "Nunca vi você antes na vida" parecia pouco apropriado, embora preciso.

Ou, melhor ainda: "Quem é você e o que fez com a Melinda?" Embora, como o capitão Al sem sombra de dúvida teria salientado, ela era na verdade *uma* Melinda. Apenas não era aquela que eu estava procurando.

Por que ela respondeu meu e-mail se não sabia quem eu era? Por que não notou que não era a destinatária certa? Em contrapartida, me senti grato por ela ter presumido que eu era um cortejador legítimo em vez de me acusar de ser um maníaco incompetente.

Ao olhar para a Melinda do outro lado da mesa à luz de velas, não havia motivos para que não fosse objeto de obsessão de um homem. Embora eu achasse que ela estava na casa dos cinquenta anos, tinha as curvas no lugar, lábios robustos e olhos de corça.

– Você escolheu um ótimo lugar – disse ela, mexendo a cabeça para cima e para baixo ao ritmo da música. – Estou me sentindo dez anos mais jovem em meio a todas essas crianças fabulosas.

Instantaneamente, me senti dez anos mais velho, além de desconfortável, sabendo que era muito provável que eu fosse a segunda pessoa mais velha a bordo.

– Meu ex-marido odiaria este lugar – comentou ela.

Eu devo ter feito algo terrível numa vida passada, pensei enquanto ela tecia crônicas de vinte e cinco anos das fraquezas de seu ex-esposo.

– Quando o conheci, ele achava que Himalaia era uma posição sexual.

Ela também falou de seus dois netos – e mostrou fotos.

Tudo que eu queria era escapar dali o mais rápido possível.

Meu celular vibrou. Eram meus pais de novo, e percebi que, sem querer, tinha desligado na cara deles. Estava prestes a dizer a ela que precisava atender à chamada e usar isso como desculpa para fugir, mas lembrei que fora eu quem a convidara para jantar. Ela não fora atrás do convite. Nem atrás de um encontro na internet. Meramente consentiria em me acompanhar numa refeição, e o mínimo que eu poderia fazer era lhe prover uma.

– Você deu uma olhada no cardápio? – perguntei.

– Estava ocupada demais admirando a vista – disse ela.

Enrijeci, e não no bom sentido. Mas depois, humildemente, percebi que ela estava olhando para uma janela de plástico embutida na tenda ao nosso lado. As luzes de Midtown cintilavam sob o céu claro.

– Este é um local romântico perfeito – ela disse.

Ambos ficamos contemplando a vista pela janela, que formava vagalhões na brisa noturna, enquanto as velas tremeluziam e os casais perto de nós trocavam carícias. O momento foi tudo que eu imaginava. Só que eu estava com a Melinda errada.

8

Caindo na real

— Se dependesse de mim, a gente fugiria – disse Amy Wu na manhã seguinte, engolindo seu segundo copo grande de latte no Starbucks da Union Square.

Ela não era a única que precisava recuperar a energia.

Eu não tinha dormido bem, pois passara a maior parte da noite de luto por um relacionamento que nunca tive. A última coisa que eu queria era ouvir alguém falar sobre o encontro com sua alma gêmea, e eu esperava que Amy não usasse as palavras "alma gêmea". Também esperava que a entrevista fosse fácil, mas a morena élfica estava menos entusiasmada com a nossa reunião do que eu esperava. Editora de moda da revista *Elle*, estava acostumada com os bastidores e ficava cada vez mais perturbada com esse lance de ser o foco das atenções.

– Passei uma hora ao telefone ontem com um vendedor por causa de confetes de cores combinadas – disse a mulher de vinte e oito anos enquanto puxava para baixo o justo suéter cinza. – Há seis meses eu nem sabia que isso existia. Ainda não sei por que preciso disso. Ou por que preciso de um artigo no *The Paper*. Não quero ofendê-lo, mas não ganhei o Prêmio Nobel da Paz.

– Se tivesse ganhado, eu teria pagado seu café – eu disse, tentando acalmar a noiva cafeinada.

Um sorriso nervoso apareceu no rosto anguloso de Amy enquanto ela lambia a espuma da borda do copo. Ela era especialmente adorável, notei com uma pequena dose de desespero. Em algum lugar da cidade, Melinda também poderia estar curtindo um café matinal. Livrei-me do pensamento e me concentrei em meu bloco de notas quase vazio, tomando meu caramel macchiato.

– A maior parte da pessoas que querem fugir para se casar não convida duzentas pessoas para o Rainbow Room – comentei, mudando o rumo da conversa.

– O Mike queria um casamento grandioso – ela me confessou. – Às vezes, posso jurar que ele é uma garotinha. Não cite isso. Vai fazer o Mike chorar. Quer dizer, surtar. Ele surtaria. De um jeito bem másculo.

Mike Russo era um consultor em assuntos amorosos que aparecera no programa da Oprah e que, possivelmente, estava precisando de seus próprios serviços, pois levou um mês para sair com Amy pela primeira vez. A pergunta era: Por quê? A resposta não estava acessível.

– Você deve ficar cansado de perguntar às pessoas como elas se conheceram – ela comentou, se esquivando das minhas perguntas. – Todas as histórias das noivas não começam a parecer iguais?

Fiquei tentado a dizer que sim, porém precisava salvar a entrevista.

– Não escrevo sobre *todas* as noivas – eu disse –, mas quero escrever sobre uma, nativa de Ohio, emergindo na hierarquia da revista *Elle*, que fez com que o futuro marido fosse preso por convidá-la para sair.

– Você não vai incluir isso no artigo, vai? – ela me perguntou, arregalando os olhos castanhos.

É claro que sim. Foi assim que consegui fazer com que a Renée aceitasse o artigo.

– Não é verdade? – eu disse, esperando persuadi-la a revelar mais sobre o assunto.

– Não fiz com que ele fosse preso – foi tudo que ela disse.

– Não foi isso que *ele* disse. – Às vezes, meu trabalho envolvia bancar o apresentador de reality show.

– Eu não sabia que ia me casar com a Maria Fofoqueira – disse ela. – Ele também contou sobre o assédio no metrô?

Eu só lembrava que eles haviam se conhecido depois do trabalho em um vagão lotado do metrô. Ele se levantou para ceder o lugar a ela, e surgiu uma centelha ali. Segundo ele, foi mútua.

– Eu achei fofo – ela admitiu, corando. – Bonito, *muito* bonito.

Ex-esquiador profissional de um metro e oitenta e dois, não havia dúvidas quanto ao poder de atração de Mike, mas ela parecia protetora em relação a ele. Imaginei como seria ter alguém agindo daquele maneira em relação a mim.

– Quando me levantei para descer na próxima estação, ele pediu meu telefone.

É claro que pediu, pensei, *porque isso é o que as pessoas normais fazem.* Se eu tivesse feito a mesma coisa com Melinda, poderíamos estar namorando.

– Mas eu não dei – Amy disse categoricamente. – Ele ficou com uma expressão tão confusa quanto a sua agora – disse ela, rindo.

Eu me orgulhava de não ser tão transparente, mas eu *estava mesmo* confuso.

– Você disse que o achou atraente.

– Não dou o número do meu telefone para qualquer cara que conheço no metrô – disse ela.

– Mas surgiram faíscas entre vocês! – irrompi com meu discurso. – Ele lhe cedeu o lugar!

Se um cara como Mike Russo não conseguia o que queria, eu não teria a menor chance.

– Ele era um cara educado qualquer. Você sabe quantos esquisitões existem nesta cidade? E, falando em esquisitões, na manhã seguinte, ele estava esperando por mim na plataforma do metrô em Uptown. Bem aqui na Union Square.

– Como ele sabia a que horas você saía para o trabalho?

– Como ele sabia onde eu morava? – disse ela, colocando uma mecha solta de cabelos escuros atrás da orelha. Seus cabelos eram na altura do ombro, como os de Melinda. – Quando me viu descer do trem, eu poderia estar indo jantar ou visitar um amigo ou amiga. Isso é uma loucura. Ele é louco. Ele foi até a estação às seis da manhã seguinte e me esperou aparecer às oito e meia.

Fiquei impressionado por ele ter feito tamanho esforço. Especialmente porque não havia nenhuma garantia de que fosse vê-la.

– Ele veio até mim e disse: "Bom dia", como se fosse a coisa mais natural do mundo, abrindo aquele sorriso enorme, cheio de dentes. Perguntei por que ele estava sorrindo, e ele disse: "Não consigo evitar. Acabo sorrindo ao ver você", que foi a coisa mais cafona que já ouvi na vida. E eu disse isso a ele. Ele falou que conhecia outras ainda mais cafonas. E, depois de três anos juntos, posso lhe garantir que ele não estava mentindo. Então perguntei se ele morava na região, e ele disse: "Não, estou aqui só para convidar você para jantar comigo". Não consegui acreditar na audácia dele.

Nem eu, mas ele era um profissional nesses lances de namoro, preparado para atuar diante das câmeras. Não era possível esperar isso de meros mortais.

– Eu disse que tinha um compromisso – ela prosseguiu.

– E como foi depois? – Eu estava muito curioso para saber como um cara como Mike lidava com a rejeição.

– Na manhã seguinte lá estava ele de novo. – Ele havia acabado de se tornar meu herói. – Dessa vez, com café do Starbucks e minicupcakes da Crumbs Bake Shop. Ele me convidou para sair de novo, e eu recusei mais uma vez.

– Por quê? – Eu me vi encarando a rejeição como algo pessoal. Não se tratava mais de uma entrevista; era uma aula educativa. Depois dos meus passos equivocados da semana passada, essa era a minha chance de penetrar no labirinto da mente feminina. – O que ele fez de errado?

Ela mordeu o lábio e parecia estar decidindo se contaria mais.

– Eu só não queria sair com ninguém – disse por fim. – Tinha acabado de terminar um relacionamento, fazia um mês. O cara que eu namorava desde a faculdade me largou na festa chinesa do casamento da minha irmã. Eu era a dama de honra, então estava com um daqueles vestidos fúcsia cafonas que as damas de honra costumam usar e tinha cachinhos nos cabelos, que levaram horas para ficar prontos. Antes da cerimônia, ficamos posando para fotos num conversível vintage, e ele disse que tinha se apaixonado por outra pessoa. Então vamos apenas dizer que eu não estava a fim de romance quando conheci o Mike. Como minha avó Jade costumava dizer, se deixar alguém tirar seu chão, é melhor que esteja preparado para cair de bunda depois.

– Então, o que fez as coisas mudarem?

Era uma pergunta padrão do meu repertório, mas eu queria mesmo saber a resposta. Eu não era mais um jornalista. Era um cara solitário em busca de conhecimentos vitais. Algo fundamental que deveria ter aprendido há anos. Temia que minhas honras acadêmicas na Cornell tivessem vindo à custa de um curso básico incompleto em relacionamentos.

– Ele continuou aparecendo, e me levava café e cupcakes, e eu continuava recusando.

– Você recusou os cupcakes?

– Não. O convite para jantar. Eu amo cupcakes! – Ela sorriu e, por um instante, parecia ter doze anos. – Então, depois de uma semana, faltou energia no metrô. Nenhum trem estava funcionando, mas nós não sabíamos disso. Ficamos lá, em pé, esperando. E esperando. Até que, por fim, desistimos e tentamos pegar um táxi. Mas não havia táxis disponíveis. E foi aí que comecei a surtar, porque tinha uma apresentação marcada para as nove no trabalho. Então o Mike correu para o meio da rua, ziguezagueando em meio ao trânsito e acenando para os motoristas, até convencer um deles a nos dar uma carona para Uptown. Ficamos esmagados no banco de trás do Honda Fit do motorista que nos deu carona, e, quando passei por cima dele para sair do carro, ele pediu meu telefone de novo.

– Foi então que você cedeu.

– Não. – Ela riu, balançando a cabeça. – Foi então que chamei a polícia. Bom, para falar a verdade, chamei o irmão da minha colega de quarto, que é investigador policial e se ofereceu para investigar o passado dele, e foi ele quem entrou em contato com a polícia. Como eu poderia saber que o Mike tinha uma dúzia de multas por estacionar em local proibido?

Se a prisão era um tipo de preliminar sexual, eu tinha muito mais a aprender do que pensava.

– De alguma forma, essa investigação acabou fazendo com que ele recebesse uma notificação do tribunal por causa das multas – disse ela.

– Ele teve de comparecer no tribunal e pagar uma multa, mas, do jeito que ele conta, faz as pessoas pensarem que tropas apareceram na porta da casa dele e o algemaram.

Eu precisava entender como essas duas pessoas tinham acabado juntas. Porque era inevitável. Quando entrevistava casais, era fácil acreditar que o relacionamento deles era predestinado, mas eu sabia que não era verdade. Alguma coisa havia acontecido entre se esquivar de carros na rua e os confetes coloridos, e eu precisava entender o quê. Indo mais direto ao ponto, precisava entender o amor. Eu era como um cientista estudando os componentes de uma substância estranha, e, pela primeira vez na vida, me dei conta de que meu trabalho me proporcionava o laboratório ideal. Estive tão concentrado na ironia de ser um solteiro que escreve sobre casamentos que fiz vista grossa à capacidade de fazer importantes descobertas por acaso. Vinha fazendo meus artigos com os olhos fechados, vidrado nos prazos e na contagem de palavras, sem apreciar que cada casal que conheci tinha algo crucial a me ensinar. Eu só precisava descobrir o quê.

– E o Mike parou de aparecer no metrô de manhã? – perguntei, imaginando se ele havia recuado.

– Você está brincando? – Ela parecia se divertir. – Ele insistiu que, depois de todos os problemas que lhe causei, o mínimo que eu poderia fazer seria sair com ele.

Parecia lógico para mim.

– E considerei a possibilidade – disse ela.

Ele estava pedindo por um mísero encontro, não um empréstimo, quase gritei, frustrado. Aquilo dava o que pensar.

– Considerei os prós e os contras. Estava preparada para começar a namorar de novo? Não deveria primeiro entrar numa dieta de namoro? Meu cérebro é insano. Pondero todas as combinações e permutações possíveis. À noite, antes de dormir, ele me diz: "Consigo ouvir seus pensamentos. São muito altos".

Ok, ela era um pouco neurótica, meio ao estilo de Zooey Deschanel. Entendi. Então, como ele a conquistou? Era isso que eu queria saber. Ela havia pulado aquele detalhe fundamental.

– Por que afinal você concordou em sair com ele?

– Não concordei – foi a resposta. – Ele apareceu no meu escritório na hora do almoço com copos-de-leite brancos, uma garrafa de Moët e comida do Nobu. Fizemos um piquenique na sala de conferências. Quem consegue dizer não à comida do Nobu?

Então tudo se resumia a sushi caro e champanhe? Ele devia ter gasto uns duzentos dólares. Eu não tinha como gastar tudo isso. Pelo menos não num primeiro encontro, e nem se tratava disso. Era uma *tentativa* de primeiro encontro.

– Em momento algum você o encorajou? – perguntei, estupefato. Isso era um conceito novo para mim, e eu tinha problemas em compreendê-lo totalmente.

– Bem, eu não o *desencorajei* – ela disse. Ele deveria entender a diferença? Eu deveria? – Não era que eu não conversasse com ele. Até no primeiro dia em que ele apareceu lá na plataforma do metrô. Começamos uma conversa boba sobre *Madrugada muito louca*. Eu lembro que o chamei de pateta e ele me chamou de esnobe, por causa do meu gosto por filmes, o que é uma completa mentira. Meu filme predileto de todos os tempos é *Shrek*. Eu contei isso ao Mike, que começou a pular pra cima e pra baixo, como se precisasse tomar ritalina ou algo do gênero, e gritou que também era o filme predileto dele. Conversa fiada, certo? Mas depois ele me mostrou que estava usando um relógio do Shrek! Quem usa um relógio do Shrek?

Ninguém que eu conhecesse. Mas eu não conhecia ninguém que tivesse ido insistentemente atrás de uma mulher que recusava todos os seus convites.

– Ele era tão confiante e estava tão certo de que me queria – disse Amy, cada vez mais pensativa. – A forma como vejo tudo isso é que o Mike me encontrou. Várias e várias vezes. Embora eu não soubesse que estava perdida.

9

Atirar, apontar, preparar

— Preciso encontrar a Melinda – eu disse a Gary, a quem telefonara enquanto me dirigia ao centro da cidade, ao sair do Starbucks.

– Você precisa é de sexo – ele disse. – Deixe-me esclarecer: você precisa fazer sexo com alguém com quem possa ter contato físico.

Eu tinha telefonado para saber do Bernie, mas meu irmão estava mais interessado em criticar minha vida amorosa. Ou a falta dela.

– Você precisa conhecer gente – disse ele. – Já pensou em fazer um curso?

– Sobre namoro?

– Não – ele grunhiu –, algo como degustação de vinhos, onde poderia conhecer alguém.

– Eu conheci alguém – respondi, enquanto atravessava a Waverly Street. – Melinda. – Só não estava me saindo muito bem nas tentativas de encontrá-la. Eu entrara em contato com o *Lonely Planet*, e, como suspeitava, eles não forneciam dados sobre a equipe nem dados pessoais.

– Você nunca vai ver essa garota de novo.

– Obrigado pelo voto de confiança.

Notei que estava passando na frente da Faculdade de Belas-Artes da NYU, o que me fez lembrar que Melinda comentou que começara um programa de mestrado ali. Eu tinha trinta minutos para matar antes da minha próxima entrevista. Talvez quarenta e cinco, se pegasse um táxi.

– "Por que será que só nos sentimos compelidos a correr atrás daqueles que fogem?" É de *Ligações perigosas*.

Ele enfatizou a palavra "perigosas".

– Vou encontrá-la – eu disse, com um novo tom resoluto.

– Assim como Julia Roberts disse certa vez: "Em breve haverá uma medida judicial esperando por você".

– Você conversou com o médico do Bernie? – perguntei, mudando de assunto enquanto dava meia-volta e seguia até a faculdade.

– Ainda não – disse Gary –, mas notei que os voos de Nova York até Fort Lauderdale estão em promoção. Não que eu queria pressionar você. Só estou tentando mantê-lo longe de confusão.

Era tarde demais para isso.

– O que você está me pedindo para fazer viola a política da faculdade – me disse a estagiária que se apoiava na escrivaninha no departamento de redação.

Minhas esperanças eram que a natureza romântica de minha missão a convencesse a me deixar dar uma olhada na lista dos alunos do primeiro ano do mestrado, para que eu pudesse descobrir o sobrenome de Melinda, mas os olhos dilatados da aluna de pós-graduação ardiam de indignação atrás dos óculos de aro redondo de metal.

– E se você só confirmasse para mim se há alguma Melinda matriculada atualmente no curso? – perguntei.

– Isso também seria uma violação – disse ela, inclinando a tela do computador para si como se fosse proteger não apenas a integridade do conteúdo da tela como de sua própria virgindade.

O escritório era um espaço apertado com móveis pesados, que eu supus ter um impacto psicológico em quem trabalhava ali. Continuei olhando pela entrada aberta da porta, na esperança de Melinda aparecer.

– Eu poderia ao menos ver um cronograma das aulas, já que estou aqui? Está online de qualquer forma. – Eu estava blefando.

– Definitivamente essas informações *não* estão disponíveis online – disse ela, que ou era uma excelente jogadora de pôquer, ou tinha futuro como perita de sinistros em casos de erro médico.

– Tenho certeza de que poderia encontrá-lo, se tentasse – eu disse, de um jeito amigável e com um tom alegre na voz.

– Duvido.

Eu queria dizer que era repórter do *The Paper*, mas, se mencionasse isso, estaria quebrando todos os limites éticos. Enquanto considerava minhas opções, dois boêmios estudantes de graduação, usando camisa xadrez que não combinavam, se espremeram para passar por mim, dando a volta.

– Você tem mais daqueles folhetos? – perguntou um deles.

Minha adversária eficientemente distribuiu a eles formulários fotocopiados, e os adolescentes caíram fora do escritório quando um homem negro de dreads entrou e declarou que tinha um manuscrito para o professor Rubin, que entregou à estagiária prontamente antes de sair.

– Dia cheio? – perguntei. Ela olhou feio para mim. – Escuta – eu disse –, você está totalmente certa em não passar informações particulares. Acho que a melhor coisa que tenho a fazer é simplesmente ficar esperando. Aqui.

– Aqui? – perguntou ela, franzindo as sobrancelhas.

– Parece que em algum momento todos do departamento vêm falar com você. Então, é só eu ficar aqui entre as aulas e na hora do almoço. Tenho tempo agora. – Cerca de oito minutos, mas ela não sabia disso. – Posso lhe fazer companhia pela próxima semana. Ou pelas próximas duas. Ou quanto tempo for necessário até que a Melinda apareça. E não precisamos nos preocupar com a violação de nenhuma regra.

– É contra as regras você ficar aqui – foi a resposta dela. – Temos uma política rígida quanto a não alunos.

– Mas eu *sou* aluno. – Mostrei rapidamente a ela o mesmo cartão de identificação da NYU que tinha usado para passar pelo balcão de informações, de um curso de francês que eu fizera havia alguns anos (*Je parle mauvais français*). Eu duvidava que fosse aceito se passasse por uma análise mais atenta, mas a Noiva de Cérbero não sabia disso. – Na verdade, eu estava pensando em me matricular num desses workshops de redação de vocês – acrescentei ainda.

– Você precisa ser aprovado pelo diretor do departamento.

– Obrigado por avisar – eu disse, me jogando na namoradeira de vinil.

– Vai ter uma leitura hoje à noite, feita pela Joan Didion, em que todos os alunos devem estar presentes – ela me disse com uma ponta de desespero e nervosismo na voz. – Informações sobre o evento estão disponíveis online.

A leitura seria realizada no Centro de Atividades Estudantis da NYU, ao sul do Washington Square Park. Cheguei lá uma hora antes do início e me posicionei perto das portas do edifício, do lado de dentro.

Era isso. Em menos de uma hora eu veria Melinda de novo. Ocorreu-me que eu não fazia a mínima ideia do que dizer a ela. "Eu estava na vizinhança e resolvi dar uma passada por aqui" não funcionaria. "Não consegui parar de pensar em você" seria a abordagem mais sincera, mas me faria soar quase como um psicótico. Então pensei em Mike Russo e decidi que simplesmente diria que estava ali para convidá-la para jantar. Direto, verdadeiro e lisonjeiro. Eu estava preparado.

E também sentia náuseas.

Notei meu reflexo nas portas de vidro. A iluminação desfavorável deixava minha pele pálida e manchada e, sozinho, parado ali, eu me sentia como se estivesse dentro de um aquário. Um aquário bem reluzente, sem nenhum galeão de plástico atrás do qual eu pudesse me esconder. Enquanto uma mulher se aproximava, vinda do parque, mudei de posição, indo para o lado de fora do lugar. Ela vestia um chapéu de tricô puxado sobre as orelhas e uma jaqueta de marinheiro, que apertava contra o peito. Era o casaco de Melinda! Dei alguns passos instintivos na direção dela, mas, enquanto ela passava sob um poste de luz, vi cabelos vermelhos caindo por sob o chapéu, onde deveria haver cachos castanhos. A mulher olhou para mim desconfiada, e desviei rapidamente o olhar. Quando voltei a olhar para ela, estava a poucos metros de mim, acendendo um cigarro. Sorri nervoso, e ela me desferiu mais um olhar cheio de desconfiança.

Liguei para Hope.

– Se um cara que você encontrou uma única vez aparecesse do nada na sua frente, você ia achar que ele está te perseguindo?

– Ia depender de quão bonito fosse o cara – ela me respondeu.

– Estou falando sério – eu disse.

– Falando sério, ia depender de quão bonito fosse o cara. – Deixei Hope a par do meu plano e ela não questionou minha sanidade, apenas minhas chances de sucesso, o que contou pontos a seu favor. – Só estou dizendo que você está operando com base num risco relativo abaixo do ideal – ela me disse, voltando a falar em seus termos médicos.

Suspeitei que ela não estava completamente focada em mim, porque, bem, ela disse:

– Não posso prestar atenção em você agora, pois estou cheia de pacientes com traumatismo e preciso ir embora logo PORQUE... hoje à noite é meu encontro com o Conrad!

Ela ficou chocada por eu ter esquecido.

– Vou encontrá-lo no Modern – disse, referindo-se ao restaurante do Museu de Arte Moderna, conhecido pelo design elegante e os preços exorbitantes.

– Ele vai arrastá-la até Uptown?

– É um lugar excelente, e ele está querendo causar uma boa impressão.

E a impressão era de que dinheiro não era problema. Apesar de toda a experiência de Hope, às vezes ela ainda era a garota vinda de Ohio, facilmente impressionada com os ricos e famosos de Nova York, algo que Conrad sabia muito bem.

– Acho que desta vez tudo vai ser diferente.

Foi o que ela disse da última vez, mas eu não mencionaria isso, afinal quem está parado ao lado de portas de vidro não atira pedras.

Ela me desejou boa sorte e desligou enquanto um casal entrava de mãos dadas no edifício. E se Melinda viesse para a leitura com outro cara? Não faria diferença. Eu faria o que estava ali para fazer. Eu era um homem numa missão, o James Bond dos hábitos disfuncionais em termos de relacionamento.

De maneira implacável, examinei minuciosamente o rosto de todas as mulheres que entravam. Uma mulher com sardas que se aproximava vinda do lado oeste. Uma do tipo poeta, vestida de preto e com franja da mesma cor, que vinha do lado leste. Um grupo de quatro mulheres passou por mim tão rápido que não as vi com clareza, então as segui, passando em torno delas, até me certificar de que Melinda não estava ali. Quando voltei para o meu posto de sentinela do lado de fora, segurei a porta para uma estudante de pele de porcelana e longos cílios. De repente, eu me senti um velho devasso. O fato de que a ruiva fumante ficava fazendo cara feia para mim não ajudava.

Quando os caras faziam esse tipo de coisa nos filmes, parecia menos lascivo. Geralmente, havia uma música romântica tocando. Talvez meu iPod ajudasse. Com os fones no lugar, busquei por Melinda enquanto ouvia Cee Lo Green cantar "Crazy".

A multidão foi aumentando, e minha cabeça girava a mil de um lado para o outro quando vi uma silhueta mignon com um punhado de longos cachos escuros soprados pelo vento acenando para alguém à minha direita. Corri para aquela direção. E corri de volta para onde estava quando vi minha ruiva menos predileta acenando em resposta.

As duas se abraçaram. De um modo não sexual, o que notei com certo alívio. Depois entraram apressadas antes que eu pudesse ver nada além de cachos e casaco. Fui seguindo as duas (a uma distância não ameaçadora). As luzes no saguão se acendiam e se apagavam, assim como a minha fé em minha expedição amorosa.

Mudando rapidamente de tática, entrei no auditório e caminhei a passos largos, resoluto, até a fileira da frente, então me virei e fiz uma busca completa na plateia, como se estivesse procurando alguém – e é claro que estava.

Havia cerca de duzentas pessoas sentadas ou lutando para tirar o casaco. Lentamente, subi o corredor entre as fileiras de assentos, fazendo uma varredura com os olhos a cada fileira. Melinda estava em algum lugar naquela sala, e eu tinha de encontrá-la.

Pelo menos era nisso que eu acreditava ao passar pelas dez primeiras fileiras. Lá pela décima terceira, comecei a ter uma sensação ruim. Mas lá na última fileira vi um lampejo familiar de cabelos crespos vermelhos e uma cara feia e, um assento depois, pude ver longos cachos castanhos e abundantes. Ela estava curvada para frente, procurando por algo na bolsa. Embora eu não conseguisse ver seu rosto, sabia que era Melinda. Sabia a três metros de distância. Sabia a um metro de distância. Sabia quando ela ergueu o olhar para mim, com uma expressão misteriosa no rosto marrom-dourado, afro-americano.

Eu estava condenado a perseguir as Melindas erradas.

Duas horas depois, estava sentado num banco da praça, em frente ao brilhantemente iluminado saguão do centro de atividades estudantis, quando o último dos participantes do evento saía do auditório. Fiquei olhando um cara magro feito um palito com cabelos volumosos e bagunçados segurar a porta para uma bela e charmosa loira. Havia algo de espontâneo na forma como ele colocava o braço em torno dela. Os dois estavam juntos na esquina da rua, apoiados um no outro, a mão dela, coberta com luvas de lã, acariciando-lhe a bochecha.

– Pare de sentir pena de si mesmo – disse Hope, que magicamente apareceu ao meu lado.

Para falar a verdade, não foi mágico, porque eu tinha deixado uma mensagem para ela dizendo exatamente onde estava, caso o encontro dela terminasse mais cedo.

– Você não precisava ter vindo – eu disse, muito grato por ela ter vindo.

Seus cálidos olhos verdes estavam úmidos com o frio. Embora eu nunca fosse admitir isso a Gary, havia momentos em que imaginava que Hope era a mulher com quem eu deveria ficar. Ela era compassiva e compreensiva, e fazia um tremendo de um ravióli caseiro. Também era mais alta que eu, sem salto alto. Dizia que namorar homens mais baixos a faria se sentir como uma daquelas pessoas bizarras de circo. E era difícil para mim me ver com uma mulher cujo pescoço era maior que o meu.

– Por que você está sentado aqui fora? – ela me perguntou, enquanto se sentava ao meu lado. Fazia por volta de um grau negativo, mas sem vento. Eu achava que a baixa temperatura tornava mais fácil o ato de pensar. Não que pensar estivesse ajudando em algo.

– O importante é que você fez alguma coisa – disse Hope. Olhei para ela com tristeza. – Ou tentou. Isso é tudo que podemos fazer.

– Tem outra palestra na semana que vem – eu disse.

– Você realmente quer fazer isso de novo?

– Mike Russo apareceu na estação de metrô todos os dias durante semanas...

– Você não é o Mike Russo – ela ressaltou. – Você pode aparecer aqui todos os dias durante o resto do semestre, se isso te fizer feliz. Por fim, pode acabar encontrando a Melinda, e ela pode se lembrar de você. É possível.

A forma como Hope disse "é possível" sugeria que ela acreditava firmemente que não era. De repente, me senti cansado. Podia sentir a motivação se dissipando de minhas artérias no refrescante ar noturno.

– Como foi seu encontro? – me lembrei de perguntar.

– O Conrad fez um pedido de casamento – ela disse baixinho.

Fiquei chocado. Ele fizera tudo para convencer a ela (e a mim) de que não estava interessado em nenhuma forma de coabitação. E depois de cinco anos da baboseira de "não vou me comprometer e blá-blá-blá", do nada ele mergulha no fundo da piscina. Eu o subestimara, e me senti um imbecil. Especialmente porque Hope me deixou falar sobre Melinda antes de me dar a ótima notícia.

– Parabéns! – eu disse e abracei minha amiga.

Ela começou a chorar.

– Ele não fez o pedido para *mim*. Ele vai se casar com uma garota que conheceu há cinco meses nos Hamptons. – Ela puxou um lenço de papel já usado do bolso do casaco e deu umas batidinhas nos olhos para secar as lágrimas.

– Por que ele te chamaria para jantar se está noivo de outra?

Fiquei furioso por ela.

– Ele não me chamou para jantar. Ele tomou uma taça de vinho comigo antes de encontrar com *ela* para jantar. Disse que queria me contar pessoalmente, mas o que ele queria mesmo era que eu te contasse a novidade, para você escrever sobre o casamento deles. Me promete que não vai escrever sobre o casamento deles.

– É claro que não.

– Vai ser uma festança exagerada num castelo na Provença. O canalha prometeu que me levaria lá no verão passado, mas então disse que estava muito ocupado.

– Você já foi para a Provença – eu disse, tentando consolá-la. – Duas vezes.

– A questão não é essa! – ela disse, irritada. – Ele disse que ela é tudo que ele sempre quis. Uma ex-modelo parisiense que usa tamanho trinta e seis, é ph.D. em história da arte e tem um título aristocrático. E não me pergunte como ele a conheceu.

Eu não faria isso, mas estava curioso.

– Sinto muito – foi tudo que pude dizer.

Eu suspeitava de que perder Conrad não era a pior parte para Hope, e sim isso acontecer da mesma forma como sua mãe perdera seu pai. Mas Hope e Conrad não eram casados. E não tinham uma filha de sete anos.

– Estou melhor sem ele – disse ela. – Não tenho nada a ver mesmo com um cara que depila as sobrancelhas. – Ela se levantou e inspirou fundo, olhando, contemplativa, o outro lado da rua, para o saguão agora vazio. – Está pronto para ir embora?

– Não – eu disse, também me levantando.

Eu não podia dizer a Hope que, só de pensar no ex dela se casando com uma modelo francesa com doutorado, eu ficava ainda mais enjoado do que no início da noite. Em vez disso, segurei sua mão.

– Vai ser um fim de semana longo – disse ela, ainda com o foco em algum lugar ao longe.

– Pelo menos você não tem que ir a um casamento amanhã – eu disse, percebendo quanto eu temia isso.

– Daquele consultor em assuntos amorosos?

– Esse é na semana que vem. Esta semana tenho uma entrevista com um agente do Serviço Secreto que conheceu a noiva numa convenção de armas de fogo.

Os olhos de Hope estavam marejados.

– Vai ficar tudo bem – eu disse, querendo acreditar nisso.

Ela me abraçou com força, e achei que minha vida seria muito mais fácil se eu estivesse apaixonado por ela.

– Estou pensando em tentar aqueles sites de namoro de novo – ela disse, descansando a testa na minha. – Acha uma boa ideia?

Eu não achava, mas assenti mesmo assim.

10

Namoro para leigos

— Você tem que criar sua própria sorte – disse Mike Russo.

Eu estava no escritório do entusiasmado guru afetivo e astro da nova série de TV *Não pense duas vezes: as regras do romance de Mike Russo*. Ele tinha uma aparência bronzeada nada natural para meados de janeiro e tentava converter sua plateia de uma única pessoa – no caso, eu.

– É isso que digo aos meus clientes. Quando você vê alguém por quem se sente atraído, vá conversar com a pessoa. A qualquer momento. Em qualquer lugar.

– Num consultório médico? – Eu estava cético.

– Em uma maldita ambulância, que seja! – disse ele. Era nossa última entrevista antes do casamento dele, e, enquanto fugíamos do assunto, ele relaxava. – Também sou um grande fã de qualquer lugar em que você tenha de ficar em pé numa fila. Pessoas em filas se sentem miseráveis, e o sofrimento adora companhia. Particularmente, gosto de bancos, mercados e do Departamento de Trânsito.

– Com que frequência as pessoas vão ao Departamento de Trânsito?

– Há maneiras piores de passar uma tarde – disse ele com o ar sonhador de um homem se lembrando de um fim de semana em Ibiza... e não se lembrando propriamente de Ibiza.

– Então você aconselha seus clientes a simplesmente ir atrás de mulheres que não conhecem?

Eu fingia que minhas perguntas eram relacionadas exclusivamente ao artigo sobre o casamento dele.

– Pergunte as horas. É padrão para começar uma conversa.

– As mulheres me perguntam as horas, mas não presumo que estejam dando em cima de mim.

– Mas *deveria* – ele me disse em tom de reprovação. – Você é um homem atraente com um emprego que impressiona. Não deveria ter problemas para conhecer mulheres.

Então por que ele estava presumindo que eu tinha problemas?

– A primeira coisa que você deve falar é onde trabalha. Conheço um cara no *Wall Street Journal* que está namorando uma modelo da Versace, e ele é um canalha. Você tem a seu favor todo esse lance de colunista sensível de casamentos. As mulheres caem nessa.

Havia se passado quase uma semana desde aquela leitura na NYU, e eu parara de procurar pela Melinda. Bem, a não ser de modo meio aleatório, quando caminhava ou ia até o metrô. Não tinha conhecido nenhuma mulher nova, mas não achava que havia algo de errado nisso. Minha sensação era de que Mike discordaria de mim.

– Gavin, quando foi a última vez que abordou uma mulher na rua? - ele me perguntou. Eu estava tentando me lembrar se alguma vez na vida eu tinha feito isso, mas ele já havia seguido em frente. – Quero que me diga o que faz quando se sente atraído por uma mulher na rua.

Tínhamos passado de entrevista para intervenção.

– Eu olho para ela – foi minha resposta. O silêncio de Mike me dizia que ele esperava mais do que isso. – Às vezes paro e dou meia-volta.

– Que bom. Esse é o primeiro passo.

– O primeiro passo para quê? – eu quis saber. – Para me tornar um cachorro no cio?

– Não, o primeiro passo para saber o que quer e tomar uma atitude quanto a isso.

Meu treinamento seguia mais a linha de não tirar conclusões precipitadas antes de conhecer todos os fatos.

– Eu sabia que queria a Amy assim que a vi na 57th Street – Mike disse.

– Achei que você tinha conhecido a Amy no metrô.

– Essa é a versão livre para todas as idades. Ela passou por mim enquanto eu estava curvado comprando um jornal perto do Carnegie Hall. E ficou olhando para a minha bunda. Ela nunca vai admitir, mas ficou. Ela se virou e olhou para trás, por cima dos ombros, com aqueles grandes olhos castanhos, e eu já tinha sido fisgado. Corri atrás dela até dentro da estação do metrô, mas a perdi no meio da multidão da hora do rush. Entrei em um dos trens e fiquei totalmente travado, mas, quando ergui o olhar, lá estava ela. Gavin, você não pode imaginar como eu a desejava, e não estou falando que queria fazer sexo com ela. Isso nem preciso dizer. Quero dizer que a queria na minha vida. Foi uma reação emocional, visceral.

– Você não sabia nada a respeito dela – eu disse. Essa foi a minha reação visceral.

– Você tem de confiar no que sente. Quando começa a pensar duas vezes, é porque está com problemas.

Para alguns, pensar duas vezes é o que outros consideram tomar decisões racionais.

– Muitos profissionais de saúde mental discordariam de você – eu disse. – Relacionamentos bem-sucedidos não se baseiam apenas numa química instantânea.

– Não é disso que estou falando, não, de jeito nenhum! Fico tão frustrado quando as pessoas usam suas conexões físicas como desculpas para ir embora ou permanecer juntas. Gavin, não sei lhe dizer quantas vezes já ouvi: "O sexo foi ótimo, então por que ela não me ligou de volta?" Ou: "O sexo não foi tão bom, então por que outro encontro?" Tudo isso é baboseira, conversa fiada, nonsense. Estou falando sobre estar presente no momento e saber o que está sentindo. Talvez não seja o que você vai sentir um dia ou um mês depois, mas precisa respeitar o que está sentindo na hora em que estiver sentindo.

Ele despejava em cima de mim o papo de terapeuta com o entusiasmo de um vendedor de carros, unindo empatia, jargão, contato visual direto e linguagem corporal aberta. Até mesmo os móveis dele eram transparentes, e de propósito. Mesa de vidro, mesa de centro, idem, e estantes também. Do lado de fora das janelas imensas, também de vidro, claro, instáveis nuvens cinza se formavam.

– Nada de arrependimentos – ele disse, apontando um indicador para mim.

Aquilo era um conselho afetivo ou uma citação de um filme do Vin Diesel?

– Isso vai soar pré-histórico – me avisou Mike –, mas a verdade é que somos animais, com instintos. Quando estou com medo, sei disso. E quando estou atraído por alguém, também.

Quando chega a hora de pôr um ponto final numa entrevista, eu sei disso.

– Quando vi Amy no metrô, eu a desejei ardentemente – disse ele. – Não apenas no sentido físico. Espiritualmente. Você disse que eu não a conhecia, mas, por mais cafona que isso soe, eu sentia como se a conhecesse. Sentia bondade, lealdade, curiosidade e inteligência nela. As mesmas qualidades que agora admiro todos os dias.

Por instinto, ele olhou de relance para um porta-retrato em sua mesa. Não consegui evitar e fiz o mesmo. Era um retrato de Amy numa feira na Union Square. Ela olhava por cima do ombro com uma expressão delirantemente feliz enquanto estendia a mão para a câmera. Não, não para a câmera. Para ele.

– Se eu não tivesse confiado nos meus instintos e agido com base neles, seria assombrado por isso – disse Mike, ainda contemplando a foto. – Poderia me ver vagando pela cidade, fazendo buscas pela internet, na esperança de encontrá-la novamente. Poderia estar fazendo isso ainda hoje, em vez de estar me casando com a mulher que amo.

Não me importava mais que a maior parte do que Mike dizia soasse artificial. Eu queria o que ele tinha. Queria alguém olhando para mim com desejo em uma foto num porta-retrato. Alguém com quem conversar depois de apagar as luzes. Alguém para ficar ao meu lado no altar.

– Encontrar a pessoa certa é uma questão de sorte – disse Mike. – O truque é fazer alguma coisa com isso. Quando sentir algo, tem que tomar uma atitude. Sentir. Agir. É preciso praticar isso até que seja uma memória muscular. Como um tiro certeiro.

Eu também não era muito bom no tiro ao alvo.

– E se você agir com base em seus instintos com a pessoa errada? – perguntei.

– Isso não existe.

– Vai por mim – eu disse. – Existe sim.

– Se for a pessoa errada, vá para a próxima.

– Não faz mais sentido tentar pegar a pessoa certa já no começo? – perguntei. – Se vou gastar tempo e energia, devia ser com alguém que queira que eu faça isso.

– E como você vai saber se a pessoa quer que você faça isso?

– É isso que estou te perguntando – eu disse. – Eu não deveria ao menos esperar um sinal de que a mulher está interessada?

– Uma mulher não tem que mostrar sinal de interesse. – Ele foi enfático. – Tudo que a flor tem de ser é uma flor. Cabe à abelha ir até a flor. Se ela sorrir para você, ótimo. Se der uma olhadinha, melhor ainda. Mas ela não tem que fazer nada disso. Você é a abelha. É você quem precisa demonstrar interesse, mesmo que não tenha nenhum encorajamento como retorno. Você ainda é a abelha, e a abelha precisa de mel para viver.

Achei que uma abelha precisasse de pólen, mas anotei isso no meu bloco de notas, como um aluno disposto a melhorar suas habilidades, preparando-se para um exame.

– Geralmente cobro quinhentos dólares por sessão – disse Mike, se reclinando em sua poltrona com um largo sorriso satisfeito. – Estou brincando.

E então ele me entregou seu cartão de visita.

11

Seja a abelha

A metáfora da abelha de Mike era simplista e chauvinista – e totalmente convincente. Abelhas não podem ser flores. Flores não podem ser abelhas. O que poderia ser mais óbvio que isso? Ainda assim, passei anos esperando que uma flor agisse como abelha.

Estava determinado a colocar esse novo insight em prática imediatamente. Fiz uma varredura com os olhos pela Wooster Street em meio à leve chuva, mas não havia nenhuma flor à vista. Não importava. Pela primeira vez em dias, eu me sentia no poder e otimista.

Foi quando o dilúvio me atingiu em cheio.

Seguiu-se um estrondo de trovão, e um relâmpago rasgou o horizonte. Caiu um dilúvio das nuvens escuras e densas. Corri alguns metros e busquei refúgio na fachada coberta da uma loja de sapatos femininos. Os aguaceiros em Nova York costumam passar em poucos minutos. Vinte minutos depois, eu ainda estava ali parado, sendo chicoteado por um vento molhado. Tremendo de frio, contemplei um par de sandálias com salto agulha e tiras intricadas que mais pareciam um dispositivo sadomasoquista que um acessório de moda.

Ergui o olhar da vitrine e vi duas loiras esculturais vestindo casacos negros de cashmere paradas à porta. Elas me olhavam com avidez. Era um sinal de Deus. Ou de Mike Russo. De qualquer forma, estava na hora de bancar a abelha e agir. Dei o meu melhor sorriso à Joey Tribbiani, antes de me dar conta de que elas estavam esperando que eu abrisse a porta para entrarem na loja.

– Será que devemos lhe dar uma gorjeta? – ouvi uma dizer à outra.

Depois de uns movimentos desajeitados que pareciam uma dança, ficou claro para mim que não havia espaço suficiente para nós três na entrada da loja. Cedi meu espaço e saí correndo quarteirão abaixo.

Avistando uma cafeteria, entrei em disparada, apenas levemente encharcado, aqueci as mãos perto de uma máquina de café expresso e deixei a água escorrer de mim antes de ir até a fila no balcão. Percebi que já eram três e meia da tarde e eu estava ficando sem tempo de esperar a tempestade passar. Deveria estar no escritório às quatro para uma reunião de departamento, que provavelmente seria sobre um novo plano de cortes nos custos. É impossível tirar leite de pedra, mas com certeza é possível tentar.

Fiquei censurando em silêncio o garoto sem ambição que preparava o latte e parecia se mover em câmera lenta. Então lembrei que aquele era exatamente o tipo de oportunidade do qual eu deveria tirar proveito: indivíduos esperando numa fila. Pessoas sofisticadas do SoHo que trabalhavam em galerias de arte e empresas de webdesign. Analisei as cinco à minha frente. Sem contar um casal alemão com um carrinho de bebê, havia apenas uma mulher – uma ágil cidadã idosa com uma capa de chuva amarela.

Talvez eu tivesse mais sorte no Departamento de Trânsito. Foi então que ouvi uma animada voz feminina atrás de mim. No fundo da cafeteria, havia uma morena com mechas cor de mel, pescoço de cisne e postura de bailarina. Ela estava sentada a uma mesa de fórmica diante de dois hipsters com jeans skinny e óculos escuros com armação combinando.

– Fiquei seis meses em Los Angeles e meus seios continuam do mesmo tamanho – disse ela com uma risada. – Mas acho que nos exilam para o Arizona depois de um ano se não concordarmos em aumentar o tamanho dos seios pelo menos um número.

– Achei que você estivesse em Londres – disse o Hipster nº 1.

– Não, isso foi no ano passado. – Ela roubou um pedaço de croissant do prato dele.

Havia confiança em seus movimentos e uma inteligência cética em seu olhar. Fiquei me perguntando se ela seria diretora criativa numa agência de design gráfico ou numa multinacional na área de arquitetura. Eu estava intrigado, mas hesitei em ficar zumbindo no quintal de outra abelha. Foi então que o Hipster nº 1 lambeu a espuma do latte que havia sujado o queixo do Hipster nº 2.

– Arrumem um quarto – disse a emigrante de Los Angeles. Ela riu de novo. Era uma risada de boas-vindas. Como se estivesse me convidando para ir até lá. Tudo que eu tinha de fazer era caminhar menos de três metros e dizer a uma completa estranha que eu me sentia atraído por ela, presumindo que estivesse mesmo. Era difícil ter certeza disso sem saber qual era a sua religião, suas visões políticas e seu resultado no vestibular.

Depois de me convencer de que resultados de testes padronizados não eram uma medida confiável de compatibilidade, decidi ir em frente. O que ela e os amigos poderiam fazer comigo?

De repente, eu tinha doze anos e estava perguntando a Julie Kaye se ela queria "dar uma volta". Na época, fiz o convite pelo telefone, porque parecia mais íntimo do que no refeitório da escola. Embora conhecesse Julie desde os seis anos, no verão anterior ela havia desenvolvido curvas suaves e sentia um prazer desleixado em seu desenvolvimento.

Eu estava fazendo um ataque preventivo, na esperança de que outros não tivessem notado a transformação de Julie, de patinho feio desajeitado com aparelho nos dentes a deusa pré-adolescente. Recebi minha resposta no ônibus escolar, quando a rejeição direta dela foi transmitida no radiogravador de Mark Roth a partir de uma gravação em fita que ela fizera em segredo de nossa conversa. O pior foi ver a mão de Mark deslizar confiante para o bolso de trás dela quando os dois saíram juntos do ônibus.

Mas eu não tinha mais doze anos, e a mão do hipster estava firmemente grudada na coxa de seu parceiro retrô. O pior dos cenários seriam sessenta segundos excruciantes, e eu sempre poderia fingir ser estrangeiro (*Je parle mauvais anglais*).

Eu podia sentir as batidas do meu coração se acelerarem enquanto pensava no que dizer. O que chamaria a atenção daquela versão feminina de Frank Gehry? Fiquei observando enquanto ela tomava um gole tentador de sua xícara de café e envolvia um longo cachecol de tricô em volta do pescoço, fazendo um floreio dramático.

– Senhor? – um segundo funcionário apareceu atrás do balcão e me perguntou com falso interesse o que eu queria. Pedi um café grande e um brownie. Eu precisaria de toda cafeína possível para conseguir pedir o número do telefone dela, embora fosse um pouco vulgar pedir um número de telefone assim, apesar do que Mike me dissera.

Fui até a caixa registradora. Enquanto puxava minha carteira para pagar pelo meu pedido, olhei de relance para ela, que não estava mais sentada à mesa, e sim vindo em minha direção, enquanto abotoava o casaco de pele de carneiro, seguida logo atrás pelos gêmeos hipsters. Fiquei paralisado. E, num segundo, eles estavam do lado de fora.

– São sete dólares e noventa e oito centavos – disse o caixa.

Deixei uma nota de dez no balcão e saí correndo atrás dela.

A chuva ainda não havia parado, então os três estavam amontoados sob o mesmo toldo. Ela olhava horrorizada para a tempestade que caía, enquanto prendia os cabelos num coque despojado.

– Ei! – eu a chamei, enquanto escancarava a porta. Minha pulsação estava mais do que acelerada. – Eu estava lá dentro agorinha mesmo e não consegui tirar os olhos de você. Achei você muito bonita e nunca me perdoaria se te deixasse ir embora sem convidá-la para jantar.

Ela estava estranhamente boquiaberta, mas parecia mais próximo de um sorriso que de uma careta.

– Você poderia me dar o número do seu telefone? – perguntei.

Os amigos dela a olharam, à espera de uma resposta.

– Não dou meu telefone a caras que conheço na rua – disse ela apertando ainda mais o cachecol em volta do pescoço.

– E seu e-mail?

– Também não dou meu e-mail – ela disse de modo simpático, antes de se voltar para os amigos.

A voz de Mike reverberava na minha cabeça: "A primeira coisa que você deve falar é onde trabalha".

– Você podia mandar um e-mail para mim lá no *The Paper* – eu disse sem pensar. – Eu trabalho lá. Escrevo a coluna de casamentos.

– Eu amo aquela coluna! – o Hipster nº 2 entrou na conversa. – Quer dizer, é fascinante de um jeito irônico.

Ela se virou na minha direção com interesse renovado, então continuei.

– Se der uma olhada na minha coluna online, verá meu nome e, se clicar no meu nome, pode me mandar um e-mail.

Contive a respiração, à espera de uma resposta.

– Então, qual é seu nome? – milagrosamente ela me perguntou.

– Gavin. Gavin Greene.

– O meu é Téa. – Ela estendeu a mão, e a cumprimentei de leve com a minha. O Hipster nº 2 se apresentou ansiosamente também, mas não ouvi uma palavra do que ele disse.

– O que torna um casamento uma boa história? – Téa me perguntou.

– Duas pessoas que se encontram durante uma tempestade – respondi.

– A chuva está parando – disse o Hipster nº 1, parecendo irritado. – Temos que ir embora.

– O que você vai fazer amanhã? – perguntei.

– Já tenho compromisso – ela respondeu.

– E depois de amanhã?

– Tenho uma semana cheia pela frente – disse ela, olhando para o pavimento úmido.

– Então, que tal hoje à noite?

Surpreendi Téa. Surpreendi a mim. Mas algumas pessoas não gostam de surpresas.

– Hoje à noite? – O tom da voz dela subira duas oitavas. Ela se virou para os amigos. – O que eu faço?

– Saia comigo – eu disse, antes mesmo que eles pudessem responder.

– Será?

– Definitivamente – eu disse.

Ela cruzou os braços e deu um puxão no cachecol.

– Twenty-four Carrots. Se escreve que nem cenoura mesmo. Gmail.

Um ponto para a abelha.

– Quer anotar? – ela me perguntou enquanto os hipsters corriam rua acima, com seus tênis vintage combinando, acenando para um táxi.

– Não precisa. Vou me lembrar. Eu te mando um e-mail.

Com a missão cumprida, eu não sabia o que dizer em seguida.

– Téa! – seguiu-se um grito de uma quadra abaixo.

– Tenha uma boa viagem de volta – eu disse, desajeitado. – Fique seca.

Ela deu risada enquanto saía em direção ao táxi que esperava por ela.

– Twenty-fourCarrots@gmail, Twenty-fourCarrots@gmail – fiquei repetindo sem parar enquanto voltava para dentro para pegar meu café.

O garçom colocou dois copos de saquê na minimalista mesa de bétula do Nobu (outra dica do manual de Mike Russo). À minha frente estava Téa Diaz, estrela de *All My Children*. Ok, não estrela, mas uma personagem regular.

Ela havia respondido imediatamente ao e-mail que eu enviara do trabalho.

"Você escreve mesmo aquela coluna", escrevera ela. "Eu busquei seu nome no Google. Pode fazer o mesmo comigo."

E, é claro, eu fiz. É estranho ver uma cena erótica no YouTube de uma mulher com a qual você está prestes a sair. Meu primeiro pensamento foi: *Se eu soubesse que ela era uma gata de novela, não teria tido coragem de me aproximar*. Meu segundo pensamento foi: *Mike ficaria impressionado*.

– Uma vez fiz o papel de uma repórter em *Days of Our Lives* – ela me disse depois de fazermos um brinde –, mas eu não fazia muita coisa ligada a reportagem. Na maior parte do tempo, fazia sexo com meu editor, que era casado com a filha de um chefe da máfia. Morri num acidente de paraquedismo. Regra empírica das novelas: quando dizem que seu personagem vai fazer paraquedismo, sua aposentadoria é certa.

Verdade seja dita, fiquei um pouco desapontado com o fato de ela não ser arquiteta, embora quase pudesse ouvir o uivo de espanto de Mike.

– Meu trabalho é um pouco menos dramático – eu disse. – Menos sexo e menos mortes.

– Em um jornal? – O sorriso que veio em seguida foi sedutor. – Duvido.

– Menos morte, pelo menos. É a coluna de casamentos.

Seu pescoço era tão longo e gracioso quanto eu me lembrava, emergindo de uma iridescente blusa cor de vinho com um detalhe de renda negra na blusa decotadíssima.

– Então você viaja pelo mundo com o cartão de crédito da empresa, em busca de casamentos exóticos? – ela me perguntou.

– Pra falar a verdade, não. Eles estão contando cada centavo ultimamente. – Por que achei que deveria compartilhar essa informação? – Vou cobrir um casamento em Los Angeles no mês que vem e meu editor me perguntou hoje se eu poderia ficar na casa do meu irmão. – Era como se minha boca e meu cérebro tivessem se divorciado.

– Mas você escreve uma das colunas mais populares.

– Sim, e o privilégio de dizer isso é considerado uma parte significativa do meu salário.

– Ah. – A decepção passou como um lampejo pelo rosto bronzeado dela. Eu queria esbofetear o meu. Pegando o menu, ela mudou de assunto. – O Nobu é um dos meus restaurantes favoritos. É ótimo para uma dieta com pouco carboidrato. Eu costumava comer aqui uma vez por semana.

Uau, ela deve ganhar bem para atuar em novelas, pensei. *Ou ter bons encontros.*

– O que você costuma pedir? – ela perguntou.

– É a minha primeira vez aqui – murmurei.

– Ah – disse ela de novo, e dessa vez a decepção veio mesclada com apreensão. – Aposto que você come muito bem nas cerimônias que cobre.

A verdade era que eu não comia no trabalho. O *The Paper* tinha uma regra rígida quanto a receber qualquer coisa que pudesse ser considerada presente. A preocupação era que isso influenciasse minha objetividade ou, igualmente prejudicial, que desse a impressão de que isso havia acontecido. Mas eu não contaria nada disso a Téa.

– Que lugar tinha a melhor comida? – ela me perguntou.

– O Blue Hill em Stone Barns – chutei, me referindo à meca gourmet do movimento de alimentos sustentáveis, localizada numa fazenda orgânica uma hora ao norte da cidade.

– Que inveja... – ela me disse. – Isso é que é trabalho com benefícios adicionais. Faz anos que quero ir até lá, mas é um longo caminho até Tarrytown. Ouvi dizer que eles servem tomates colhidos à mão sobre uma cerca de madeira em miniatura.

– É verdade. Tomates-cereja maduros com apenas um toque de sal marinho. – Eu entrevistara o assessor de imprensa do local.

– Você tem que me falar o que comeu. Em detalhes. E não vem me dizer que não lembra, porque eu não vou acreditar.

Chega de chutar.

– Na verdade, não comi lá – tive de confessar. – Mas a comida *parecia* maravilhosa.

Misericordiosamente, o garçom interveio.

– Já sabem o que gostariam de pedir? – ele perguntou, entusiasmado.

A questão era quanto eu podia gastar. O Nobu fora uma escolha impulsiva. Eu já estava trinta dólares mais pobre por causa do saquê, e esperava que a noite fosse ser boa o bastante a ponto de eu pedir mais. Analisei o menu, procurando itens na estratosfera inferior.

Téa também estava deliberando:

– Nunca consigo decidir entra a salada de lagosta e o bacalhau negro. – A salada de lagosta custava trinta e nove dólares, e o bacalhau, vinte e seis, então eu votaria nele. – Estou com vontade de comer algo leve – disse ela. Havia uma vantagem em sair com uma mulher que veste trinta e seis. – Vou querer a salada de lagosta, uma porção de ceviche e três peças de sushi de vermelho.

Meus olhos pareciam caixas registradoras girando os dígitos, somando os itens: trinta e nove dólares pela lagosta, mais dezessete pelo ceviche e vinte e um pelo sushi.

– Algo leve me parece uma boa pedida – falei em um tom guinchado, sem erguer o olhar, de modo que o meu rosto não traísse o golpe que senti na carteira. – Vou querer o shiromi usuzukuri.

Eu não fazia a mínima ideia do que era isso, mas custava apenas dezoito dólares e parecia mais exótico que barato.

O garçom olhou para mim com ar de expectativa e perguntou:

– Gostaria de algo além do sashimi?

Eu tinha pedido sashimi?

– Estou guardando espaço para a sobremesa – falei. Ele parecia cético.

Téa se inclinou na minha direção enquanto ele saía, e dei o meu melhor para manter o olhar em seu rosto e não em seu decote rendado.

– Então, você sempre sonhou em escrever sobre casamentos?

Longe disso.

– Eu sonhava em ser guitarrista dos Rolling Stones.

– Não consigo imaginar isso – ela me disse sorrindo e sorvendo um gole do saquê.

– Também sonhava em escrever para a *Rolling Stone* e decidi que isso era mais provável.

– Então por que não escreve sobre música?

A pergunta da década.

– Escrevi para a *Spin* por alguns anos. – Provavelmente ainda estaria escrevendo para a *Spin* se um antigo professor de jornalismo não tivesse me apresentado à Renée. – Os roqueiros indies promissores que gosto de entrevistar são um pouco excêntricos demais para o *The Paper*, e os músicos mais da moda não estão dispostos a se abrir comigo. Apenas recitam os pontos já estipulados no release, e não tem graça nenhuma bancar o assessor de imprensa.

– Hã-hã. – Ela arrumou seus hashis.

Eu a estava perdendo. Tentei explicar melhor.

– O que busco é aquilo que está sob a pele de uma pessoa. É o que chamo de mergulho sob a pele.

– Mergulho sob a pele?

Eu a estava atraindo de volta.

– Quando me sento para escrever sobre um casal, tenho até vinte horas de gravação e, às vezes, centenas de páginas de anotações. Não fico meramente sentado, ouvindo e lendo aquilo tudo. Fico submerso na história. Nada existe além daquelas duas pessoas, de seus pensamentos e sentimentos.

– Parece intenso – disse ela.

"Parece sexy", foi o que insinuou.

– Fico um pouco nervoso todas as vezes – eu disse, explorando o fator emoção. – É como sair para um mergulho bem cedo pela manhã. Está escuro e frio. E ficar no barco parece uma opção muito mais agradável, mas eu me forço a mergulhar.

– No quê?

– No relacionamento do casal. Exploro as fendas ocultas com lanterna e lupa. Então volto à superfície com uma espécie de relatório sonar em forma de prosa, revelando a essência do elo emocional deles.

Não mencionei que temia que isso fosse um substituto para a formação do meu próprio elo.

– Você deve escrever sobre casais que estão juntos há bastante tempo.

– Nem sempre – eu disse, olhando fundo nos vibrante olhos verde-azulados dela. – Há poucas semanas conversei com um casal que se conheceu num acampamento quando tinham sete anos. Ele a empurrou para fora de uma canoa, e ela teve a incrível sabedoria de perceber que aquilo era sinal de afeto. Porém, uma semana antes, foi a vez de um casal que se conhecia havia apenas seis meses.

– Você já conversou com pessoas que se separaram e depois voltaram a ficar juntas?

Algo na pergunta me pareceu um pouco ensaiado.

– Claro – foi a minha resposta.

– Terminou tudo bem?

Ela estava achando que eu era repórter ou vidente?

– Não tenho como falar sobre o que acontece depois da festa de casamento propriamente.

Ela ficou meditando em silêncio por alguns instantes.

– Você já foi casado?

Não era minha primeira opção de conversa para o primeiro encontro.

– Não – eu disse, sabendo como aquilo soava saindo da boca de um homem da minha idade.

– Já morou com alguém? – foi a próxima pergunta.

Eu preferia quando estávamos falando sobre restaurantes em que nunca comi.

– Não de maneira formal – respondi, visualizando Laurel com meu roupão, bebendo chá-verde numa caneca do Knicks e fazendo palavras cruzadas no domingo de manhã. – E você? – perguntei, mais por obrigação do que por um desejo de saber detalhes do histórico afetivo dela.

– Praticamente a mesma coisa – ela respondeu. – Nunca me casei. Mas tive um relacionamento cheio de idas e voltas com um banqueiro durante quase cinco anos. – Ela tentou fazer soar casual, mas sua tentativa não estava sendo totalmente um sucesso.

– Vocês moraram juntos? – perguntei.

Ela abaixou o olhar para a mesa.

– Era para eu me mudar para o apartamento dele amanhã.

Foi a minha vez de dizer:

– Ah.

– Esse é o plano. Ele vem me pressionando para dar o próximo passo, e ando me sentindo muito insegura. Já terminamos e voltamos tantas vezes, e já faz alguns meses que nem estamos morando na mesma cidade. É tão fácil fazer algo pelos motivos errados. Por estar com medo. Por estar ficando velha. Por não querer se esforçar para encontrar uma pessoa nova.

Assenti, me perguntando se era tarde demais para cancelar o sashimi.

– Quando você me convidou para sair, eu não sabia ao certo o que dizer, mas decidi que era exatamente disso que eu precisava. Uma oportunidade de descobrir se existia outro alguém para mim por aí. Alguém inteligente, sofisticado e bem-sucedido.

Aquilo soou mais promissor. Eu tinha pensado cedo demais em desistir. Ainda estava me entendendo com esse lance de ser a abelha.

– A verdade é que eu estava morrendo de medo da hora em que o pessoal da mudança aparecesse amanhã – ela me disse. – Mas agora me sinto bem melhor em relação a isso. Fico te devendo essa.

A conta do jantar: cento e noventa dólares. O custo emocional: imensurável. À medida que caminhava até em casa, revivi na minha mente a sequência de eventos, me perguntando onde tinha errado.

Havia apenas uma pessoa a quem perguntar: Mike. Depois de me desculpar por ligar para ele tão tarde, comecei a contar minha tragédia.

– Um ano atrás – ele me disse –, contratei uma das melhores agências de marketing da cidade para me ajudar a fazer uma pesquisa sobre o que homens e mulheres procuram num companheiro. – Eu não estava nem mesmo remotamente interessado na pesquisa dele. – E a pesquisa me revelou (e foi citada no programa da *Oprah*) que, para os homens, a preocupação número um é a aparência e depois a personalidade. Para as mulheres, a número um é o sucesso financeiro...

– O que isso quer dizer? – perguntei, cortando-o.

– Você precisa namorar mulheres menos atraentes ou ganhar mais dinheiro.

12

Estraga-prazeres

Sonhei que estava me casando no Nobu.

Estava debaixo de um arco de sashimi em frente a um rabino geriátrico com uma roupa do Elvis, e havia ainda uma escultura em forma de salada de lagosta com uma carpa gigantesca. Ao meu lado estava a minha noiva, mas eu não conseguia ver seu rosto, oculto por um véu de jornal. Quando estava prestes a dizer "Aceito", o garçom me entregou a conta do evento e disse que meu cartão tinha sido recusado. A noiva soltou gritinhos, e o rabino implorou: "Se houver alguém aqui que possa pagar por esse matrimônio, fale agora ou cale-se para sempre".

Eu pulei da cama. Precisava de um aumento.

Nunca pedira isso antes. Para falar a verdade, não sabia se alguém no *The Paper* já tinha feito isso. Jornais não são como bancos. Seu nome no artigo é seu bônus. Sempre aceite que ser mal remunerado é a ordem natural das coisas. De repente, eu conseguia enxergar um futuro que incluía um quarto. E cálices para vinho e sobremesa. Era como se o Mike tivesse escancarado uma cortina adamascada que me revelasse uma nova e intoxicante vista.

Sentindo-me cheio de vida, saí para correr um pouco, depois segui para Uptown para trabalhar sob a fraca neve que caía. Entrei na fila do elevador B com um senso de propósito e direito ao aumento. Eu sabia que alguns repórteres na editoria de Entretenimento ganhavam o dobro do meu salário. Eu não pediria o dobro, mas, sem sombra de dúvida, pediria minha cota justa.

Isso se conseguisse chegar lá em cima algum dia. O elevador B não chegava nunca.

Joe Mariano, colunista da área de negócios, estava parado ao meu lado.

– Se eu quisesse perder mais meia hora para chegar ao trabalho, me mudaria para Westchester – disse ele.

Conforme esperado, o elevador errante, porém eficiente no gasto de energia, chegou e nos conduziu rapidamente até lá em cima. Havia nele uma recém-instalada tela digital onde os números dos andares poderiam ser exibidos – *poderiam*, mas não eram. Quando as portas se abriram, enfiei a cabeça para fora e saí em disparada pelo hall. Pude ouvir Joe perguntar, em seu dialeto do Brooklyn:

– Alguém sabe me dizer em que droga de andar estamos?

Instantes depois, eu estava à minha mesa, mas Renée não estava à dela.

– Você viu a Renée? – perguntei a Tony.

– Alvo às doze horas – disse ele, sem tirar os olhos do monitor.

Renée estava numa sala de reuniões toda de vidro com Tucker Prescott, chefe de departamento da editoria de Estilo de Vida. Aquilo era atípico. Os dois tinham o que eu considerava uma relação de trabalho singular: ele mal tolerava a existência dela, o que ela fingia não notar, e parecia estar funcionando para os dois. Estava implícito que as interações entre eles eram mantidas no nível mínimo.

– Eu queria falar sobre um aumento – confidenciei a Tony, para testar a reação dele.

– Boa sorte – disse ele, ainda sem despregar os olhos da tela do computador. – Acabaram de anunciar demissões.

– Quem? Quando? Onde? – perguntei, gaguejando.

– Só estou relatando a você o que estou lendo – foi a resposta dele.

Senti meu estômago se revirar enquanto fazia rapidamente o login no computador.

– Eles enviaram um e-mail?

– Até parece – disse Tony. – Estou lendo no Gawker.

Gawker, o site de fofocas devotado a tudo que era vexatório e sórdido na indústria da mídia, era a melhor fonte de notícias internas. Quando um crítico musical arrancou a peruca de um copidesque e teve de ser contido por um segurança, o Gawker já tinha a história em vídeo antes mesmo de o rumor ter passado do terceiro andar.

Eu me sentia desapontado com o fato de que as pessoas não tinham um senso maior de lealdade ao *The Paper*. No entanto, algumas vezes, como agora, também me sentia grato por isso.

Segundo o Gawker, fontes anônimas no *The Paper* previam a demissão iminente de cento e cinquenta funcionários da equipe de reportagem, mais ou menos o equivalente aos recém-anunciados cortes no *L.A. Times* e no *Washington Post*. Como se isso servisse de consolo.

Com todos os jornais se retraindo, se eu fosse demitido, seria quase impossível encontrar trabalho. Sabia que não devia presumir que seria. Aliás, não havia prova alguma de que alguém seria. O Gawker com frequência passava informações erradas. Verificar fatos não era o forte deles. Eu precisava descobrir se outros sites de notícias estavam divulgando essa história. Meu telefone tocou e, distraído, atendi, enquanto fazia uma varredura na página principal da CNN.

– Aqui quem fala é a Emily, do *Today Show*.

Quase tive um ataque. Os padrões do *Today Show* eram muito mais altos que os do Gawker. O que eles sabiam e eu não?

– Roxanne Goldman está na linha para falar com você.

Alarme falso. Roxanne era uma das redatoras do *Today Show* cuja cerimônia de casamento em Malibu seria realizada no último fim de semana de fevereiro. Eu tinha uma entrevista preliminar com ela marcada para as duas da tarde.

– Vou ter que adiar nosso compromisso – disse Roxanne.

Achei que *tínhamos* uma entrevista marcada. Era a terceira vez que ela cancelava. Ou era uma diva ou estava relutante em relação ao artigo. Roxanne ia se casar com um ginasta israelense que conhecera a trabalho nas Olimpíadas de Atenas. Uma relações-públicas me falou do casamento, e fiquei preocupado que ela desejasse mais a matéria do que a própria noiva.

– Quer fazer a entrevista mais tarde ainda hoje? – perguntei.

– Estava pensando em mais para o fim da semana – foi a resposta dela.

Era sexta-feira.

– A não ser que você queira fazer nesse fim de semana, estamos falando da semana que vem – eu disse.

– Melhor ainda. Você se incomodaria de fazer a entrevista à noite?

É claro que me incomodaria.

– Que tal na segunda às seis? – Considerei esse horário um meio-termo.

– Vamos marcar para terça às nove. Opa, é o Lauer na outra linha. Pode me mandar um e-mail se houver algum problema.

Eu não me cansava de me surpreender com a forma como muitas mulheres presumiam que o próprio casamento era o evento mais importante na vida de *todo mundo*. Felizmente para Roxanne, eu não usaria um tom antagônico com uma noiva. Com uma relações-públicas, a história era outra, e a cliente dessa escolheu a manhã errada para me deixar irritado.

Procurei o telefone de Brooke Brenner, a relações-públicas que há meses vinha tentando me empurrar o casamento de Roxanne. O código de área era de Los Angeles. Fiquei me perguntando se era cedo demais para ligar para ela, mas estava estressado e resolvi que deixaria uma mensagem curta e grossa na caixa postal. Porém minha atenção foi desviada ao ver Renée gesticulando, nervosa, na sala de conferências, e fui pego desprevenido quando Brooke atendeu grogue o telefone. Eu me identifiquei meio sem graça, e de imediato ela se animou.

– Estamos tão animadas com o artigo – disse, efusiva.

– Bem, não é exatamente essa a impressão que tenho – eu disse, pensando se deveria me desculpar por acordá-la ou me ater ao papel de repórter furioso.

Percebi que Tucker parecia estar conseguindo acalmar Renée.

– O que você quer dizer? – Brooke perguntou respirando fundo.

Eu a visualizei pestanejando para mim. Não que eu soubesse como eram os olhos de Brooke, já que havíamos conversado apenas ao telefone, mas sua voz era sexy e suas risadinhas me desarmavam. Eu estava perdendo o foco.

– A Roxanne já cancelou a entrevista três vezes, e parece que ela acha que devo trabalhar dia e noite para atendê-la – eu disse, preocupado em não soar rabugento. – Se estamos tendo tanto problema assim para agendar a primeira entrevista, fico preocupado com as próximas. Por isso achei melhor informar a você que, se ela cancelar a entrevista de novo, vou ter de cancelar o artigo.

– Isso não vai acontecer – Brooke me garantiu. – Sinto muito pelo inconveniente. – Seu tom pacificador e apologético fez com que eu me sentisse um imbecil. – A Roxanne só anda muito ocupada com o trabalho e as coisas do casamento. Mas *é claro* que isso não é problema seu. A propósito, amei sua coluna da semana passada, me fez até chorar.

– Sério? – perguntei.

Bajulação leva a gente a qualquer lugar.

– Tive que pegar um lenço de papel. Ele realmente apareceu no aeroporto e a impediu de entrar no avião?

– Com um buquê de flores silvestres – acrescentei como um bônus.

– Você não mencionou as flores no artigo.

– Foi cortado na edição – eu disse, ainda um pouco magoado. O capitão Al cortara metade do meu artigo para poder deixar o lide intacto.

– Por que eu nunca encontro homens assim? – ela perguntou.

Fiz uma nota mental de que ela era solteira. Esse era eu, um jornalista por completo.

– A Roxanne estará disponível na hora que for melhor para você. É só me mandar um e-mail que eu agendo a entrevista.

Olhei de relance para Renée e Tucker, que estavam se levantando da mesa da sala de reuniões. Renée não parecia feliz. E as pessoas dizendo que o Gawker estava inventando coisas! O que quer que estivesse acontecendo, era real. E parecia muito ruim.

– Mal posso esperar pela sua próxima coluna – disse Brooke antes de desligar.

No ponto em que estavam as coisas, eu só esperava que houvesse uma próxima coluna.

Renée saiu rapidamente da sala de reuniões, com o maxilar cerrado e os lábios franzidos. Apesar de que era sempre assim que ela ficava depois de uma conversa com Tucker.

Ele veio caminhando tranquilo atrás dela. Com mais de um metro e noventa, Tucker Prescott tinha o perfil meio régio de quem pertencia ao monte Rushmore. Sua estrutura física atlética, bronzeado e com a pele marcada pelo sol, era fruto de anos de mountain biking (e lacrosse no time da faculdade em Dartmouth). Era a ovelha negra de uma boa família de Boston, tendo trocado os sapatos sociais por sandálias depois da faculdade, quando viajou a América do Sul inteira como um dos mais jovens correspondentes estrangeiros na história do *The Paper*. Ele subira de cargo gradualmente no decorrer dos últimos vinte anos, com uma mescla de refinamento político e indiferença emocional.

Certa vez, Renée descreveu que conversar com ele era como tomar banho com óleo de motor: "Não vai necessariamente te matar, mas também não vai te ajudar muito", foi o que ela disse.

A favor dele, sob sua liderança, a editoria de Estilo de Vida se tornara um dos departamentos mais rentáveis, causando ressentimento nas editorias de notícias, que eram menos populares entre os leitores e, consequentemente, entre os anunciantes. Como forma de represália, Tucker era o bode expiatório das reuniões semanais da gerência. Era abertamente tratado com desdém e desinteresse – que era basicamente a forma como ele tratava Renée.

Se Estilo de Vida era a ovelha negra do jornal, a seção de Casamentos era a ovelha negra da Estilo de Vida. Embora tudo que fizéssemos estivesse sob a égide de Tucker, era raro que ele lesse nossos artigos. Tony e eu, certa vez, fizemos uma aposta para ver quem conseguia ficar mais tempo sendo ignorado por Tucker. As regras eram: tínhamos de dizer "Bom dia" ou usar alguma forma de cumprimento toda vez que o víssemos. Tony ganhou depois de vinte e um dias, quando Tucker me pediu para lhe passar uma toalha de papel no banheiro.

Exatamente como o esperado, Tucker não parou para papear depois da reunião com Renée, que, por sua vez, ficou em silêncio enquanto se afundava na cadeira e começava a rever layouts de páginas. Eu e Tony nos reunimos no cubículo dela com ares de súplica, versões modernas de Oliver Twist suplicando por uma migalha que fosse de informação.

– Parem com essa cara de cachorro perdido – disse ela, ainda concentrada nos layouts. – Não tenho nenhuma novidade para vocês.

– O Tucker disse que vai ter cortes no nosso departamento? – perguntou Tony.

Ele estava preocupado com o sustento dos filhos. Eu, se algum dia teria filhos.

– Não – ela respondeu.

– Ele disse que não vai ter cortes? – foi minha pergunta seguinte, cuja resposta foi o mesmo monossílabo.

Alison chegou como sempre no meio da manhã. Enquanto tirava a parca ensopada, ela disse:

– Ouvi dizer que o Google está comprando o *The Paper*.

– O Gawker disse que seria o Murdoch – Tony lançou.

Renée ficou em pé, como um míssil pronto a ser disparado.

– O Gawker não passa de um tabloide fofoqueiro – foi o que ela disse. – Isso aqui é um jornal. Nós nos atemos a fatos.

– Sem querer ofender, Renée – disse Tony –, mas o fato é que vimos você discutindo com o Tucker. Sabemos que alguma coisa está acontecendo.

Ela franziu a testa antes de declarar:

– O Tucker está desapontado com nossos esforços na "interweb". – A terminologia era de Tucker. Nunca tínhamos muita certeza se ele estava sendo irônico ou ignorante. – Ele sugeriu que começássemos a postar notícias de última hora sobre casamentos.

– Existe isso? – Alison perguntou.

Era uma pergunta insolente, mas boa.

– Ele quer que a gente gere mais tráfego no nosso site. – Renée leu o que havia escrito em seu bloco de notas. – Ele quer mais olhos grudados no site.

– Acho que meus filhos fizeram isso no Halloween – Tony comentou.

Ele deu risada. Renée, não.

– O Tucker quer que a gente comece a fazer um blog com posts de quinhentas a oitocentas palavras, no mínimo duas vezes por dia.

– E quando começaríamos? – quis saber Tony, que já não ria mais.

– Assim que descobrirmos que diabos vamos colocar num blog. Ele quer uma proposta na semana que vem.

– Seremos pagos por isso? – foi minha primeira pergunta.

Por cima dos óculos, Renée me lançou o mesmo olhar que lançaria a uma criança com danos cerebrais.

Mais trabalho. Nenhum dinheiro a mais. E segurança diminuída. Até aquele momento, o meu dia era o resumo da minha carreira. Meus filhos não nascidos me chamavam, implorando para não ser criados numa quitinete.

A neve caía com mais força do lado de fora das finas paredes de vidro enquanto Renée se plantava de volta na cadeira, fazendo sinal de que havíamos sido dispensados da aula.

– Alguma coisa nisso é negociável? – perguntei.

Eu tinha começado o dia determinado a pedir um aumento, e estaria ferrado se nem ao menos tentasse.

– Depende – respondeu Renée.

– De quê?

– Se você acredita na história do Gawker ou não.

13

O melhor homem

Manhattan nunca é tão majestosa como durante uma tempestade de neve. Os arranha-céus se derretem num foco suave atrás de um pó branco que gira e cobre vales vazios na malha rodoviária, com bancos de neve da altura dos carros. O acúmulo impecável faz com que a cidade pareça mais limpa e mais gentil.

A menos que você seja uma noiva.

Nesse caso, cada floco é sinônimo de zombaria e escárnio. Amy lidava com isso melhor que a maioria. Nada de lágrimas. Nada de longas reclamações. Apenas um completo colapso emocional.

O florista dela, Fabio, fez sinal para que eu parasse quando saí do elevador no 65º andar do Rockefeller Center, me avisando que havia mais que um tipo de turbulência lá no alto do edifício.

– Os confetes estão aqui, mas nada de bolo – informou Fabio em voz baixa e suave, me entregando de imediato e sorrateiramente seu cartão de visitas. – O vestido dela está trancado num armazém no Queens, e a irmã está presa no aeroporto em Chicago há vinte e quatro horas. Não é de admirar que a coitadinha esteja perdendo o controle.

Eu já me sentia pressionado a escrever um artigo extraordinário, na esperança de proteger meu emprego. Uma noiva estressada deixava as damas de honra do mesmo jeito, e damas de hora nervosas rendiam péssimas citações. Seria uma noite longa. Quem eu estava querendo enganar? A noite já estava sendo longa.

– Ela não para de olhar pela janela – me relatou Fabio, enquanto me conduzia por um corredor com chão de mosaico e colunas de jacarandá e vidro. – Chegou a ponto de contar os flocos de neve. O noivo está fora de si, e o padrinho... nem me peça para falar dele. – Fabio parecia estar saboreando a oportunidade de ser uma fonte de notícias, mas, para mim, o desejo dele na verdade era ser mencionado no *The Paper*. – Eu já te entreguei meu cartão de visitas?

Ele abriu uma porta com um pesado painel de madeira, revelando Mike, que, de smoking e com ar derrotado, andava de um lado para o outro num carpete felpudo. Ao lado dele estava um homem grande de cabelos loiros ralos também vestindo smoking, com uma das mãos no ombro de Mike, enquanto a outra segurava uma taça de champanhe.

Mike pareceu muito feliz ao me ver e, o que eu não esperava, me abraçou, algo que me pareceu ao mesmo tempo afetuoso e embaraçoso. Fica difícil manter uma distância objetiva ao ser abraçado. Como jornalista, gosto de pensar que há um escudo invisível ao meu redor. Ficou claro para mim que vejo desenhos animados demais no Cartoon Network.

– Esse é o Brody – disse Mike, apontando para o homem a seu lado –, o padrinho, meu melhor homem.

– Se sou o melhor homem, por que é você que vai se casar com ela? – Brody riu alto, depois virou o champanhe num único gole e colocou a taça vazia no aparador, antes de me cumprimentar, apertando minha mão com vigor.

Mike abriu um sorriso apático.

– Estou preocupado com Amy – disse. – Nunca a vi desse jeito antes. Ela simplesmente se fechou. Ela nem fala comigo.

– Bem, é melhor se acostumar com essa parte – Brody gargalhou.

– Ela quer conversar com *você* – disse Mike, olhando na minha direção.

– Comigo?

Olhei para trás para ver se havia mais alguém atrás de mim. Não havia.

– Você se importaria?

Amy estava sentada em uma suíte curvilínea, no estilo art déco, saída diretamente de um filme de Hollywood da década de 1930. Vi dezenas de coristas a servindo e começando, de súbito, a cantar uma música de Gershwin, enquanto flocos de neve caíam em espiral do lado de fora das janelas panorâmicas.

– Não vou me casar – anunciou ela, me arrancando da comédia musical e me fazendo cair no meio do melodrama.

– A pessoa a quem é mais fácil contar isso é você – continuou ela, sem olhar para mim. Privada de seu vestido de noiva, Amy estava com um vestido larguinho sobre uma legging preta, com os braços cruzados, bem firmes, sobre o peito. – Você é repórter, então pode reportar isso a todo o resto do pessoal.

Eu não sabia como responder. Persuadir noivas em fuga a desistir da ideia não fazia parte do meu trabalho.

– Todas as noivas ficam nervosas – eu disse, tentando buscar algo imparcial, mas útil.

– Não estou nervosa, estou tomando uma decisão racional.

Se eu tentasse fazê-la mudar de ideia, estaria violando um dos mandamentos do jornalismo: não interferir. Era obrigatório apenas observar e nunca participar do evento alvo de uma reportagem. Em contrapartida, se eu não fizesse alguma coisa, e rápido, não haveria nada a ser observado. Não somente todas as horas passadas entrevistando Amy e Mike teriam sido um desperdício, como eu sairia de mãos vazias. Com ou sem casamento, eu ainda tinha um artigo a entregar e um emprego potencialmente em risco.

Eu só tinha vivenciado uma história fracassada, três anos atrás, quando o noivo desceu a nave da igreja e continuou andando – até sair pela porta lateral da Nossa Senhora do Perpétuo Socorro. O padre saiu correndo atrás dele, seguido por metade da congregação, inclusive a avó siciliana da noiva, que deslocou a coluna jogando a bengala no Land Rover do noivo. Enquanto a vovó era levada às pressas ao Hospital Victory Memorial, eu mesmo fiz uma visita de emergência ao departamento de licenças de casamentos na prefeitura, aonde os casais vão para se casar rapidamente, com pompa mínima e em circunstâncias duvidosas. Entrevistei uma massagista ucraniana que estava se casando com seu octogenário senhorio, além de dois adolescentes de dezoito anos que abandonaram a escola e esperavam o primeiro filho (para logo depois da cerimônia). Por desespero, optei por escrever sobre os adolescentes, porque ao menos eles tinham levado flores para a cerimônia. A ucraniana tinha levado o namorado.

Não estou dizendo que Amy devia se casar só para que eu cumprisse meu prazo, mas definitivamente, nesse caso, o casamento me parecia benéfico para os dois lados.

– Tem um monte de convidados chegando – eu disse.

– Tem um monte de convidados que não vão chegar. – Ela se virou para mim, e havia manchas escuras de rímel sob seus olhos. – Minha irmã dormiu num banco no aeroporto em O'Hare ontem à noite. Meus tios favoritos estão presos em Dallas. Meus primos da Filadélfia me ligaram faz poucas horas e me disseram que a rodovia interestadual está fechada e que estavam voltando para casa. Eu acredito em sinais, e isso já está bem além de um sinal. É o universo me enviando uma mensagem direta para que eu desista do que estou fazendo.

– Se as pessoas cancelassem o casamento a cada tempestade, haveria muito menos pessoas casadas no mundo – eu disse.

– Isso não é só uma tempestade. Tem proporções bíblicas.

Até onde eu sabia, não havia um monte de neve na Bíblia.

– Eu queria fugir para casar – disse ela. – Falei para o Mike que casar aqui parecia errado. Ele devia ter me ouvido.

– Você disse especificamente isso?

– Ele devia ter ouvido o que eu *não* disse, e eu não disse que queria isso. Nunca quis uma grande festa de casamento. Ele não pode ter pensado que eu queria. A menos que não me conheça, e como posso me casar com um homem que não me conhece?

Presumi que a pergunta era retórica, até que ela ergueu o olhar arregalado para mim com uma expressão de quem suplicava por algum tipo de resposta.

– Digamos, em prol da argumentação, que você não siga em frente com o casamento – falei.

– Não vou seguir em frente com o casamento.

– E aí? Vai fazer o quê?

Ela não disse nada. O que era um bom sinal. Significava que ela não refletira sobre o assunto. E eu também não, como ficou claro.

– O que vai fazer depois que todo mundo for embora hoje? – perguntei, tentando ganhar tempo. – E amanhã? E o que vai dizer ao Mike?

– Acho muito errado da sua parte tentar me pressionar. Achei que você fosse a única pessoa com quem eu poderia conversar que não ia me forçar a me casar.

Eu não estava tentando forçá-la. Foi uma acusação injusta, e fiquei ressentido com isso.

– *Não* acho que você deve se casar. – As palavras saíram da minha boca antes que fossem liberadas para decolagem. – Se você não ama o Mike e não quer passar o resto da vida com ele, então não se case com ele.

– Você não acha que devo me casar com ele? – ela perguntou com um fio de voz.

– Não, se você não o ama.

Eu estava voando no piloto automático, sem saber aonde estava indo.

– Mas eu o amo – ela disse, sem parecer muito satisfeita com isso.

– Você sente que ele te ama?

– É claro que sim. Ou eu não estaria aqui.

– Então não sei como você pode desistir disso tudo – eu disse sem pensar. Era como eu me sentia de verdade, e também era algo completamente inadequado a dizer. Eu havia passado da observação distante e assumi uma postura visceral. – O Mike não consegue tirar os olhos de você. Até mesmo quando está trabalhando. Ele se senta no escritório e fica com o olhar fixo, de gratidão e deslumbramento, na sua foto. Você sabe quantas pessoas procuram desesperadamente alguém que olhe para elas desse jeito? – Minha voz tremia. – Não se joga o amor no lixo! Não estou dizendo que casar é uma decisão fácil. Estou dizendo que você tem a sorte de ter alguém com quem tomar as decisões difíceis.

Senti uma compressão nos pulmões. Tive que parar de falar, com medo do som que sairia da minha garganta. Fiquei mortificado ao perceber que meus olhos estavam marejados. Eu só podia esperar que Amy estivesse imersa demais em seus próprios sentimentos para notar meu tormento emocional.

– Ainda não tenho um vestido de noiva – disse ela, depois de ficar alguns minutos olhando pela janela. – Nem uma dama de honra. – Ela pareceu afundar ainda mais na poltrona. – Se tivéssemos fugido para nos casar, não estaríamos passando por nenhum desses problemas.

– Então fujam – eu disse, respirando com mais facilidade.

– É um pouco tarde pra isso.

Era mesmo?

– A juíza de paz já foi paga e está lá embaixo – eu disse. – Vocês não vão receber o dinheiro de volta.

Ela virou rapidamente a cabeça na minha direção. Eu não sabia dizer se estava insultada ou intrigada.

Quarenta minutos depois, tive minha resposta. Em pé, ao lado dos cinquenta valentes convidados que ali chegaram, apesar do tempo inclemente, vi Amy descer a nave da igreja, cheia de pétalas de flores, com sua legging e suas botas. Mike caminhava ao lado dela, e trocara o smoking por calça jeans e camisa de flanela xadrez.

A juíza Louise Flanagan conduziu uma curta cerimônia civil. Sem firulas. Sem comentários. Nada diferente do que se eles estivessem no escritório dela. Quando a juíza perguntou a Mike se ele prometia amar e honrar sua noiva, ele falou diretamente a Amy, como se ela fosse a única pessoa no local.

– Amy – disse, segurando as mãos dela nas suas –, você é a mulher que eu quero. Não alguém em um vestido branco elegante. Não alguém que finge que está tudo bem quando não está. Você roubou meu coração no momento em que a vi pela primeira vez, e não o quero de volta.

Amy tinha lágrimas nos olhos quando respondeu:

– Fiquei com medo, Mike. Eu me perdi nos meus pensamentos. Seu amor é a luz que me guia para fora da floresta. Você é o motivo pelo qual, todos os dias, eu encontro o caminho para sair dela.

Eu já tinha ouvido tantos votos de casamento floreados sobre árvores metafóricas, pássaros voando alto e céus ensolarados. Mas Amy estava reconhecendo as trevas. O esforço necessário para, todos os dias, nos arrancar de dentro de nós mesmos. Quem não seria grato de ter alguém para encorajá-lo e esperando por você? Alguém disposto a entrar nas trevas, como Orfeu, e resgatá-lo de si mesmo.

Eu me perguntei se poderia ter sido essa pessoa para Laurel, e admiti para mim mesmo que não. Até mesmo em nossos momentos mais íntimos, uma parte minha se refreava, com medo de fracassar – em que, eu nem mesmo conseguia expressar em palavras. Era um reflexo de autoproteção. No entanto, sem ele, posso apenas imaginar como eu teria me sentido pior quando ela me deixou. Se é que era possível me sentir ainda pior.

Fiquei olhando enquanto Amy e Mike trocavam alianças, colocando-as no dedo um do outro. Ele riu quando não conseguiu colocar a de Amy, que o ajudou. Entendi por que estavam juntos de uma forma que antes não compreendia. Não que fossem um casal perfeito, mas eles se equilibravam. O otimismo dele era o antídoto para o nervosismo dela. A cautela de Amy temperava a ousadia de Mike.

A juíza os declarou marido e mulher, e um radiogravador começou a tocar uma música altíssima enquanto Mike tomava Amy nos braços. Como um certo ogro verde e sua noiva, eles se beijaram ao som de "I'm a Believer".

A família Russo não acreditava que menos é mais. A recepção foi um banquete com dez pratos diferentes, no estilo italiano, e era tradição familiar que todos fizessem um brinde.

O pai de Amy começou a empreitada, perguntando se ainda teria que pagar pelo vestido da noiva. Os pais de Mike recitaram uma longa lista de parentes que não conseguiram chegar ao evento (alguns dos quais, suspeito, estavam mortos fazia tempo). Então o microfone foi, de forma indiscriminada, passado adiante para diversos primos e primas, vizinhos e um barman do Rainbow Room. Estávamos na terceira hora de discursos quando Brody sequestrou o microfone.

– Amar significa nunca ter que raspar os pelos das costas – declarou.

Usando o casaco do smoking sobre camiseta e calça jeans rasgada, Brody parecia estar num teste para um show de comédia. Numa TV a cabo na Letônia. Durante vinte e cinco minutos, ele falou de um jeito confuso, tentando ser engraçado. Quanto mais falava, mais bebia. Quanto mais bebia, mais lentamente falava.

Eu alternava o peso do meu corpo entre uma perna e a outra, tentando amenizar a dor na lombar pelas cinco horas em que fiquei de pé. Quando os garçons começaram a servir as entradas, Brody entendeu a indireta (ou ficou com fome). Estava na hora de ir embora. Porém, fui interrompido pelo som de uma taça de vinho tinindo. Amy estava de pé em frente à mesa.

– Todo mundo sabe como eu odeio falar em público – ela disse –, então vou ser breve em meu discurso.

Ela agradeceu ao Mike, a seus pais e aos cinquenta convidados que enfrentaram dificuldades, mas foram à sua cerimônia de casamento.

– E quero agradecer a Gavin Greene, que está se escondendo atrás de uma coluna espelhada nos fundos do salão. – Eu não estava bem me escondendo, e sim me encolhendo de vergonha. – Eu o coloquei numa situação impossível e, contrariando seu próprio bom-senso, ele me deu alguns conselhos muito bons. Às vezes, é bem mais difícil dar que receber, e quero que ele saiba que lhe serei eternamente grata.

Basicamente, ela havia acabado de destruir minha carreira. Se alguém no *The Paper* soubesse como eu havia me desgarrado do papel de observador, meu artigo poderia morrer junto com a minha reputação.

Eu havia feito uma escolha tola. Ainda assim, um sentimento cálido emanava do meu peito. Eu me sentia lisonjeado e apreciado. Mais que isso. Eu me sentia orgulhoso. De alguma forma, conseguira dizer a coisa certa quando nem tinha certeza de que havia algo certo a dizer. Talvez escrever tantas colunas sobre casamentos tenha me ensinado algo sobre relacionamentos. Talvez Mike devesse me fazer perguntas, e não o contrário. O futuro me parecia agora muito menos sinistro do que algumas horas antes.

Enquanto eu seguia meu caminho salão afora, Brody me agarrou pelo braço, segurando de forma precária uma garrafa de uísque na outra mão.

– Ei – ele me disse –, você não me entrevistou ainda. Não quer saber o lado do padrinho neste grande evento?

Eu o evitara de propósito, mas já que Brody crescera com Mike em Boston, havia uma chance de que tivesse uma boa história para contar. Relutante, abri meu bloco, virando até a última página de anotações.

– Então, por que você acha que a Amy é a pessoa certa para o Mike?

– Quem disse que eu acho isso? – Brody respondeu, soltando risadinhas e tomando um grande gole de seu uísque. – Só estou brincando com você. Acho a Amy o máximo. Acho os dois ótimos juntos. Espero que tenham uma noite incrível hoje. Porque isso não dura.

– Como? – Eu não tinha certeza de ter ouvido direito.

– Sabe o que você devia fazer? Devia escrever uma coluna sobre o que acontece depois do casamento. Você devia escrever uma coluna sobre o que acontece seis meses depois. Seis anos. – Notei a marca de uma aliança no dedo da mão esquerda dele, onde um dia ele a usou. – Isso sim seria algo útil de se ler.

O padrinho bêbado e amargurado não era um mito de Hollywood, mas uma pessoa real, em carne e osso. Eu já tinha aprendido a abordar com o mesmo respeito cauteloso até um carteiro, pois ele podia ter um pit bull.

– Obrigado pelas sugestões – falei. – Vou passá-las adiante. – Eu tinha terminado a entrevista, mas achei que fechar o bloco pudesse soar como um ato de agressão.

– Você é casado? – Brody me perguntou.

Não respondi. Ele agarrou com violência meu braço esquerdo de novo e o estendeu no ar.

– Sem aliança! – berrou. – Que diabos você está fazendo escrevendo sobre casamentos? Você é alguma espécie de voyeur?

Meu braço estava retorcido acima da cabeça, e minhas costas estavam contra a parede. Tentei me soltar, mas Brody estava agarrando meu braço com muita força e não largava.

Eu tinha onze anos de novo, e estava sendo bloqueado no corredor por um valentão mais velho que não queria me deixar chegar à sala de aula. Não, eu era um repórter do *The Paper*. Ele não podia fazer isso comigo.

– O que você sabe sobre onde o Mike está se metendo? – ele persistiu, me desafiando a retaliar, mas de jeito nenhum eu deixaria que ele me incitasse a sair na porrada. – O que você sabe sobre devotar sua vida a alguém e ter seu coração dilacerado em troca? Se quer escrever sobre alguma coisa, então se coloque na linha de frente e aprenda sobre o assunto passando você mesmo pela experiência. Tenha alguém que lhe tire sua casa e suas economias e veja o que acha de um babaca que escreve sobre contos de fadas românticos.

A boca dele estava a centímetros do meu nariz. Cada palavra era acompanhada de um odor azedo que me dava vontade de vomitar. Eu queria socá-lo. Queria gritar. Queria desaparecer.

– É tudo bobagem – disse ele, soltando abruptamente o meu braço. – Que merda você sabe sobre casamentos?

14

Na madrugada

Eu era uma fraude. Para o Brody, ficou óbvio. Para a caixa do Westside Market, onde parei pouco antes da meia-noite para comprar um frango assado para o jantar, também. Vi meu reflexo na janela da loja. Meu terno preto e a camisa branca passados a ferro ficaram visíveis sob meu casaco de lã enquanto eu esvaziava a cesta de compras que continha o frango assado, leite, ovos, flocos de milho e uma lata de molho de tomate. Essa era a diversão de um repórter da editoria de Estilo de Vida do *The Paper* de Nova York numa noite de sábado.

A caixa, uma adolescente hispânica de rosto bondoso, parecia me olhar com pena enquanto registrava meus parcos itens. Provavelmente tinha um encontro caliente marcado para depois de seu turno. Ela me deu um sorriso animador quando me entregou o troco, como se quisesse dizer: "Você não é um cara tão feio assim. Um pouco mirrado pro meu gosto, mas tenho certeza de que existe uma mulher em algum lugar disposta a sair com você".

Caminhei com dificuldade até em casa, precisando de apoio moral. Comecei a ligar para Hope antes de pensar se seria muito tarde para isso.

Ela atendeu sem fôlego:

– Estou num encontro.

Imaginei que a resposta não seria agradável se eu perguntasse como aquilo era possível.

– Match.com – ela disse, como se estivesse lendo minha mente. – Você devia se cadastrar lá!

Eu tinha esquecido que a Hope vinha defendendo o namoro pela internet desde que tivera o terceiro encontro para tomar café em duas semanas. Eu me contive para não lembrá-la que, na última vez em que usara esse site, ela conseguira doze encontros para tomar café, mas nenhum segundo encontro.

– Então você passou do estágio do café – comentei, revelando apenas metade do mau humor que sentia.

– Eu estava trocando mensagens com um cara, e ele me convidou para tomar um drinque à meia-noite no Lansky Lounge.

– Isso não é um encontro. É um convite pra trepada. Ele é um gigolô.

– Ele é pediatra. Você queria que eu ficasse sozinha em casa? – Um casal coberto de flocos de neve passou por mim na calçada, abraçados um ao outro, bem juntinhos. – Ele me disse: "Seria terrível desperdiçar uma tempestade de neve". Não é fofo?

– Muito – eu disse, soando amargurado. – Então por que você atendeu ao telefone?

– Não consigo encontrá-lo. Estou procurando por ele faz quinze minutos. Está muito escuro aqui.

– O panorama?

– A sala!

Eu me senti culpado por provocar a Hope, e me sentiria ainda pior se o cara fosse um daqueles que marcam e não aparecem. Uma rajada de vento me atingiu enquanto eu subia os degraus na frente do meu prédio.

– Talvez ele esteja me esperando do lado de fora – ela disse com uma voz tremida.

– Pode ser – eu disse, embora fosse duvidoso.

Ela merecia algo melhor. Muito melhor. Se eu desistisse de transcrever as anotações sobre o casamento, poderia pegar um táxi e estaria no Lansky Lounge em dez minutos.

– Ou talvez – a voz de Hope se ergueu uma oitava – ele esteja sentado ao lado da lareira com duas taças de vinho e uma garrafa aberta de Cabernet. Ah, meu Deus, ele está se levantando. E é ainda mais fofo do que na foto. E mais alto! – Ela transbordava de alegria. – Tenho que ir.

Eu me sentei em frente ao computador sem tirar o terno. Sem guardar as compras. Abri o navegador e digitei www.JDate.com, um site de namoro para judeus.

Na maior parte do tempo, eu evitava sites de namoro porque achava muito parecido com fazer compras, e não sou muito bom nisso. Minha tendência é me sentir sufocado nas lojas e sair de mãos vazias, ou comprar algo às pressas só para compensar o tempo investido.

Pensando bem, era assim que eu namorava.

Fatiei a carne branca do frango enquanto, concentrado, olhava fotos de judias solteiras. Escolhi o JDate porque, devido a meu histórico de relacionamentos, pensei que seria uma boa ideia começar com algo em comum e, já que não havia um site para pessoas com aspirações literárias que em breve estariam desempregadas, o JDate teria de servir.

Logo aprendi que o desemprego seria um empecilho. Até mesmo estando empregado, eu não seria necessariamente aprovado. Pelo menos não por mulheres esbeltas de Manhattan, graduadas numa universidade da Ivy League (embora eu estivesse, admito, estabelecendo padrões um pouco altos demais). Ter uma renda de seis dígitos era um pré-requisito apreciado para o início de um contato por e-mail. As palavras "alto" e "bem-sucedido" surgiam com regularidade, ao lado de "confortável tanto de smoking quanto de calça jeans". (Elas estavam procurando o James Bond ou um possível namorado?) Mas o atributo número um desejado era "um homem de verdade". *Em oposição a quê?*, eu me perguntava. *A um homem de mentira? A um homem com hábitos de mulher?* E se houvesse uma pessoa assim, um homem com hábitos femininos, não seria uma coisa boa?

George Clooney era mencionado com tanta frequência como o protótipo de companheiro ideal que questionei a noção de realidade daquelas pessoas. Não que eu fosse muito melhor, clicando compulsivamente em fotos de qualquer mulher que me lembrasse vagamente da beleza semítica de Natalie Portman.

Havia algo de sórdido em relação a isso. Como se eu precisasse usar uma capa de chuva enquanto me debruçava sobre o teclado, navegando pelos perfis sob a luz azulada da tela.

Então, à uma da manhã, eu a vi. Ela. A garota. O apelido que usava era ComeFlyWithMe. Seus olhos eram amendoados, a pele, morena clara, como a da Emmanuelle Chriqui, da série de TV *Entourage*, com os mesmos cachos abundantes e escuros (e o mesmo decote). Ela era uma designer gráfica viciada em flocos de milho, e se exercitava correndo ao longo do rio Hudson e dançando tarde da noite. Seu lugar predileto eram aeroportos internacionais, "porque há tantas possibilidades". Ela dizia que estava em busca de um cara inteligente, divertido e com "paixão pela vida e uma canção no coração".

Eu era TOTALMENTE esse cara.

Tudo que eu precisava era de uma chance para provar isso. Eu me pus a escrever um e-mail espirituoso, confiante ainda que despretensioso, erudito e efervescente ao mesmo tempo. Não me saí muito bem nessa tarefa. Era difícil soar espirituoso sem parecer esquisito. Mais difícil ainda era ser sedutor e sincero ao mesmo tempo. Depois de uma hora, fiquei tentado a dizer simplesmente que era "um homem de verdade" e parar por aí.

Já passava das duas da manhã quando terminei o e-mail para ComeFlyWithMe. Então tive que pensar na linha de assunto, algo que fosse divertido e atraente. Demorei mais meia hora para me decidir por "I've Got a Crush On You", em referência à canção do Sinatra. Por fim, cliquei em ENVIAR. Surgiu uma janela pop-up na minha tela informando que ComeFlyWithMe estava online. Um ícone piscante me perguntava: "Você quer conversar com ela ao vivo?"

Foram quase duas horas para escrever um e-mail. Eu não suportaria a pressão da troca de mensagens instantâneas.

Mas e se ela também recebesse uma mensagem dizendo que eu estava online? Ficaria se perguntando por que eu não estava escrevendo? Seu sorriso me chamava de uma foto em que ela usava um vestido de verão amarelo. Embora não fosse no vestido em si que meus olhos estivessem fixos.

"Bela foto na praia", escrevi.

Sem resposta. Por mais de um minuto. E então: "O que está fazendo olhando as minhas fotos no meio da noite?"

Eu me senti como uma criança de cinco anos pego olhando por baixo do vestido de uma menina. (O que só aconteceu uma vez, e eu estava pegando uma bolinha de gude que tinha fugido.) Eu havia estragado tudo. Então recebi uma segunda mensagem: ":-)".

Havia começado.

"O que *você* está fazendo trocando mensagens com estranhos em horas estranhas?", escrevi.

"Alguém tem que se compadecer de todos esses homens solitários diante do computador", ela respondeu rapidamente, aumentando o nível de audácia.

"Achei que suas fotos serviam para isso."

Fiquei maravilhado com a quantidade de danos que podia causar com um mouse e um teclado.

Seguiu-se um silêncio, como no rádio. Comecei a digitar novamente.

"Eu me saio muito melhor numa transmissão ao vivo com *delay*."

"Você está com fome?", foi a mensagem que piscou na minha tela. E depois: "Para de pensar bobagem. Conheço um lugar ótimo onde servem kebabs a noite toda".

Meu telefone tocou e tive um sobressalto, achando que era ela, antes de me lembrar que não poderia ser.

– Gavin! – Era a minha avó, que tinha o hábito de me ligar tarde da noite quando não conseguia dormir, esquecendo que, ao contrário de Gary, estávamos no mesmo fuso horário. – Que bom que está aí.

"E aí, o que você acha de carne no espeto?", ComeFlyWithMe perguntou, como se eu precisasse ser convencido.

"Gosto de carne", digitei, aninhando o telefone no ombro.

"Quanto?", foi a resposta dela.

– O Bernie teve uma espécie de ataque. – Minha avó falava com a voz estridente. – Acho que começa com a letra P. Não consigo lembrar o nome. – Ela parecia nervosa.

– Tudo bem, vó.

– Não, não está tudo bem. Estou lhe dizendo que ele teve um ataque!

– Quero dizer que não tem problema você não lembrar o nome.

Olhei de relance para a tela. "Quanto?", apareceu uma segunda vez.

– Ostrovsky. Acho que é esse o nome – disse minha avó.

– Do ataque? – perguntei.

– Do médico. Um médico jovem. Ele fala muito rápido. Disse que o Bernie precisa de uma cirurgia de emergência.

Imagens de carne no espeto e instrumentos cirúrgicos piscavam na minha mente em uma combinação perturbadora. Ser multitarefa não estava funcionando.

"Desculpa, preciso desligar", digitei, me encolhendo a cada tecla apertada. "Gostaria muito de te conhecer uma outra hora."

ComeFlyWithMe não respondeu.

– Gavin, eu não sei o que fazer.

Minha avó estava à beira das lágrimas.

– Vou ligar para o médico – eu disse, procurando no Google pelo hospital. A vontade de comer kebabs permanecia no fundo do meu estômago.

– A enfermeira me entregou um papel para assinar, mas estou sem meus óculos.

– Tudo bem – repeti em tom gentil. – Vou ligar para o médico.

– Diga a ele que estou sem meus óculos.

Eu me lembrei de quando tinha cinco anos e chorei em seus braços, depois de um incidente traumático envolvendo um triciclo e uma palmeira impenitente. Ela me disse que não tinha problema algum em chorar, que isso faria a dor ir embora, e me embalou enquanto eu enterrava o rosto em seu suéter.

– Está tudo bem, vó – eu disse. – Vai ficar tudo bem.

15

Turbulência

Meu voo até Fort Lauderdale foi atrasado pela chuva. Enquanto o avião seguia instável seu trajeto entre altitudes tempestuosas, me agarrei aos braços da poltrona e imaginei meus pais esperando por mim no aeroporto, algo que nunca foram capazes de fazer desde que eu era criança. Porém, enquanto o avião balançava, eu tinha nove anos de novo e corria pela passarela de embarque, me jogando nos braços deles. Meu pai me jogou no ar com o casaco cheirando a cigarro, embora nem fumasse.

– Você se divertiu com sua avó? – ele me perguntou.

– Aham – eu disse. – Ela falou que posso ir para a Flórida sozinho de novo qualquer hora que o Gary tiver jogos decisivos de futebol durante a Ação de Graças.

– Alguma batida com palmeiras em rápido movimento dessa vez?

– Isso faz muito tempo! – protestei.

O batom que minha mãe usava era vermelho cor de maçã do amor, e ela o limpou da minha bochecha depois de me beijar.

– Você sentiu nossa falta? – quis saber.

Balancei a cabeça, em sinal de negativa.

– Nem um pouco?

Balancei a cabeça com veemência. Depois joguei os braços em volta do pescoço dela.

Com uma sacolejante, mas gratificante aterrissagem, tentei me lembrar da última vez que dissera a meus pais que os amava. Eu me apressei até o terminal Delta, e estava ansioso por fazer isso, algo que não me era característico. Trinta minutos depois, meus sentimentos cálidos desapareciam sob o calor da Flórida. Minha bagagem de mão, que era uma bolsa de couro, estava pendurada num dos ombros, e a maleta do meu laptop, no outro, enquanto eu andava de um lado para o outro na zona de desembarque, procurando pelo navio de cruzeiro lilás metálico que meus pais chamavam de carro. Eu já tinha ligado para o celular da minha mãe duas vezes, mas caíra direto na caixa postal. Depois de vinte minutos, comecei a ficar preocupado e liguei de novo.

– Gavin – minha mãe atendeu animada –, é tão bom ouvir sua voz.

– Onde você está? – perguntei, suspeitando que não ia gostar da resposta.

– Vou colocar você no viva-voz do carro. Está nos ouvindo?

– Estou ouvindo. Onde vocês estão?

– Gavin, diga se está nos ouvindo – ela repetiu.

– ONDE VOCÊS ESTÃO?

– Você apertou o botão de mudo – ouvi meu pai dizer.

– Impossível – disse ela. – Nem sei onde fica o botão de mudo.

Desliguei e liguei de novo.

O telefone tocou várias vezes antes de a minha mãe atendê-lo. Eu ouvia muitos ruídos ampliados de movimentos, como se o telefone estivesse indo de um lado para o outro dentro do carro e arranhando cada superfície do veículo.

– Por que você está nos ligando? – minha mãe por fim perguntou. – Perdeu o avião?

– Faz uma hora que meu avião aterrissou – respondi, com o lamento adolescente na voz nutrido por anos e anos à espera deles na calçada. – Vocês estão pelo menos perto do aeroporto?

– Você só ia chegar às duas – interveio meu pai.

– Eu disse que ele ia chegar ao meio-dia – disse minha mãe em tom de bronca.

– Você nunca disse isso – ele respondeu.

– Pai – eu disse, com o máximo de afeto que ainda conseguia demonstrar com o suor escorrendo pelo pescoço. – Eu te liguei hoje de manhã para lembrá-lo disso.

Péssima escolha de palavras. Aos setenta nos, ele era sensível quando se tratava de sua memória.

– Não preciso que me lembre de nada – ele disse, irritado.

Eu não convenceria meu pai de que ele estava errado, e sabia que não deveria nem tentar. Prometi a mim mesmo ser uma pessoa melhor, mas o que eu disse em voz alta foi o seguinte:

– Se não precisa que eu te lembre de nada, por que não está aqui?

– Preciso que você me diga a hora certa!

– Eu disse: ao meio-dia!

– VOCÊ NÃO DISSE ISSO EM MOMENTO ALGUM!

Não era para ser assim. Eu seria amável e expansivo. Eles seriam... funcionais.

– Você deus parabéns ao Gary? – minha mãe quis saber. Eu não fazia ideia do motivo pelo qual deveria fazer isso. – O Gary e a Leslie estão comemorando sete meses juntos.

– Quem comemora aniversário de sete meses? – perguntei.

– Pessoas que têm relacionamentos –minha mãe retrucou incisiva.

– O Gary começa um relacionamento com uma garota nova a cada ano – criticou meu pai. – A vantagem de ser solteiro é não ter de aturar um relacionamento.

– O que exatamente você teve de aturar comigo? – minha mãe quis saber.

Ele começou a recitar uma lista, que presumi ser cronológica, já que começava com o arranjo dos assentos na festa de casamento deles.

Enquanto os dois processavam crimes e contravenções do século passado, eu me sentei no meio-fio, o mais próximo de descansar a que cheguei em dois dias. Tinha passado a maior parte do tempo no voo escrevendo a coluna sobre Amy e Mike, à qual eu deixara de dar atenção no domingo enquanto coordenava minha viagem e os cuidados médicos de Bernie, ao mesmo tempo em que checava de hora em hora o JDate, para ver se havia alguma mensagem de ComeFlyWithMe. Enviei um e-mail a ela explicando o que tinha acontecido, mas não tive resposta.

Tive, contudo, notícias de SaneJane, que não parecia de modo algum sã. O nome dela era Janet, mas ela gostava da rima. O primeiro e-mail que me enviou foi um simples "olá", dizendo que tinha gostado do meu perfil. O segundo era para checar se eu tinha recebido o primeiro, porque SaneJane tinha algum tipo de falha em seu computador. O terceiro era para se desculpar pelo segundo, ao qual ela anexou uma foto dela com uma jiboia viva envolvendo seu corpo, sugerindo uma predileção pelo perigo ou pela bestialidade. Achei melhor não responder, qualquer que fosse o caso.

No entanto, eu estava em contínuo contato com a minha avó, que se alternava entre o irritável otimismo e um atípico desalento. Tentei confortá-la da melhor maneira possível e prometi que estaria lá com ela o mais rápido que pudesse. O que estava me impedindo eram os meus pais.

Fazia vinte minutos que estávamos ao telefone e a única coisa que se aproximava rapidamente era o prazo de entrega do meu artigo. Se eu fosse ficar ao telefone com alguém, deveria ter sido com Roxanne Goldman, a produtora do *Today* com quem eu finalmente faria a entrevista na manhã seguinte. Deveria ter ligado para ela a fim de remarcar a entrevista antes de ligar para os meus pais. Ou para a relações-públicas dela, mas o que eu deveria mesmo ter feito era alugar um carro.

– Vocês estão muito longe de Fort Lauderdale? – perguntei, interrompendo os dois.

– Fort Lauderdale? Estamos a caminho de Palm Beach – disse minha mãe.

– Por que diabos vocês estão indo para Palm Beach?

– Porque você disse que ia chegar por lá – meu pai respondeu. – Você nos falou: duas horas no aeroporto de Palm Beach!

– Ele disse meio-dia! – minha mãe se intrometeu.

– Em Fort Lauderdale! – uivei.

Eles responderam simultaneamente.

– Você não disse isso em momento algum.

Minha avó parecia menor do que eu me lembrava e quase uma garotinha em seu moletom e sua legging, com os cabelos prateados puxados para trás num rabo de cavalo. Estava sentada ao lado do leito de Bernie no hospital, onde ele estava deitado inerte, com a boca aberta, os olhos fechados e diversos fios que o ancoravam ao equipamento como rebentos de vinhas ao longo do perímetro do aposento. Um bipe suave pulsava enquanto minha avó tentava alimentá-lo com o conteúdo de uma pequena jarra de vidro.

– Vamos, Bernie – disse ela, levando uma colher aos lábios dele. – Abra mais a boca.

– Vovó, eles o estão alimentando por via intravenosa.

– Isso não é comida. Preparei para ele uma belezinha de um cozido de atum com ervilhas, nozes e aipo. Bem do jeito que ele gosta.

– Ele vai engasgar.

– Bati no liquidificador e fiz com que ficasse cremoso. Quer um pouco?

– Não.

– Está delicioso.

– Está pastoso.

Minha avó se inclinou em direção a Bernie, como se estivesse esperando que ele levantasse para emitir sua opinião, mas ele permaneceu imóvel, com a respiração rasa e difícil, e um ruído prolongado de muco na garganta – provavelmente por causa do cozido.

– Preciso que você me ajude a dar banho nele – ela me disse.

Eu tinha dito que faria o que ela precisasse, mas estava pensando mais em fazer compras no mercado, coisas assim.

– Não seria melhor as enfermeiras fazerem isso? – perguntei.

– Esperei você chegar aqui porque, da última vez que dei banho nele, machuquei as costas – ela disse, submergindo uma toalhinha num copo de plástico com água.

– Mais um motivo para deixar as enfermeiras fazerem isso.

– Você veio me ajudar ou piorar a minha situação?

Ela desamarrou a parte de cima da camisola hospitalar que Bernie estava usando e a puxou para frente, expondo a pele pálida que pendia sem vida de sua estrutura antes parruda.

– Erga o braço esquerdo dele – ela pediu.

Eu teria preferido alimentá-lo com o atum batido.

Tentei lembrar se já tinha encostado nele antes, além dos apertos de mãos. Eu tinha dezenove anos quando eles se casaram, depois de dois anos de galanteio. Com frequência eu os acompanhava nos encontros, e ele nunca reclamava, aparecendo com seus casacos de cores extravagantes, ansioso para pegar minha avó pelo braço esguio, que saía de seu quarto toda pomposa, com uma saia curta e sapatos de salto alto que deixavam à mostra suas pernas de corredora. Como pretendente, ele nunca chegava de mãos abanando, sempre trazia algo, como flores, joias e, uma vez, até uma geladeira! E sempre vinha com amendoins com cobertura de chocolate para mim. Ele tinha esse lance com os amendoins cobertos com chocolate, e me jogava um pacotinho deles, ainda orgulhoso de seu braço de lançador.

– Levante o braço dele – repetiu minha avó, impaciente.

Eu não conseguia explicar a ela minha hesitação, mas sentia que estava violando a privacidade do Bernie enquanto segurava seu cotovelo esquerdo.

Ela torceu a toalha antes de passá-la, deslizando-a lentamente ao longo do braço dele em movimentos curtos. Havia algo de perturbador no modo maternal como ela o acariciava, como se agora ele fosse seu filho em vez de marido. Eu me sentia desconfortável, e voltei o olhar janela afora.

O Centro Médico Delray era um prédio baixo de arquitetura genérica da década de 1980. Apesar da luz do sol, parecia um local apavorante. Se não fosse pelas palmeiras aqui e ali, poderia facilmente ser Jersey. Considerando a composição da população local, isso seria reconfortante.

– Não vi seus pais hoje – comentou minha avó, com sua forma indireta de perguntar onde estavam.

– Achei que eles tinham trazido você aqui hoje de manhã.

Minha avó não dirigia, pois fora muito pobre quando jovem para ter carro (ou fazer aulas de direção), e nunca aprendeu a dirigir nem quando ficou mais velha.

– Peguei um táxi depois da corrida – disse ela.

– Por que você não esperou que eles te buscassem?

Ela ergueu uma sobrancelha.

– Por que *você* não esperou?

Eu tinha viajado mais de mil e seiscentos quilômetros de avião, alugado um carro e ainda tinha conseguido chegar ao hospital antes deles.

– Eles estão a caminho – falei, incerto se estava tentando convencer a ela ou a mim mesmo.

– Eles sempre estão a caminho – ela disse. – Já era hora de chegarem a algum lugar. – Seus lábios ficaram apertados enquanto ela massageava os dedos de Bernie, fazendo traços invisíveis com os próprios dedos nas colinas e nos vales entre os dele, enquanto os massageava. – Você escreve sobre um monte de casamentos. Então, quando vou dançar no seu? – Não era a primeira vez que ela me fazia essa pergunta, mas, sempre que a fazia, me deixava sem saber o que dizer.

– Quando eu encontrar a pessoa certa – respondi, gaguejando.

– Não saí com o Bernie porque ele era a pessoa certa. Saí com ele porque ele me convidou para sair.

O tom dela era bondoso, mas as palavras ardiam como ferroadas. Questionar meu bom-senso geralmente era o domínio dos meus pais, e eu não conseguia entender por que uma mulher que estava cuidando de seu quarto marido enfermo tentaria converter alguém ao casamento.

Enquanto ajeitava os braços e as pernas de Bernie, como ela havia orientado, meus pensamentos foram levados de volta a meu artigo não finalizado. Eu me perguntava se Amy e Mike sabiam onde estavam se metendo quando prometeram ficar juntos "até que a morte os separe". Tomariam uma decisão diferente se estivessem no meu lugar agora?

– Preciso que você o mantenha erguido para que eu possa fazer o mesmo nas costas dele – disse minha avó.

Eu me encolhi só de pensar na situação. Eu me via deitado no lugar de Bernie, indefeso, seminu e sofrendo com a indignidade de ser infantilizado por uma esposa e um neto. Mas eu ao menos teria esposa e neto?

Minha avó pressionou uma alavanca no leito, elevando parcialmente o torso de Bernie, e me posicionei atrás dele. Gentilmente o empurrei para frente, mas ele tombou para o lado.

– Ele vai cair! – ela gritou.

– Ele não vai cair – falei, correndo e dando a volta até o outro lado da cama para segurá-lo.

– Você pode puxá-lo para cima pelos pulsos – ela sugeriu, mas, quando tentei, a cabeça de Bernie caiu para trás num ângulo doloroso.

– Vovó, realmente acho que a senhora deveria esperar as enfermeiras para...

– Se não quiser me ajudar, vou fazer isso sozinha.

"Indomável" era uma palavra que eu usava com frequência para descrever minha avó. "Teimosa" era outra. Apesar das minhas objeções, subi no leito de Bernie e me sentei com as pernas abertas em volta dele. Então, enganchei os braços nos dele, tomando cuidado para não soltar nenhum dos tubos, e o puxei na minha direção, aninhando sua cabeça em minhas mãos.

Foi nesse instante que me lembrei da primeira vez em que tivemos contato físico. Eu estava visitando minha avó num recesso escolar na primavera e ele nos convidou para jantar no Arturo's, um restaurante italiano chique em Boca. Ele era o novo namorado da vovó. Eu estava com fome. Quando foi nos buscar, entrei rapidamente atrás de seu Mercedes prateado, deixando o assento da frente para minha avó. Ele se virou e deu uma batidinha no topo da minha cabeça. "Sempre se segura a porta para uma dama", me disse, antes de saltar do carro e ir até o lado do passageiro, onde minha avó estava, corada.

– A cor da pele dele está melhor – disse ela, limpando com suavidade a nuca de Bernie. – Está mais rosada.

Parecia esverdeada para mim.

– Isso é bom – falei.

A bochecha de Bernie raspou na minha. Parecia lixa. Mas solta. Como se não houvesse músculo sob ela. Mais como gelatina coberta por lixa.

Aquele não era o mesmo homem impecável que fazia as unhas na manicure uma vez por mês, pintando-as com base transparente. No judaísmo, há o período de *shivah*, em que se fica sentado em luto com aqueles que estão sofrendo pela perda de um ente querido. Senti como se estivesse em luto por Bernie enquanto ele ainda estava vivo, enquanto estava suspenso, sem vida, em meus braços.

Lembrei o modo como a minha avó costumava rir das piadas espirituosas dele, como ela chutava o ar quando ele a beijava na minha presença. E me vi em luto por ela também. Em luto pela versão jovem da minha avó e por como eles eram como casal.

– Quem vai cuidar de você? – ela murmurou ao pé do ouvido dele.

– Ele não pode te ouvir, vó – eu disse em tom terno, observando enquanto os dedos dela deslizavam pela curva do ombro dele.

Ela balançou a cabeça em negativa.

– Eu não estava falando com ele.

16

Pronta para ser colhida

— Ela estava parada ao luar em um vestido de verão vermelho.

Ari Oz me descrevia a primeira vez que vira Roxanne Goldman. Havia sido na festa da revista *Sports Illustrated*, na noite anterior à cerimônia de encerramento das Olimpíadas de Atenas.

– A gente tem que... como vocês costumam dizer?... enquadrar um momento desses – ele me disse com seu sotaque israelense, um adendo ao cenário evocativo que já me despertava pontadas de inveja. – Meia-lua alaranjada, danceteria na praia. E uma mulher alta com lábios cor de romã.

Vou morrer sozinho.

Esse era meu pensamento persistente desde que voltara a Nova York. Como um sinal em néon dentro do cérebro, que se acendia a intervalos irregulares. Eu não tinha controle sobre o momento em que tal sinal seria aceso, mas casais se expressando emocional e efusivamente sobre como se conheceram era um gatilho bem certeiro.

– Ela segurava um martíni – prosseguiu Ari –, e os cabelos dela... como vocês costumam dizer?... flutuavam ao vento.

– Era gim tônica, e meus cabelos nunca flutuaram – disse Roxanne, deixando claro que seus cachos eram uma eterna fonte de frustração.

Estávamos numa audioconferência. Eu não gostava muito, mas não podia culpar Roxanne, pois fora eu quem cancelara nossa última entrevista, e agora ela estava em Los Angeles e Ari, em Tel Aviv. O sinal do celular dele ficava caindo e voltando, assim como minha concentração, enquanto ele contava entusiasmado suas primeiras impressões sobre os cachos espessos e escuros dela.

– Achei que ela fosse israelense – disse ele.

– Achei que ele tinha doze anos – ela provocou.

Embora parecesse um garotinho e fosse da altura de um ginasta (ele dizia ter um metro e setenta), Ari tinha vinte e quatro anos quando os dois se conheceram, e ela vinte e oito. No dia do casamento, em duas semanas, eles teriam vinte e sete e trinta e um anos. Ari fez questão de dizer que era o mais velho de seus amigos a se casar. Eu queria socá-lo.

– Em Israel, sou considerada uma solteirona – afirmou Roxanne.

Vou morrer sozinho.

Eu me imaginei deitado num quarto cavernoso de hospital, emaciado e solitário, enquanto uma fila infinita de casais de cabelos grisalhos caminhavam vagarosamente próximo da porta. Eram todos os casais sobre os quais eu havia escrito, e eles sussurravam uns aos outros enquanto passavam por ali: "Olhe, querido(a), poderia ser um de nós no lugar dele se não tivéssemos nos conhecido". Então se arrastavam, seguindo em frente de mãos dadas, levando consigo o suporte de soro.

Eu nunca conheceria uma pessoa bem o bastante a ponto de prever quando ela precisaria de chocolate. Nunca seria acordado por uma criança pulando na minha cama e se contorcendo sob as cobertas. Nunca manteria meu emprego a menos que mantivesse o foco.

– Eu disse que ele tinha um belo peitoral para um menino de doze anos – Roxanne contou.

– Falei pra ela: "Você também"– disse Ari, roncando enquanto ria.

– Ele ainda acha que foi uma boa cantada. Sorte a dele que não está mais solteiro.

Felizmente, a história de Roxanne e Ari não era muito complicada. Festa glamorosa, noite aprazível. Duas pessoas com belos peitorais. Além de algumas camadas de roupas finas de verão, não parecia haver muita coisa entre eles e o sonho olímpico de união internacional.

– Não achei que fosse ver a Roxanne de novo – disse Ari.

Eu tinha perdido algo crucial.

– O que aconteceu depois da festa? – perguntei.

– Eu contei que fui embora – foi a resposta impaciente de Roxanne. – Para mim, era uma noite de trabalho.

– Você foi embora?

Revirei minhas anotações, tentando ver onde eu as havia perdido.

– Sem me dar o número de telefone dela – acrescentou Ari. – Ela estava... como vocês costumam dizer?... bancando a difícil.

Porém, ela havia dito a ele que assistiria ao encerramento da cerimônia no camarote da NBC. Então, em vez de se juntar aos outros atletas em campo, ele passou pelos seguranças com um buquê de flores e um broche da equipe israelense de presente para ela.

– Mas ela não me disse o número do camarote – ele falou. – Bati de porta em porta perguntando: "Aqui é o camarote da NBC?"

– Como eu ia saber que ele seria doido o bastante a ponto de fazer isso? – disse ela. – Eu achava que ele não se lembraria de mim cinco minutos depois de eu ter saído da festa. Cento e trinta mil camisinhas foram entregues aos atletas em Atenas. Então, digamos apenas que não faltavam a Ari oportunidades agradáveis.

– Eu não queria alguém agradável – ele ressaltou. – Queria você!

Vou morrer sozinho.

– A desgraça gera grandes matérias – proclamou Tucker, socando a mesa para ser enfático. – Nossos leitores não querem baboseiras melosas. Querem histórias sobre pessoas que foram estupradas, assassinadas ou censuradas pelo comitê de ética do congresso.

Isso foi o máximo que ele havia falado na minha presença em meses. Renée acabara de estabelecer nossa mais recente proposta de blog sobre casamentos dos sonhos, nossa terceira tentativa em muitas semanas, mas essa tinha potencial. O plano era postar no blog entrevistas multimídia com prestadores de serviços e fornecedores de casamentos da alta sociedade. Basicamente, pornografia de casamentos. Tucker não ficou nem um pouco impressionado.

Renée insistia.

– É uma oportunidade para transmitirmos aos leitores informações sobre as últimas tendências em termos de design de vestidos de noiva, floristas de celebridades e...

– Estou quase dormindo aqui... – disse Tucker. – Quer dizer, nos dias de hoje, quem realmente se importa com casamentos?

Bom, para começar, os milhões de pessoas que leem nossa coluna de casamento todas as semanas.

– Com o número de divórcios hoje, todo mundo sabe que os casamentos são uma farsa. – Note-se aqui que Tucker estava em seu terceiro casamento. – Não quero ler sobre algum pateta de Wall Street se casando com uma modelo de trajes de banho. Ou sobre que vestido ela usou. O que quero saber é o que acontece quando ela foge com o personal trainer.

– Isso cheira a tabloide – Renée disse em tom de desaprovação.

– Bom, casamentos não são propriamente o assunto ideal do jornalismo sério – ele disse com o que poderia ser descrito como desprezo velado apenas se ele tivesse tentado escondê-lo. – Não se pode ir a uma festa de casamento sem pensar num filme ruim de Hollywood. Falando nisso, tem um filme pra sair sobre uma dama de honra que fica louca. – Ele pegou um release de uma pilha em sua mesa e jogou para Renée. – Até Hollywood sabe que separações rendem histórias melhores que as de pessoas que se desejam. Nem sei dizer o número de vezes que meus amigos me perguntaram: "Por que vocês não fazem uma coluna sobre divórcios?" Então, pergunto a vocês: Por que não fazemos uma?

Ele apontou o dedo diretamente para mim. E eu presumira que estava ali apenas para dar apoio moral a Renée.

– Bem, Tucker – hesitei. – Dependemos de casais dispostos a compartilhar conosco detalhes íntimos da própria vida, e não sei se pessoas que estão se divorciando estariam dispostas a fazer isso.

– Repórteres de verdade fazem as pessoas falarem sobre o que não querem.

Repórteres de verdade! Isso saiu da boca de um homem cuja última matéria fora sobre as tendências de martíni em Miami. Na cabeça de Tucker, ele ainda era um correspondente internacional proficiente e perspicaz, que estava apenas passando um tempo na editoria de Estilo de Vida até sua inevitável ascensão no escalão gerencial.

Tucker decretou que deveríamos apresentar uma nova proposta para o blog, combinando nosso conceito com o dele. A falta de denominador comum não era incômodo algum para ele. Fui dispensado, mas ele pediu que Renée ficasse. Tentei não me concentrar em nenhuma implicação sinistra disso e voltei à minha mesa. Antes que eu pudesse ver meus e-mails, uma mensagem instantânea do Tony me distraiu: "Dá uma olhada no Gawker".

Eu não estava no clima de ler sobre a desgraça de outras pessoas, já que me sentia mais que satisfeito com a minha. A vítima da semana do Gawker era um de nossos colegas repórteres da editoria de Estilo de Vida, que estava sendo arrastado nas brasas da humilhação pública por causa de um e-mail em massa que enviara solicitando um convite para uma festa sexual. O fato de que tal e-mail estava relacionado a uma matéria que ele estava redigindo ficou perdido em meio a risadinhas e mensagens no Twitter.

Meu telefone tocou. Era o Tony. Minha nossa.

– O que você acha? – ele quis saber.

– Acho que você precisa de um novo hobby.

– Você leu a matéria?

Cliquei no link do Gawker que ele tinha me enviado.

"*The Paper* anuncia venda do controle acionário."

– Merda!

– Continue lendo.

Havia uma carta de nosso publisher, que parecia muito com um e-mail que eu deletara mais cedo, depois de passar o olho por ele superficialmente. Depois de diversos parágrafos hiperbólicos sobre nossa "diligente equipe" e nosso "jornalismo premiado", veio a seguinte pérola:

> "Nessa mesma época no ano que vem, haverá um número significativamente menor de pessoas trabalhando em nossa redação. Quão menor, ainda não sei dizer".

O temor foi subindo sorrateiramente pelo meu esôfago.

"Com a redução de pessoal e a venda do controle acionário, estamos buscando colher o fruto que já está apodrecendo. Se necessário, haverá demissões."

Ali estava, preto no branco. Não era mais um boato. Agora a única pergunta era: Quem eram os frutos podres e quem eram os maduros?

– É uma tática para nos assustar – falou Renée como uma trovoada, agigantando-se por cima do meu ombro. Ela estava parada no que Tony chamava de sua pose "pronta para a batalha", com os ombros para trás e o maxilar para cima. – Não vão demitir ninguém. Mesmo em 87, depois da quebra da bolsa de valores, ninguém foi demitido na redação.

– Eles já começaram – intrometeu-se Alison. – Ficou sabendo de Darius de Santis? – Ela estava se referindo a um admirado jornalista de moda. – Ninguém o vê faz duas semanas.

– Ouvi dizer que ele conseguiu um piloto na ABC – disse Tony. Silêncio. Poucas coisas inspiravam mais admiração que um repórter que conseguia um contrato em Hollywood. Era como chegar até a Camada Heaviside do musical *Cats*, porém com uma porcentagem melhor de direitos autorais.

– Chega – declarou Renée. – Venda de ações não é sinônimo de demissões. Boatos não são fatos.

– Então você acha que estamos seguros? – perguntei.

A palavra "seguro" parece ter desestabilizado Renée.

– Não existe algo chamado segurança – disse ela, soltando um suspiro desanimado.

Seus ombros caíram. Suas bochechas perderam a firmeza. Renée não era mais um sargento liderando suas tropas, mas apenas uma mulher chegando à oitava década de vida com quadris enfermos e "supostos" problemas no coração, e que dedicara a vida à carreira. Não, que dedicara a vida a um jornal, e a tudo que ele representava.

– Eu nunca apostaria contra o *The Paper* – disse ela, se arrastando de volta à sua mesa. – Mas com certeza apertaria o cinto.

17

Voando sozinho

Pela segunda vez em um mês, eu estava em um voo. Eu me senti livre ao olhar pela janela do avião e ver a malha formada pela neve no chão lá embaixo, e me perguntei aonde estava indo. Não literalmente. Eu estava a caminho de Los Angeles para a cerimônia de casamento de Roxanne e Ari, mas para quê? Eu estava prestes a ficar desempregado. E, mesmo que sobrevivesse aos cortes, havia um limite à quantidade de casamentos que uma pessoa solteira poderia aguentar sem desmoronar. Os casais pareciam estar ficando cada vez mais jovens, reforçando meu medo de que meus melhores dias como solteiro já houvessem passado e que eu estivesse trilhando o caminho de me tornar um solteirão. Um homem sem conexões num planeta interconectado.

Eu estava em um caminho que não me lembrava de ter escolhido. Era sempre Gary quem jurava que nunca se casaria. Não eu. Embora fosse embaraçoso admitir, eu era a criança que sonhava acordada com a lua de mel (de tanto assistir a episódios de *The Love Boat*). Certa vez fiz uma lista secreta de nomes de bebês que combinavam com Greene. Quando me imaginava adulto, via o casamento como algo central para a minha existência. E era. Só que eram os casamentos de outras pessoas, não o meu.

Eu temia ter virado em algum lugar errado na minha vida e desviado de meu destino. Talvez em alguma daquelas casas minúsculas sobre as quais eu estava passando houvesse alguém levando a vida que eu pretendia ter. Alguém com uma aliança no quarto dedo e uma companheira de vida que lhe oferecia o afeto e o equilíbrio pelos quais eu ansiava – e que tive por um curto tempo com Laurel.

Eu ainda não conseguia chegar nem perto do lago do Central Park sem ter uma rebelião no estômago, e não conseguia nem olhar para chá-verde. Ironicamente, fora ela quem viera atrás de mim. Fora até mesmo a primeira a ligar. Gary me disse que isso nos condenou ao fracasso. É claro que ele também disse que ela era uma víbora sem coração, mas o que ele queria dizer era que Laurel podia ser sincera de um jeito doloroso, e esse era o motivo que me fazia confiar nela. Bem, até aquele exato momento às três da manhã quando ela veio com a notícia de que tinha encontrado outra pessoa.

Ali estava eu, mais de três anos depois, e ainda não havia encontrado ninguém. Não exatamente. A menos que contasse Melinda. Mas como poderia? Eu mal a conhecia – ainda que me pegasse pensando nela. Eu tinha de pôr um fim nisso. Precisava baixar um pouco meus padrões. Minha nova meta era melhorar minha vida amorosa e encontrar alguém com quem me casar antes que os pelos do meu peito ficassem grisalhos.

O namoro online tinha sido um fiasco. ComeFlyWithMe tinha alçado voo e a maioria dos outros perfis pareciam um único borrão. Assim como aconteceu com a troca de insistentes e-mails explicativos sobre o que eu gostava de fazer no meu tempo livre. Hope disse que eu precisava ter uma atitude mais positiva.

– Ainda bem que o A.J. era mais otimista em relação ao namoro online – disse ela.

A.J. era um pediatra com predileção por tomar Cabernet tarde da noite. Para ser mais específico, ele acabou se revelando um cirurgião pediátrico formado em Stanford e um bombeiro voluntário que passara dois anos no Congo com os Médicos sem Fronteiras. Ele a ganhara com "Médicos sem Fronteiras".

– Ele se importa com as pessoas – ela me disse com o tom de voz geralmente reservado à madre Teresa de Calcutá e ao Bono Vox.

Poucas vezes tinha visto Hope ficar caidinha por alguém assim tão rápido. Já estava saindo com A.J. duas vezes por semana e falava dele *ad nauseam* (ênfase no "nauseam").

Eu estava feliz por ela ter encontrado alguém, mas seu sucesso me tornava mais ciente do meu fracasso. Sabia que "fracasso" não era uma palavra politicamente correta nem de grande auxílio em termos psicológicos, mas era essa a sensação. Eu fracassara na mais básica das tarefas. Ah, eu sei: em nosso evoluído mundo multicultural, todos os estilos de vida são igualmente válidos, mas, para o um bilhão ou mais de pessoas que não veem o programa da Oprah, estar sozinho é uma violação às normas biológicas e sociais . De uma perspectiva macroeconômica, morar sozinho num apartamento em Manhattan era um desperdício de espaço e recursos energéticos limitados. Sob uma visão ainda mais ampla, de acordo com Darwin (e Richard Dawkins), meu único propósito neste planeta era o da procriação e, até onde eu sabia, não havia feito isso. Não era mais apenas uma questão de perder promoções de duas passagens aéreas pelo preço de uma; eu estava decepcionando a espécie humana.

Geralmente, eu tentava não pensar que viver sozinho era uma anomalia. Ou, para ser mais preciso, tentei não pensar nisso por um tempo. Depois de tantos anos, a solidão havia se tornado tão familiar para mim quanto o cobertor xadrez que me envolvia nas noites de inverno. Quando tinha vinte anos, eu fingia que tinha alguém esperando por mim no meu apartamento. A caminho de casa, ficava com o pulso acelerado. Enquanto girava a maçaneta, tinha uma visão momentânea dos cabelos dela, do pescoço, de sua voz. Não me lembrava de quando havia parado de fantasiar, mas me pareceu uma opção saudável na época. Era desconcertante que Laurel tivesse sido minha única namorada a ter a chave do meu apartamento. Ainda assim, eu tinha o hábito de dormir apenas na metade do meu colchão de casal, deixando espaço para um futuro melhor ou, ao menos, diferente.

Por algum motivo, eu achava revigorante chegar ao aeroporto de Los Angeles. Talvez fossem as três horas ganhas por causa da diferença de fuso horário. Ou o tratamento VIP que receberia de Brooke Brenner, a relações-públicas de Roxanne, que me enviou uma mensagem de texto minutos antes da aterrissagem, dizendo que esperava por mim do lado de fora da área da bagagem, com o motorista, para me levar até o local da cerimônia. Gary me pegaria lá depois para me levar de balsa até seu apartamento em Burbank, pois eu passaria a noite lá. Eu esperava que economizar o dinheiro do *The Paper* em hotel e aluguel de um carro me fizesse ganhar alguns pontos.

Já que eu nunca tinha me encontrado com Brooke antes, ela me enviou um e-mail com uma foto – de seu carro. Um Mini Cooper conversível vermelho. Sentada dentro dele, bebendo um latte gelado do Starbucks, estava uma mulher bronzeada de cabelos loiros sedosos e óculos de sol meio grandes da Chanel. Seu sorriso era largo, e os dentes, brancos. Eu me peguei pensando no icônico pôster da Farrah Fawcett. Não que Brooke estivesse usando maiô, mas a regata colada ao corpo não escondia muita coisa.

– Entra aí – ela me disse, girando a mão em forma de convite.

Joguei minha mochila no banco traseiro e ainda estava prendendo o cinto de segurança quando ela abriu o capô do Mini Cooper e nos deparamos com a gloriosa luz do sol.

– Por que o casaco? – ela me perguntou. Eu já estava vestido para o casamento, com um terno cinza-claro e gravata. Obviamente, ela não. O vento chicoteava os cabelos de Brooke enquanto ela costurava entre os carros. – Relaxa. Você está na Califórnia.

Vislumbrei o oceano da estreita sacada do apartamento de Brooke em Santa Monica, a poucas quadras da praia, e dava para ver uma trilha de ondas azul-celeste entre os prédios vizinhos.

– Tem certeza que não se importa em esperar enquanto troco de roupa? – ela me perguntou pela terceira vez, mesmo eu tendo garantido que não tinha problema algum. – Quando eu era criança, odiava quando meu pai fazia paradas repentinas para abastecer o carro, descansar ou qualquer coisa que fosse. Odiava. Espero que não esteja me transformando nele.

Com uma calça jeans cortada para virar short e chinelos cintilantes, ela não se parecia nem um pouco com o pai de alguém. Eu disse algo para deixar isso claro.

– Você é uma graça – disse ela, dando uma risadinha lisonjeira.

Eu estava tentado a achar que Brooke estava flertando comigo, mas é isso o que o pessoal de relações públicas faz. Flertam. Esbanjam charme. Fazem qualquer coisa que esteja a seu alcance para persuadi-lo a escrever coisas legais sobre seus clientes, e eu sabia que não devia levar aquilo a sério.

– Já volto – disse ela. – Sinta-se em casa.

Fechei os olhos e me rendi ao calor do sol. A sensação no meu rosto era boa. Queria tirar as roupas e sair correndo pela praia. Ou nadar na piscina em forma de oito lá embaixo. De alguma forma, me parecia errado estar na Califórnia e não me reclinar ao lado da piscina. Fiquei feliz por ter seguido o conselho de Brooke e tirado o casaco.

Ouvi a voz dela vinda de algum lugar nos fundos do apartamento.

– Esqueci de perguntar se você quer se refrescar ou dar uma arrumada no visual.

– Essa é sua maneira educada de dizer que eu estou com cabelo de quem andou num conversível? – perguntei, ainda com os olhos fechados e permanecendo na minha zona zen.

– Penso no meu carro como um criador orgânico de volume nos cabelos. – A voz dela soava mais próxima. – As pessoas pagam uma fortuna ao cabeleireiro para ter o mesmo efeito.

Abri os olhos e ela estava parada ao meu lado – enrolada numa toalha branca. E não uma toalha branca especialmente grande.

– Acho que funcionou para você – disse ela. – Veja você mesmo. – Ela ergueu um espelho de mão, mas para mim estava difícil tirar os olhos de suas marcas de biquíni.

– Não ficou tão ruim – disse ela, mexendo no meu cabelo.

Brooke era uns quinze centímetros mais baixa que eu, então, para fazer isso, teve de ficar bem perto. Sua toalha roçava em mim, e o aroma que ela exalava parecia o de caramelo recém-feito.

Segurei o espelho. Na verdade, coloquei a mão em volta da dela. Queria acariciar seus ombros. Queria beijar seus lábios, seu queixo. Queria esfregar o nariz na curva de seu pescoço.

– Decidi tomar um banho – ela me informou.

Eu esperava que dissesse: "Quer se juntar a mim?" Sentia uma vontade irresistível de remover aquela toalha. Bastaria um dedo. Ainda tinha uma hora antes de ir para o local da cerimônia. E camisinhas na minha pasta.

Eu tinha que parar.

Ela era relações-públicas da cliente cujo casamento seria o assunto do meu artigo. Era difícil conceber uma violação ética pior do que fazer sexo com uma fonte. Aquela não era uma hora boa para me arriscar no trabalho. Isso sem falar que, com um passo em falso, eu poderia ser alvo de sérias acusações de assédio sexual. A verdade era que ela estava nua, mas estávamos em Los Angeles. Onde se ficava seminu metade da vida.

Brooke não tinha um pingo de noção do que estava acontecendo. Parecia não notar que eu me sentia atraído por ela. Ou não se importava. Ou fingia que não se importava. Eu queria saber qual dessas opções era verdadeira.

Distraída, ela pegou uma pilha de correspondência, colocou-a de volta no lugar, depois foi para o quarto.

– Preciso tomar banho – disse ela.

Eu não queria que ela fosse embora. Precisava dizer algo inteligente e sexy.

– Você é uma garota suja?

Bem, isso não era inteligente. Nem sexy.

Ela deu risada, mas não se virou, dizendo:

– Meu Deus. Isso é algo que meu irmão diria.

Seguindo ao norte na Rodovia Pacific Coast, éramos protegidos pelos Palisades enquanto serpenteávamos pela orla marinha. Brooke tinha erguido o capô de seu Mini Cooper antes de nos dirigirmos ao casamento. Cabelos bagunçados não combinavam com seu vestido colante, que deixava as costas à mostra. Tentei não ficar boquiaberto enquanto a ajudava a fechá-lo.

Agora eu podia ver sua silhueta em contraste com a vasta área de mar resplandecente e o céu do oeste. Fiquei olhando de relance para ela, absorvendo a vista. Se ela se importava com isso, não deixou transparecer. Eu me permiti imaginar como seria irmos ao casamento como um casal. De braços dados. Eu segurando seu casaco enquanto ela colocava no lugar algumas mechas desgarradas. Ela tentando tirar marcas de batom dos meus lábios com as pontas dos dedos. Os sonhos da Califórnia realmente existiam.

Um manobrista pegou o carro quando chegamos à entrada da propriedade que os pais de Roxanne haviam alugado para o evento em Malibu. Uma trilha com fileiras de palmeiras conduzia até uma piscina e, depois, a um zoológico infantil, onde ovelhas baliam com laçarotes cor-de-rosa no pescoço. Era um misto entre cafonice de casamento e crueldade com animais.

A casa de praia, moderna e branca, de quase dois mil metros quadrados, emergia em meio à vegetação exuberante. Segui Brooke até o interior da residência, sentindo prazer com o oscilar de seus quadris. Garçons providenciavam taças de champanhe enquanto guiavam os convidados até o terraço no estilo mezanino, onde um quarteto de cordas tocava Vivaldi.

Brooke apanhou duas taças de champanhe borbulhante. Por mais tentador que fosse permanecer numa versão fantasiosa da minha vida, a realidade não me permitia beber.

– Estou a trabalho – hesitei.

– Não banque o mártir. – Não era a voz de Brooke. Roxanne estava à minha frente com a cauda de seu fluido vestido rendado Vera Wang erguida sobre os ombros. – Prometo não postar fotos suas na internet caso faça algo escandaloso.

– Você está linda – disse Brooke, beijando-a na bochecha, o que me fez corar, por ser algo inesperado.

– Esse trapo? É de segunda mão. Não é para incluir isso na matéria. – Ela piscou para mim.

Geralmente, as noivas ficam escondidas antes da cerimônia, não divulgando suas compras em brechós. Roxanne não era nem um pouco o que eu esperava da filha de um cirurgião de Beverly Hills, além de ter presença e imponência física, com seus quase um metro e oitenta e três de altura – sem contar os cabelos, cujos cachos cobertos de flores subiam em uma cornucópia, aumentando sua altura facilmente em uns quinze centímetros.

– É um prazer enfim conhecer você pessoalmente – eu disse, meio sem jeito.

– Eu devia ter te avisado que eu era uma amazona – disse ela. – E nem estou usando salto alto, porque vou me casar com um baixinho. Se precisar de alguma coisa, é só me falar. Vou arrumar uma cópia dos nossos votos matrimoniais depois da cerimônia, e posso persuadir as pessoas a serem entrevistadas durante a recepção, se você me disser com quem quer falar.

De modo geral, eu evitava incomodar a noiva no dia do casamento, e não via a hora de fazer um reconhecimento de área com Brooke.

– Acho que você tem outras coisas na sua lista de tarefas – eu disse.

– Você está de brincadeira? Sou produtora. Isso é o que eu faço. Minha única tarefa é entrar na igreja e dizer "Sim" sem fracassar. Você acha mesmo que fazer isso seria um problema para mim? Estou perguntando a ele, não a você – Roxanne disse, virando-se para Brooke com ar de indignação fingida. – A Brooke sabe que tenho dificuldades para ficar em pé de vez em quando.

– Só com uma garrafa de vinho kosher na mão – ressaltou Brooke.

As risadas de Roxanne eram praticamente uivos.

– Ela te contou que frequentamos a mesma escola hebraica?

Era novidade para mim que Brooke era judia.

De repente, namorar uma fonte parecia menos repreensível.

– Mas costumávamos matar aula e fumar no banheiro feminino – disse Brooke.

– Não acredite em nada do que ela disser – falou Roxanne. – Eu era uma criança modelo. E, se o rabino Snyder perguntar, não faço a mínima ideia do que aconteceu no caso da garrafa sumida de vinho no Sêder de 92.

Depois disso, Roxanne saiu para controlar minuciosamente o fotógrafo.

Brooke e eu fomos andando a passos largos em direção ao terraço. Abaixo de nós, havia fileiras de cadeiras brancas dispostas sobre um tapete de gramado bem cuidado que se estendia até a borda de um penhasco impressionante, com degraus de madeira que desciam em zigue-zague do precipício, dando para uma enseada particular.

– Parece que vocês tiveram tempos escolares selvagens e insanos – comentei, quase grunhindo com a forma desconfortável e forçada como isso soou.

Brooke não respondeu. Eu não sabia ao certo se ela estava com vergonha, entediada com o assunto ou comigo. Decidi que não faria diferença. Não arriscaria meu trabalho por alguém só por ter a mesma religião que eu e ficar bem enrolada numa toalha.

– Quer arrumar um lugar pra sentar? – ela me perguntou.

– Geralmente fico em pé nos fundos – falei.

– Por mim tudo bem.

Eu me perguntei se ela estava tentando me ajudar em meus esforços como repórter ou garantindo que passaríamos mais tempo juntos. E lembrei que não fazia diferença.

Enquanto o sol afundava no horizonte, o rabino Snyder deu início à cerimônia, sob um pálio matrimonial de bambu e ramos verdes de palmeiras. Cinco damas de honra bronzeadas carregavam velas brancas afuniladas, marchando com justos tubinhos cor-de-rosa que, não pude deixar de notar, exibiam o decote impressionante de cada uma delas. Foi então que percebi que não só os vestidos eram idênticos; os seios das damas de honra também eram.

– Sim, todas foram ao mesmo médico – sussurrou Brooke. – É extraoficial – acrescentou ela, com um sorriso malicioso.

Brooke era adorável. E eu estava ferrado.

Toda vez que eu olhava para a Brooke, lamentava por não tê-la beijado em seu apartamento. Então, evitava olhar para ela, e isso só me fazia desejá-la ainda mais. Eu me sentia como um homem faminto na presença de um bolo com cobertura. Meu primeiro instinto era me empanturrar, mas só pensar desse jeito era algo desrespeitoso com ela – e com o *The Paper*. Depois da cerimônia, jurei solenemente me concentrar no meu trabalho e ficar longe dela.

Eu me misturei aos convidados enquanto eles migravam até uma tenda à luz de velas com um bufê abundante de zibelina defumada, costelas de carneiro e uma miríade de outras iguarias. Dispostas aqui e ali, havia uma dúzia de mesas com toalhas de linho, entre aquecedores movidos a propano no estilo de postes de rua. Lanternas chinesas pendiam do teto e reluziam como sentinelas carmesins.

Bufês eram desafiadores para mim, porque fazer entrevistas em locais assim requeriam que eu competisse com a comida pela atenção das pessoas. Num evento judaico, não havia competições. Ficar entre os convidados e cogumelos Portobello recheados era uma boa maneira de ser pisoteado.

– Esta não é a festa de casamento mais tola do mundo? – perguntou Roxanne, descansando a cabeça no ombro do marido.

Embora suas palavras fossem irreverentes, sua linguagem corporal não era.

– Nem de longe – eu disse, num tom reconfortante.

Dando uma espiada ao redor, meus olhos foram naturalmente atraídos na direção da Brooke. De propósito, desviei o olhar.

– Era isso que... como vocês costumam dizer? ... vocês esperavam? – quis saber Ari.

Obviamente as duas pessoas que eu não precisava entrevistar eram as únicas dispostas a conversar comigo.

– Eu esperava ver mais ginastas – falei. Também esperava ver Matt Lauer, mas não quis parecer um cara escroto que só pensa em conhecer famosos.

– Meus colegas de equipe estão treinando – disse Ari, com os cabelos cortados bem curtinhos e um olhar melancólico.

Embora ele fosse apenas centímetros mais baixo que eu, parecia duas vezes mais largo.

– O Ari só vai ficar aqui nos Estados Unidos até terça – disse Roxanne. – Vamos adiar a lua de mel até depois de Beijing.

Teria sido mais lógico adiar o casamento também. Eu me perguntei se ela estaria grávida.

– Então por que se casar agora? – perguntei.

– A gente não quis esperar – disse ela.

– Você esperou por três anos – ressaltei.

– Eu esperei – disse Ari. – Ela ficou ponderando.

Roxanne ficou corada.

– Eu tinha um plano para a minha vida – disse ela –, que não incluía um cara que morava do outro lado do planeta e quinze centímetros mais baixo que eu.

– Não são quinze centímetros.

– De salto – disse ela, acariciando a bochecha de Ari.

Desviei o olhar e vi Brooke mais uma vez.

– Estar juntos não fazia o menor sentido. Ainda não faz.

– Por que você não está comendo? – Ari me perguntou.

Casais raramente entendiam que o que para eles era uma festa, para mim era uma noite de trabalho. Era difícil explicar as regras rígidas do *The Paper* quanto a aceitar o que poderia ser interpretado como presente.

– Não é um presente, é comida – disse Roxanne –, e ninguém vai ficar sabendo. Na mesa da Brooke tem um lugar sobrando. Você vai ser o acompanhante dela.

Isso estava fora de questão e seria insanamente inapropriado. Então, por que soava tão convidativo?

– Acho que a Brooke pode ter uma opinião sobre isso – eu disse, tentando tornar o assunto leve, mas sentindo um aperto no peito.

– Conselho de um homem casado: nunca peça a opinião de uma mulher.

– Você não vai permanecer casado durante muito tempo se der conselhos desse tipo – falou Roxanne a Ari.

– Está vendo? Você recebe os conselhos mesmo sem pedir. Você precisa ficar aqui, como nosso convidado.

– Garanto que a Brooke vai ficar feliz – acrescentou Roxanne.

– Obrigado pela gentileza – eu disse, me perguntando se Roxanne teria informações secretas –, mas não posso aceitar.

Senti uma dor aguda sob as costelas quando insisti em não fazer o que especificamente queria.

– Você precisa relaxar – me disse Ari, de modo enfático. – É... como vocês costumam dizer?... o agente secreto da vida.

– Quando ele se aposentar da ginástica, vai trabalhar fazendo... como vocês costumam dizer?... biscoitos chineses da sorte – Roxanne brincou com o jeito de Ari falar, enquanto passava os dedos pelos cabelos dele.

– Estou falando sério – disse ele. – A vida é como estar na barra fixa. Há o momento de se segurar forte e o de relaxar a pegada.

Enquanto Ari falava, abraçava Roxanne com firmeza em seus braços grossos.

– Você quer saber por que nos casamos agora. A resposta é simples: ela relaxou.

Roxanne o beijou gentilmente nos lábios, segurando seu rosto.

– Foi exatamente isso que eu fiz – disse ela, com a voz falhando. – Relaxei.

– Os manobristas não me deixam chegar perto do lugar. – Era Gary me ligando do portão da frente. – Desculpa, estou atrasado. Você já está pronto para ir embora?

A resposta honesta seria "não", mas eu também não estava preparado para ficar.

Eu vinha ponderando enquanto entrevistava os convidados. Lá no fundo, sabia que Ari estava certo. Em alguns momentos, era preciso relaxar e tentar a sorte, mas eu ainda não havia decidido se aquela era uma dessas ocasiões.

É claro que não era algo a ser decidido. Era para ser espontâneo. Eu gostava de ser espontâneo. Só preferia fazer isso com um pouco de preparação.

Para ser justo comigo, aquilo não era uma situação óbvia envolvendo me divertir e talvez passar a noite com alguém. Implicava violar regras que poderiam ter repercussões severas. Mas haveria mesmo regras quando se tratava de sexo e amor? Milhares de anos de história, desde Adão e Eva até Bill Clinton e Monica, dizem que não. Em contrapartida, todos eles sofreram por cederem a seus desejos.

Fiquei olhando enquanto Brooke caminhava com elegância até a mesa das sobremesas e, por um instante, não conseguia me lembrar sobre o que estava deliberando. A única questão que importava era se *ela* desejava que eu ficasse, e só havia um jeito de descobrir. Eu estava avançando em direção a ela, prestes a fazer a pergunta, no momento em que Gary me ligou. Entendi isso como uma intervenção divina. Embora pudesse ser apenas má sorte.

Meu irmão estava parado do lado de fora, na rua, ao lado de seu Prius. Estava bem, com seu moletom verde com capuz e calça jeans. Tinha a mesma constituição física de um ex-jogador de futebol, mas seu rosto estava um tanto mais cheio do que da última vez que o vira. Estava usando óculos prateados, algo novo nele, e me deu um abraço de urso. Notei que havia algo também prateado em seus cabelos castanho-escuros, além de pequenas marcas de expressão em volta dos olhos quando ria, o que era destoante. O que tinha acontecido com meu irmão caçula, que descia as escadas de casa de pijama?

– A Leslie ia vir comigo, depois desistiu. Então ela quis saber se você ia querer alguma comida especial, e eu disse que o que você ia querer era que eu viesse te buscar na hora. Aí ela ficou magoada, e eu, irritado. Ou foi o contrário. De qualquer forma, tive de pedir desculpas, o que tomou mais tempo, e aqui estou eu com uma desculpa tosca pra você.

Eu queria ficar. Eu me dei conta disso de repente. Realmente queria ficar com Brooke. Merecia o que Gary tinha. O que todo mundo parecia ter. Alguém na vida deles para os atormentar. Para os amar. Para lhes fazer companhia. Eu não sabia se essa pessoa poderia ser a Brooke, mas se fosse embora nunca saberia.

Contei a Gary sobre ela, e me ocorreu que talvez ele achasse que eu estava optando por uma mulher que mal conhecia em vez dele. Havia falhas em nosso relacionamento de irmãos desde a infância, e, sendo o mais novo, ele sempre me acusava de não perceber quanto algo significava para ele. O surto padrão ocorria sempre que eu não ia a seus torneios de futebol. Dar o cano nele num sábado à noite depois de ele dirigir até o outro lado da cidade para me buscar poderia despertar uma erupção de ressentimento enterrado.

Ele parecia magoado. Eu estava sendo um irmão terrível.

– Não é importante – eu disse. – Eu vou a esses casamentos e fico envolto numa atmosfera romântica. Riscos da profissão. Desculpa.

Eu estava na cidade fazia menos de vinte e quatro horas. Que tipo de imbecil diz ao irmão que não quer passar um tempo com ele?

– Ela é gostosa? – ele quis saber, partindo para o ponto central da questão, na opinião dele.

– Ela é uma graça.

– Uma graça tipo "Ela tem belas covinhas" ou "Ela parecia gostosíssima de toalha?".

– Gostosíssima.

– Você tem que ficar.

Fiquei grato por ouvir meu irmão dizer isso, mas ainda sentia culpa. Notando minha hesitação, ele disse:

– Se você não ficar, eu fico.

Ele estava brincando, mas não completamente. Parecia preocupado, e eu queria descobrir o que estava acontecendo, mas não era um tipo de conversa para termos na rua.

– Não sei se a Leslie ia gostar – comentei.

– Bom, o lance com ela está ficando ultrapassado. Sabe?

– Só se passaram sete meses.

– Quase oito – ele me disse. – E tem um monte de mulheres no mundo que ficam bem enroladas numa toalha. Mais ainda que ficam bem sem a toalha.

Temi acabar sendo uma má influência, o que seria um estranho modelo invertido.

– Obviamente ela se importa com você – eu disse.

– Eu me importo com ela, mas isso não quer dizer que a Leslie seja a pessoa com quem eu quero passar o resto da vida.

Como duas pessoas tão diferentes podiam ter saído do mesmo útero?

– Volta pra sua festa – ele disse, me dando um tapa nas costas. – E lembre-se: "É melhor ser rei por um dia do que um imbecil a vida inteira".

É uma citação do DeNiro. Procura. – Ele se esgueirou, sentou no banco do motorista e abaixou a janela. – Liga pra mim caso precise de um lugar pra passar a noite, mas estou avisando: se fizer isso, eu nunca vou te deixar esquecer.

Enquanto ele acelerava na noite, eu ouvia Kanye West defendendo a boa vida nos alto-falantes do DJ. Fui meio que correndo até a tenda, ansioso para ver Brooke na mesa dos fundos, mas ela não estava lá. Não a vi em pé ali por perto. Nem no bar. Havia uma multidão reunida na pista de dança em volta de Ari e Roxanne, que gingavam ao som do rap de Kanye, mas Brooke não estava entre eles.

Do lado de fora, os convidados vagavam nos arredores da propriedade. Era difícil discernir rostos a distância na escuridão. As lanternas suspensas ao longo do perímetro contribuíam mais para a criação de sombras do que para a iluminação.

Chequei o terraço e o interior da casa. Uma mulher estava entrando no banheiro de mármore branco no andar principal, mas não era Brooke. Comecei a entrar em pânico. Aí me ocorreu que em momento algum perguntei a ela até que horas ficaria na festa. Será que ela tinha ido embora?

Fui correndo até o portão da frente, onde um casal esperava pelo carro. Mais pessoas se aproximavam. Nenhum sinal de Brooke. Tentei ligar, mas caía direto na caixa postal. Eu nem sabia se ela tinha trazido o celular. Ela podia ter voltado à tenda. Já podia ter ido embora. Podia ter partido enquanto eu conversava com Gary, ou enquanto procurava por ela. Fiquei andando de um lado para o outro, sem saber o que fazer. Eu me arriscaria a deixar de encontrá-la se fosse a qualquer outro lugar, mas ficar parado na frente da casa pelo resto da noite era ridículo. Suando, zonzo e incapaz de tomar uma decisão racional, voltei em disparada para a tenda.

O último single da Rihanna estava tocando e Ari dava cambalhotas no ar para trás, entre assobios e vaias. Era como observar alguém fazendo exercícios olímpicos de smoking. Eu ainda não via Brooke em lugar nenhum, mas consegui fazer contato visual com Roxanne, que estava parada ali perto.

– Uma mulher nunca devia se casar com um homem mais flexível que ela – comentou Roxanne, erguendo uma taça de champanhe na minha direção.

– Você viu a Brooke?

– Acho que ela desceu até a praia – ela me informou, enquanto Ari a agarrava pelas coxas e a erguia no ar. – Ari!

Era mais fácil ver a beirada do penhasco à luz do dia. Encontrar os degraus à noite não seria uma tarefa fácil, e descê-los, menos ainda. Que bom que eu não havia bebido, porque aqueles degraus eram um inferno! Eu bufava durante todo o caminho da descida em pura adrenalina, segurando-me nos baixos arbustos para me equilibrar. Não conseguia ver Brooke nem mesmo onde terminavam os degraus. Eu me lancei para a frente quando pisei na areia, grato por ter conseguido chegar lá embaixo e de jeito nenhum olhando para cima, para tudo o que teria de percorrer na volta. Enquanto meus olhos se ajustavam à parca luz, avistei Brooke sentada perto da arrebentação ondulante e fui cambaleando até ela, tomando fôlego.

Ela ergueu o olhar, surpresa, quando tombei ao lado dela.

– Achei que você tinha ido embora – ela disse.

Neguei, balançando a cabeça.

– E então, ficou feliz por ter decidido cobrir o casamento?

Assenti.

– Eu disse que seria uma boa história. Tenho um cliente que vai se casar em maio, e a história dele é melhor ainda, se você estiver disposto a me aguentar te empurrando mais um artigo...

Assenti de novo.

– Não está mais a trabalho agora? – Ela ergueu uma garrafa de vinho semienterrada na areia a seu lado. – Roubei uma... um favorzinho do pessoal do bar pra mim. Não é kosher. – Ela deu risada e me entregou o Pinot roubado, e tomei um gole.

Fiquei olhando as ondas lamberem a orla da praia e exalei fundo.

– Posso fazer uma pergunta?

Foi a vez de ela assentir.

E eu a beijei.

O universo não estourou em confetes em forma de coração. Ela foi pega de surpresa e se afastou. Fiquei desapontado. Então ela jogou os braços em volta do meu pescoço e me puxou para junto dela. Nós nos beijamos de novo e, dessa vez, havia címbalos e guitarras. Minhas mãos encontraram a maciez de sua coluna enquanto, bem acima de nós, Rihanna implorava: "Please don't stop the music".

Não conseguimos chegar até o quarto. Mal chegamos ao apartamento dela sem ter que dar uma parada na estrada e, tão logo a porta do apartamento se fechou, estávamos engalfinhados um no outro.

– Você é tão linda – murmurei, deslizando uma fina faixa de tecido por seu ombro, substituindo-a por beijos famintos.

Não demorou muito e estávamos rolando nus no tapete da sala. Nós nos embalávamos em câmera lenta. Nada além dos olhos e do hálito de Brooke existia. Seus lábios, seu pescoço. Seu toque.

– Você tem camisinha? – ela me perguntou, com os braços e as pernas envolvendo-me com força.

Felizmente, minha carteira estava ao meu alcance. Eu me ergui de joelhos, a mantive junto a mim como se ela fosse uma segunda pele, enquanto pegava minha calça. Sussurrei ao ouvido dela:

– Vamos até o quarto.

Ela balançou a cabeça em negativa, com ar de flerte, enquanto acariciava minhas costas. Mordisquei o lóbulo de sua orelha e tentei ficar em pé.

Brooke balançou a cabeça com mais ênfase e disse:

– Não – me puxando de volta para o tapete. – Só deixo os caras irem para a minha cama depois de pelo menos um mês de namoro.

Então ela subiu em cima de mim.

Quando abri os olhos, a luz do sol inundava o apartamento. As cortinas finas se erguiam em ondas com a brisa matinal. Minhas costas estavam rígidas de dormir no chão, mas, tirando isso, eu me sentia bem. *Muito* bem.

Eu tirei a toalha, pensei comigo mesmo, orgulhoso e perplexo. No entanto, não era isso que me causava tamanha leveza. Algo que eu não tinha previsto acontecera no decorrer da noite. Além do físico. Embora tivesse começado com o lance físico, enquanto nos grudávamos um ao outro, revelando em silêncio anseios secretos. Depois nos apoiamos nos braços um do outro e ficamos conversando até tarde da noite. Sobre desejos de comer pizza, tacos de peixe, Los Cabos, os últimos relacionamentos que tivemos e o que desejávamos nos próximos.

Era a primeira vez que eu falava sobre Laurel sem sentir um aperto no peito. Consegui até fazer piada sobre as críticas dela aos meus hábitos de reciclagem. Talvez eu estivesse deixando a dor para trás. Ou seguindo em frente. Regozijando-me nas lembranças do abraço de Brooke, eu sentia um afeto profundo. Eu me virei para segurá-la nos braços, mas ela não estava mais ali.

Não estava no sofá nem na cozinha preparando o café. Presumindo que estivesse no quarto, coloquei a cueca e me aventurei em direção a seu refúgio sagrado. Fiquei parado na entrada, em frente a uma cama queen size impecável com um edredom de penas volumoso. Bati à porta, mas não obtive resposta. Fiquei à escuta para ver se ouvia o som delator de roupas farfalhando ou água corrente. Nada.

Então eu a vi sentada na varanda em frente ao quarto, a uma mesa com um laptop aberto e o celular ao ouvido. Vestia um robe atoalhado branco, com os cabelos presos com grampos de um jeito perigoso, bem no alto da cabeça. Parecia sedutora sem fazer esforço algum. Abri a porta de vidro e beijei sua nuca, imaginando como seria fazer isso todos os dias.

– Bom dia, dorminhoco – me disse ela, erguendo um sorriso para mim e cobrindo o celular com a palma da mão. – Está se sentindo carinhoso?

Era uma pergunta estranha.

– Muito – eu disse, afagando um cacho de seus cabelos.

Ela apertou um botão no celular e o colocou na mesa.

– Alexander, estou colocando você no viva-voz. Gavin, esse é o Alexander. Alexander, esse é o Gavin. – Brincalhona, ela enganchou um dedo sob o cós da minha cueca, e eu me perguntava quão caridoso tinha me voluntariado a ser.

– Gavin – exclamou uma vozinha. – A Brooke me falou coisas maravilhosas sobre você.

Ela deu um tapinha no meu braço. Olhei para baixo, e ela estava digitando alguma coisa no laptop. "Não me odeie," escreveu ela. "Alexander é o cliente que te falei, e ele estava implorando para falar com você."

Brooke contou a ele que passei a noite com ela? Eu estava dividido entre o orgulho de macho e a preocupação profissional. O orgulho se esvaneceu enquanto Brooke massageava a parte interna da minha coxa.

– Eu adoraria conversar com você sobre o meu casamento em maio – disse ele.

Claro que adoraria.

– O Alexander conheceu a noiva num avião na Espanha – interveio Brooke.

– Não estava chovendo no avião – ele fez um comentário sarcástico.

Resisti ao impulso de soltar um grunhido.

– Ele desceu em Madri, mas não conseguia tirá-la da cabeça. – Os olhos azuis-céu de Brooke se iluminavam ao narrar a história deles. – Então ele dirigiu mais de oitocentos quilômetros para surpreendê-la no hotel em que ela estava hospedada em Barcelona, e a pediu em casamento dois dias depois.

– Muito romântico – admiti.

Também um pouco insano, mas eu estava começando a achar que romantismo e insanidade eram sinônimos. Já estava contemplando uma viagem de volta a Los Angeles o mais rápido possível, e me perguntava se deveria contar isso a Brooke.

– Vocês dois deviam marcar um horário para conversar – disse Brooke, alternando um pouco facilmente demais para o completo modo RP. Surgiu um calendário na tela do computador dela. – Que tal na próxima quinta?

Senti meu pescoço enrijecer. Passou como um lampejo pela minha cabeça que ela só dormira comigo para conseguir que eu publicasse mais uma história sobre outro cliente no *The Paper*, mas senti culpa só de pensar nisso. Trabalhar naquele jornal estava me tornando um cínico.

Encontrar com Alexander me custaria apenas uma hora, nem isso se eu conseguisse uma boa história. Concordei com um almoço antes de desligarmos. Brooke pulou nos meus braços e me deu um exuberante beijo de bom dia.

– Então, o que vamos fazer agora? – perguntei, agarrando-a pela cintura de um jeito que esperava sugerir o que eu mais gostaria de fazer, mas ficaria feliz em fazer o que fosse, contanto que ela estivesse ao meu lado. – Que tal uma caminhada pela praia?

– Eu adoraria – disse ela, acariciando meus peitorais (que instantaneamente flexionei). – Mas tenho de me encontrar com um cliente em uma hora.

– E depois? – Meu avião não partiria até o fim da tarde.

– Infelizmente, tenho hora marcada no cabeleireiro.

– Parece que isso pode ser remarcado, não? – perguntei, deslizando as mãos em torno de seus quadris.

– Não exatamente – foi a resposta de Brooke, não a que eu esperava. – Levaria um mês para conseguir remarcar – ela me explicou.

– Então eu vou com você – eu disse, orgulhoso do meu pensamento rápido.

– Não consigo imaginar uma maneira mais entediante de passar um dia em Los Angeles.

– Talvez você esteja subestimando o poder de sedução dos modeladores de cachos – eu disse, roubando outro beijo dela.

Ela não respondeu de imediato. Nem ao beijo nem ao plano.

– O salão fica lotado – ela disse por fim. – Na metade do tempo, nem eu mesma consigo achar um lugar para sentar.

Pisquei várias vezes, como um aluno estrangeiro tentando compreender o que ela dizia.

– Eu estava pensando em voltar para Los Angeles no mês que vem – eu disse, sem pensar.

– Ótimo.

Foi tudo que ela disse. Apenas "ótimo". Nenhuma sugestão em particular de para quem isso seria ótimo.

– Foi muito bom ontem à noite – eu estava tentando sondar o terreno.

– Fico feliz que tenha gostado – disse ela –, e feliz porque você vai se encontrar com o Alexander.

Em algum lugar do planeta havia um cara que não entenderia aquela resposta como uma bofetada em sua masculinidade. Eu queria desesperadamente ser esse cara.

– Tenho que tomar banho – disse ela. – Quer o telefone do ônibus para o aeroporto?

Eu me vesti rápido, e ela me deu um abraço ligeiro, como se eu fosse o vice-campeão num reality show de namoro. Esperei até que ela fechasse a porta atrás de mim antes de socar a coxa com o punho cerrado com o máximo de força possível. *Como pude ser tão imbecil?*

Eu lembrei a mim mesmo que havia feito sexo. Ótimo sexo. Coloquei os óculos de sol estilo aviador, determinado a parecer durão. Ou o máximo de durão que conseguisse parecer parado no acostamento com um terno amassado, esperando pelo ônibus que me levaria até o aeroporto.

– Vou voar pela United – eu disse ao motorista com cara de bebê, que assentiu e rasgou minha passagem de ônibus, exibindo sem querer a aliança dourada na mão esquerda.

18

Banana é um xingamento

De jeito nenhum eu escreveria uma matéria sobre o casamento de Alexander.

– Então por que você vai se encontrar com ele? – Hope me perguntou.

Eu liguei para ela em busca de consolo, não de silogismo. Mas, depois de três entubações traqueais numa única manhã, ela não estava em seu estado mais solidário.

– Não quero que a Brooke ache que estou com raiva – eu disse, enquanto corria para chegar ao semáforo no cruzamento da Broadway com a Houston, voando por entre oito rotas de tráfego.

– Você *está* com raiva.

– Uma pessoa com raiva não iria ao encontro com o cara.

– Nem uma pessoa sã.

A semana inteira, tudo que pude fazer foi esconder qualquer sinal de mágoa. Dei o meu melhor para garantir que nada na minha coluna sobre Roxanne e Ari indicasse alguma forma de ressentimento.

Até onde Brooke sabia, eu ficava com alguém em casamentos toda semana. Vantagens do meu trabalho. Todas aquelas damas de honra. Todas aquelas RPs. Ela não tinha como saber como eu ficara atormentado antes de beijá-la, menos ainda como pensara nisso depois. E nunca saberia.

– Prometi que me encontraria com o cara – eu disse, passando a galope pela Dean & DeLuca –, e é isso que vou fazer.

– Bom, já que você está assim tão determinado a conhecer pessoas novas, quero que conheça o A.J. – Eu tinha acabado de cair na armadilha. – Você poderia jantar com a gente na semana que vem.

Eu também poderia ir a um seminário sobre manutenção de tanque séptico, mas não seria algo que eu me ofereceria para fazer. Não é que eu tivesse alguma coisa contra A.J. Só não tinha energia para ficar com um casal em pleno início de relacionamento. Haviam se passado apenas seis semanas. Eu preferia esperar – até que eles terminassem.

– Claro – eu disse, esperando que o tom alto e agudo de minha voz sugerisse entusiasmo. – Mas podemos falar sobre isso quando eu não estiver dez minutos atrasado para uma entrevista?

Eu concordara em me encontrar com Alexander no Balthazar, um bistrô no SoHo que muitos consideram uma parte de Paris em Nova York. Um pedacinho superestimado, com a combinação da postura francesa com os preços nova-iorquinos. Era um lugar muito popular entre pessoas que não hesitam em pagar quinze dólares por um bagel com cream cheese. Eu não sabia ao certo quão apropriado era Alexander se permitir tais luxos, já que ele estava na folha de pagamento da cidade, no cargo de vice-prefeito. Eu planejava tomar apenas uma xícara de café antes de sair correndo e voltar ao escritório para uma reunião de departamento.

A reunião fora marcada para neutralizar os rumores sobre a venda do controle acionário. É claro que o efeito era o oposto, mas me dava uma desculpa para ser breve com Alexander. Uma perguntinha rápida aqui e ali, e eu teria terminado de lidar com Brooke. Não que eu me arrependesse do que tinha acontecido em Los Angeles, mas aquilo me fizera duvidar da confiabilidade dos meus instintos – e do meu charme.

A hostess do Balthazar apresentou apenas um sinal de desdém enquanto me acompanhava, deixando para trás o bar de zinco e a ruidosa e desproporcional multidão reunida no salão com painéis escuros. Ao me aproximar da mesa de Alexander, fiquei surpreso ao ver que ele havia levado a noiva, e mais surpreso ainda pela idade dela. Uma mulher elegante com cabelos grisalhos puxados para trás, parecia ter cinquenta e tantos anos, ao passo que Alexander lembrava Bradley Cooper, do filme *Se beber, não case*, e era uns vinte anos mais novo que ela.

Eles estavam sentados lado a lado num sofá vermelho, a mão dele na dela, e eu tinha de admitir que a história dos dois tinha acabado de se tornar um tanto mais interessante. Seguiram-se breves apresentações, e ela disse que seu nome era Genevieve.

– Estou notando um sotaque?

Puxei um bloco de notas. Não tinha essa intenção, mas o jornalista em mim não conseguia evitar e tinha de fazer umas perguntas.

– Internato na Suíça – ela disse. – Você é bom!

Ela parecia impressionada.

– Então imagino que você já viajou muito.

– Meu pai costumava dizer que nasci com fogo no rabo.

Gostei do fato de ela não ter vergonha de demonstrar a idade.

– O Alexander é assim também. Somos muito parecidos.

– Cara de um, focinho do outro – disse Alexander, beijando a mão dela.

Comecei a sentir naúseas com o excesso de demonstrações de afeto, mas, se fosse julgar todos os casais de noivos pelo fator "ânsia de vômito", raramente escreveria um artigo.

– O Alexander fala quatro idiomas – ela me informou.

– Minha mãe me educou muito bem – disse ele.

– Ela deve ter muito orgulho de você – eu disse automaticamente.

– Tenho sim – disse Genevieve.

Santa maternidade! Ela era mãe dele?! Eu tinha visto minha parcela de pais inapropriados, mas aquilo beirava o patológico.

Eles davam beijos de esquimó! *Eca!*

– Estamos tão animados que você vai escrever sobre a nossa celebração – ela disse.

NOSSA celebração? Limites, pessoal. Tenham limites!

– Infelizmente, acho que não vou conseguir encaixar o artigo de vocês – eu disse para Alexander, fazendo uma transição para meu discurso preparado para tais ocasiões. – Maio é um mês cheio de casamentos. Recebemos trezentos pedidos de casais por semana.

– Mas nenhum deles é tão interessante – disse Genevieve.

Não, eu só escrevo sobre pessoas entediantes. Sorri entre dentes.

– Você não pode imaginar como minha mãe tem esperado por isso – disse ele. – Odeio desapontá-la.

Como um homem doentiamente ligado à mãe encontrou alguém com quem compartilhar a vida, enquanto eu não conseguia? Eu me perguntava como seria a noiva dele e se o quarto prato na mesa seria para ela, mas não planejava ficar tempo suficiente para descobrir.

– Sinto muito, mas a decisão é do meu editor. – Felizmente, Renée nos dera carta branca para botar a culpa nela sempre que encontrássemos resistência.

– Bom, seu editor deve ser louco para não incluir o artigo do Alexander – opinou Genevieve.

– Não é *ele*, é ela – eu disse, tentando não soar desdenhoso.

– Bom pra ela. Admiro muito garotas que trabalham.

Meu telefone tocou. Era o capitão Al, que estava editando minha coluna.

– Sinto muito, tenho que atender essa ligação.

Eu me virei, mas não conseguia ouvir o que ele estava falando em meio à cacofonia de conversas. Queria ir embora naquela hora, mas, se chegasse até Brooke a informação de que eu fora rude, todo o meu propósito de estar ali teria ido por água abaixo. Desci por um corredor em direção aos banheiros com o celular encostado em um dos ouvidos e o dedo enfiado no outro.

– Gostei da sua história – resmungou o capitão Al. Era um elogio raro. Eu desejei poder saborear o momento em outro lugar que não fosse um banheiro masculino.

– Você precisa repensar o lide – disse ele.

Ele dava uma coisa e tirava outra. Presumi que a reclamação era porque eu havia usado uma citação na primeira linha, algo altamente desencorajado no jornal. A pergunta era se a citação era boa o bastante para valer a pena lutar por ela:

"Bananas como nós não têm histórias de amor de cinema", disse Roxanne Goldman.

A ironia era que a história de amor deles *era mesmo* hollywoodiana, e achei charmoso que uma produtora bem-sucedida de TV criada em Beverly Hills se considerasse uma banana.

– Acho que isso fará o leitor gostar dela – eu disse. – É peculiar. Inesperado.

– É obsceno.

Isso foi crueldade.

– A palavra – disse ele. – "Banana." É uma gíria para o órgão sexual masculino.

Aquilo era novidade para mim. Embora eu não fosse admiti-lo.

– Olhe no dicionário e me apareça com um novo lide. Você tem trinta minutos.

– Trinta minutos?

– Você tem sorte de eu estar lhe dando esse prazo. Faremos o fechamento dentro de uma hora para que todos possam ir à reunião do departamento. Preciso da coluna para esse horário.

Voltei correndo para a mesa para pegar meu bloco e ir embora. Uma mulher de cabelos escuros estava sentada do outro lado da mesa, em frente a Alexander e Genevieve. Tive vontade de avisar a ela que saísse correndo, mas eu tinha meus próprios problemas.

– Quero que você conheça a minha noiva – disse Alexander, enquanto eu pegava meu casaco.

Um olhar para ela e foi como se eu tivesse sido nocauteado e o ar, expurgado de mim. Fui cambaleando para trás quando, num lampejo, ela abriu um sorriso com suas covinhas.

– Gavin, essa é a Melinda.

19

Fatos e números

Eu a havia encontrado. E a havia perdido.

Uma linha espessa e irregular descia pela tela do projetor do auditório.

– Esse gráfico mostra a receita advinda de anúncios do *The Paper* na última década – disse Tucker, em pé na frente da sala lotada.

Os problemas com o orçamento do *The Paper* eram muito piores do que eu tinha imaginado. Mesmo que as demissões fossem evitadas num futuro próximo, as taxas dos anúncios online eram apenas uma minúscula fração dos anúncios impressos, o que significava que, a longo prazo, haveria apenas dinheiro suficiente para uma parcela da equipe.

O que eu ia fazer? Quanto a Melinda. Não conseguia tirá-la da cabeça. Eu sobrepunha o rosto dela em todas as fotografias exibidas, e reformatava cada gráfico de pizza na forma de uma compilação de seus atributos: 25% de charme, 17,8% de altruísmo, 14,3% de inventividade (eu conseguia intuir sua inventividade), 19,6% de beleza (eu a considerava 100% bela, mas estava tentando não vê-la unicamente a partir de uma perspectiva sexual).

Meu louvor matemático foi interrompido por um vídeo promocional com gráficos de alta tecnologia e música animada. Cabeças falantes exaltavam a longevidade e a integridade do *The Paper*, como se tais qualidades pudessem servir de escudo à realidade financeira da empresa. Por outro lado, uma pausa na realidade cairia bem a todos nós.

No vídeo, um casal caminhava na praia, e me vi com Melinda, suas curvas preenchendo um biquíni verde tropical e uma canga. Depois me lembrei de Alexander. Como ela podia estar com alguém tão sem personalidade? Isso soou crítico demais. Com alguém tão sem alma.

O vídeo acabou e deu lugar a um slide com as palavras: A SOLUÇÃO É VOCÊ.

– São vocês que vão nos tornar relevantes no século XXI – disse Tucker. – Queremos que pensem diferente, que saiam da zona de conforto. Não queremos vocês apenas pensando, queremos vocês blogando. Queremos vocês gorjeando. – Ele baixou o olhar para suas anotações. – Quero dizer, usando o Twitter.

O slide rapidamente passou para OUTRAS SOLUÇÕES. Havia ali apenas dois itens: DOAÇÕES e AFILIAÇÃO. Nem um nem outro soava como "virada de mesa".

Sob DOAÇÕES havia uma lista de indivíduos notáveis e famosos, que incluía Bill Gates, Warren Buffet e Oprah Winfrey.

– Há muitos benfeitores que achamos que poderiam estar interessados em apoiar nosso jornal e os ideais que defendemos.

– Esperamos que as pessoas doem o dinheiro delas para uma empresa que tem fins lucrativos? – perguntou um editor.

– Depois de cuidadosa consideração, determinamos que doações são uma solução improvável – disse Tucker, lendo outro cartão com anotações.

Ainda assim, lá estava "doações", oficialmente parte de uma apresentação no PowerPoint. Não é que eu estivesse esperando revelações realmente reveladoras. Ah, a quem eu estava tentando enganar? Sim, eu *estava*.

Eu queria saber: Como superaríamos as adversidades? Como nos reinventaríamos como vanguardistas? Como eu veria Melinda de novo?

O motivo mais óbvio para entrar em contato com ela seria escrever um artigo sobre seu casamento, mas eu já tinha dito que não faria isso. Pareceria estranho que eu, do nada, mudasse de ideia, além de ser hipócrita. Mas eu não conseguia pensar em nada melhor.

– Outra opção é a afiliação – Tucker cantarolou. – Vemos um grande potencial na ideia de os consumidores se afiliarem ao jornal.

– Isso é conhecido como "assinatura" – alguém gritou e risadas se espalharam pela sala.

– É diferente – disse Tucker, com um sorriso fechado. – Queremos criar um senso de comunidade, com um bônus por fazer parte dela. Algo seguindo a linha da PBS, em que você paga uma taxa pela afiliação e recebe guarda-chuvas ou bonés de beisebol. As pessoas adoram bonés de beisebol.

Eu estava trabalhando numa empresa com algumas das pessoas mais inteligentes e experientes do planeta, e elas estavam delirando.

Então, quem era eu para fazer o oposto?

Decidi que escreveria o artigo. Eu não poderia dizer que isso era algo admirável nem mesmo racional, mas precisava ver Melinda de novo. Precisava saber se ela estava pensando em mim. Ter saído correndo do Balthazar sem mal cumprimentá-la estava me matando. Eu tinha murmurado algumas palavras sobre não esperar vê-la ali. O eufemismo da minha vida. Porém havia pouco que eu poderia dizer na frente de Alexander. Ela fingiu calma, sem dar nenhuma pista de que nos conhecíamos ou de que me reconhecera. A menos que ela não tivesse me reconhecido.

– Mais alguma pergunta?

E se ela não me reconheceu?

– Vai haver demissões? – alguém exigiu saber.

É possível que Melinda não se lembre de mim?

– Nunca faça uma pergunta se não quiser ouvir a resposta.

20

Para o alto e avante

O tráfego rumo a Uptown não saía do lugar. A Oitava Avenida era um estacionamento, graças ao desfile do Dia de St. Patrick três avenidas à frente. Insanidade temporária era minha única desculpa para estar num táxi.

Eu ia me encontrar com Melinda num Starbucks perto do Lincoln Center, e estava contando os minutos. Ainda assim, deveria agradecer por estar fora do escritório, onde a ansiedade se espalhava de uma parede à outra, já que o temor de demissões tomara a forma de teorias da conspiração e máquinas de vender refrigerante violadas.

Com apenas uma semana para a venda do controle acionário, não havia nenhuma conversa que não terminasse com: "Então, você está pensando em tomar o 'você sabe o quê'?" Decisões precisavam ser tomadas, ou apostas feitas. Nosso local de trabalho fora transformado num cassino, com o gerente perguntando: "Você sente que está com sorte?"

Ainda assim, naquele instante, eu não conseguia pensar em quase nada além do meu encontro iminente. Queria chegar mais cedo para não ficar nervoso. Ou para ficar menos nervoso. Não tinha dormido muito na noite anterior, enquanto contemplava a possibilidade de desastre. E, por "desastre", realmente queria dizer qualquer cenário que não a incluísse desmaiando em meus braços.

Eu estava plenamente ciente de que tinha grandes chances de me decepcionar. Quando meu celular tocou, tive um sobressalto. Ou teria feito isso, se não estivesse sentado. Foi mais um espasmo muscular da cabeça aos pés.

– Podemos remarcar? – perguntou Melinda.

– Não – eu disse, antes de lembrar que inflexibilidade não é um traço agradável de personalidade. – Quer dizer, para quando você estava pensando em remarcar?

– Talvez para amanhã. Ou depois?

Essas não eram as palavras de uma mulher ansiosa para ver o homem que secretamente ela vinha desejando ver. Ou eram? Talvez ela estivesse com medo de ficar sozinha comigo por temer revelar seus sentimentos. Eu precisava me manter firme, o que era difícil considerando que mal conseguia manter o almoço no estômago. Concentrei-me em manter a voz baixa.

– Já estou a caminho, no trânsito – eu disse.

– Desculpa. Não quero te dar um bolo. – Ela parecia aflita. – Isso não devia ser problema seu.

– Tenho um pouco de experiência com problemas de noivas – eu disse. – É algo com que eu possa ajudar?

Essa foi boa. Eu estava sendo empático e flexível e ainda soando como um barítono.

– Não. Bom, talvez. Isso é embaraçoso. – Ela parecia prestes a me confidenciar algo, um imenso passo em nosso relacionamento inexistente. – Você tem de me prometer que não vai contar ao Alexander. – Melhor ainda. – Eu me tranquei do lado de fora do apartamento, e é a segunda vez no mês. O que é bizarro, porque não fazia isso havia anos.

– Muitas pessoas se trancam do lado de fora – garanti a ela, num tom reconfortante.

– Elas não têm um noivo muito doce porém neurótico que colou um aviso na porta da frente com os dizeres: "Você sabe onde estão as suas chaves?" Foi por isso que não liguei para ele, mas agora estou presa, esperando pelo chaveiro, na entrada do meu apartamento. Já se passou mais de uma hora.

– Posso fazer a entrevista aí – eu disse.

Se eu não me conhecesse melhor, acharia que eu era um cara bem insinuante.

– Não posso te pedir uma coisa dessas – ela falou.

– Você não pediu.

Melinda estava sentada nos degraus de pedra a uns quinze centímetros de mim. Seus cabelos estavam mais compridos do que quando nos vimos pela primeira vez, mas, fora isso, ela parecia exatamente a Melinda da qual eu me lembrava. Seu perfume tinha toques de gengibre. Eu queria beijá-la. Em vez disso, agarrei com força meu bloco de notas.

Ela falou sobre Alexander e a Espanha. Falou sobre o mestrado que tinha deixado para depois, já que agora estava organizando o casamento, e sobre as aulas de redação que dava num abrigo para pessoas sem-teto. Porém, ainda não tinha mencionado nosso encontro anterior. De propósito, eu vestira a mesma jaqueta e a mesma calça jeans que usara no Ano Novo, na esperança de que isso fosse desencadear uma reação por parte dela. Eu poderia ter simplesmente perguntado se ela se lembrava de mim, mas, se tivesse de fazer isso, a resposta seria óbvia.

Procurei por sinais de familiaridade e parecia encontrá-los. Ela estava sorrindo. Ela estava de bom humor. E também tremia.

– Você está com frio? – perguntei.

Depois de muitos dias com temperaturas similares às de primavera, o clima tinha mudado abruptamente, e estava um frio de rachar.

– Acho que não me vesti bem para um compromisso ao ar livre. – Ela usava um diáfano cachecol em volta do pescoço e um lisonjeiro, mas fino, blazer de camurça. – Mas não posso sair daqui até o chaveiro chegar.

Tirei meu cachecol xadrez de lã e o entreguei a ela.

– Agora vai ser você quem vai sentir frio – me disse ela.

– Sou impermeável ao frio – comentei.

Ela riu com tamanha calidez que meio que esperei o sol surgir. Os braços dela ainda estavam entrelaçados em volta do peito, e seus dentes tiritavam. Mais uma vez tive de resistir ao desejo premente de abraçá-la.

– Qual é o seu apartamento? – perguntei, me levantando.

Melinda apontou para o peitoril de uma janela perto da saída de emergência.

– Aquele com o vaso de manjericão que cresceu demais.

– Aquele com a janela aberta?

– Acho que isso ajuda o manjericão.

Subi numa lata de lixo de tamanho industrial perto da entrada do prédio dela.

– O que você está fazendo? – ela me perguntou, arfando.

Dei um pulo e estiquei a mão para alcançar a escada de incêndio. Parecia mais fácil quando era o Matt Damon que fazia esse tipo de coisa. Por um breve instante, imaginei como seria vergonhoso se eu caísse. Eu me agarrei com firmeza ao degrau inferior da escada e me forcei a subir (até que enfim, todos aqueles levantamentos de peso serviram para alguma coisa), e logo eu estava me arrastando até a plataforma do segundo andar.

– Gavin, estou bem. Desce daí!

Eu estava subindo, não descendo. Estava em uma missão. Consegui chegar à plataforma do terceiro andar, e a janela do apartamento dela estava a pouco mais de meio metro de distância.

– Você vai acabar se matando! – gritou Melinda.

Um possível resultado nada animador.

Nunca tinha me imaginado arriscando a vida e membros do meu corpo por alguém, ainda mais pela noiva de outro homem, mas havia algo em Melinda que me fazia desejar ser melhor. Mais valente. E um pouco mais idiota.

Eu me inclinei no corrimão e estiquei a mão para alcançar a janela.

– Gavin!

Minhas mãos estavam dentro do apartamento dela, mas meus pés ainda estavam na escada de incêndio. Não era uma pose confortável nem bonita de se ver.

– Você está preso?

Eu não estava preso. Apenas suspenso de uma forma desajeitada, agarrado ao peitoril da janela do apartamento de Melinda com a minha vida em jogo. Eu estava mais para Michael Cera do que para Matt Damon, que teria se agachado no topo do corrimão e se jogado janela adentro, mas esse tipo de movimento funciona melhor com um dublê e uma rede de segurança.

Ouvi algo se rasgar enquanto me movia, hesitante, para frente. Imaginei minha bunda pendurada na janela com a costura da calça jeans rasgada e aberta. Queria colocar a mão lá atrás para checar, mas também desejava viver.

Eu me arrastei para dentro através da janela, tomando cuidado para não cair pelo peitoril. O que não notei foi a água do gato bem ali do lado. A tigela de plástico caiu no chão – e eu também.

Fiquei deitado ali por um instante, esperando meus batimentos cardíacos desacelerarem e torcendo para que a umidade que se espalhava por minha perna fosse da água derramada. Fiz um rápido inventário das partes do meu corpo e fiquei aliviado ao ver que, além de uma batida no joelho, minha única ferida não era na carne, e sim no visual. O que restava do bolso da frente da minha jaqueta pendia num ângulo agudo. (A parte traseira da minha calça estava, misericordiosamente, intacta.) Suspeitei que um menino de doze anos conseguiria ter feito essa mesma manobra mantendo a integridade de suas roupas. Já era minha vanglória à la Bourne.

Resgatei o prato que estava debaixo da minha coxa. Quase todo o conteúdo já tinha praticamente me ensopado, mas limpei o chão com o joelho para ter certeza. Dei uma olhada ao redor da sala. Não de um jeito invasivo. Apenas conferindo o ambiente. Havia tulipas frescas num vaso turco em uma escrivaninha antiga, e grandes fotografias enquadradas cobriam as paredes cor de pêssego. Na maioria, as fotos eram instantâneos ao ar livre de lugares exóticos, mas também incluíam closes detalhados de objetos não usuais, como um guarda-chuva quebrado de ponta-cabeça em uma rua de pedras e uma cesta feita à mão cheia de bolas de fios coloridos.

Na mesa de jantar, havia uma pilha de revistas de noivas e caixas de convites para a festa, e em duas poltronas de couro gasto também. Era estranho estar ali, sozinho, em seu apartamento. Era como se eu tivesse invadido, e percebi que meio que fiz isso.

O interfone tocou.

Melinda devia estar se perguntando por que eu estava demorando tanto. Coloquei a tigela de volta no peitoril antes de ir correndo até a porta da frente do apartamento e apertar o botão do interfone.

– Você está bem? – ela me perguntou.

– Foi moleza – eu disse, apertando o botão que destravava a entrada para o prédio.

Eu me senti estranho ao dar as boas-vindas a ela em seu próprio lar, e ainda assim, parado na entrada, parecia surpreendentemente natural esperar por seu retorno.

Ela estava rindo ao sair do elevador.

– Quem diria que o Clark Kent cobre casamentos?

Eu me deleitei com o elogio enquanto Melinda entrava no apartamento. Eu estava no processo de segui-la quando colidimos. Ela tinha um casaco numa das mãos e balançava as chaves na outra.

– Precisamos comprar uma jaqueta nova pra você – disse ela, apontando para o meu bolso.

Eu tinha certeza de que Clark Kent nunca fizera compras com Lois Lane, mas pensar em Melinda escolhendo uma roupa para mim tinha certamente um apelo íntimo.

– Eu devo isso a você – disse ela. – E vai sair barato em comparação ao que o chaveiro me cobraria. Além disso, vai ser divertido.

A forma como ela disse a palavra "divertido", de um jeito animado e agudo, me convenceu de que eu estava perigosamente próximo do território da amizade, e eu não tinha acabado de escalar um prédio para que fôssemos comprar produtos de beleza juntos.

– Obrigado, mas não tem problema – eu disse. – Mesmo.

– Ok.

Ela parecia ofendida.

– Então, vamos continuar a entrevista? – perguntei, com um pouco de entusiasmo demais.

– Claro – ela me respondeu, fechando a porta na minha cara e trancando-a rapidamente duas vezes. – Mas não aqui. – Ela me jogou meu cachecol antes de sair apressada em direção ao elevador, e não tive escolha senão segui-la.

– Este é um lugar bem incomum para uma entrevista – eu disse, enquanto tirava os sapatos.

– Você só escala saídas de emergência? – me perguntou Melinda, com um brilho de ousadia no olhar.

Estávamos num ginásio do tamanho de um armazém ao lado de uma escada de três andares que dava para um trapézio de circo. Quando ela me falou, no táxi, que precisávamos de um estímulo energético, presumi que se referia a um café expresso.

– Achei que você tinha medo de altura – comentei, e depois mordi a língua.

Eu obtivera essa informação no Ano Novo, mas era tarde demais para retirá-la. Aquele era o momento da verdade.

Não houve nenhum lampejo de reconhecimento. Nenhum sorriso incrédulo. Estava bem claro que ela não sabia que já tínhamos nos encontrado antes. Uma vozinha na minha cabeça dizia: *Conte a ela. Conte agora. Conte tudo.* Mas o que havia a ser dito se ela nem se lembrava de ter me conhecido? E por que deveria? Eu tinha exagerado nas proporções do evento. Tínhamos passado menos de meia hora juntos. Ela viajava pelo mundo, e eu era só um cara qualquer que a ajudara a descer uma escada. Agora ela provavelmente estava tentando descobrir como eu sabia de sua fobia.

– O Alexander mencionou algo a respeito – murmurei.

– Ah – disse ela, completamente inconsciente do meu turbilhão interno. – Bom, eu não tenho medo quando estou amarrada e presa. Queria poder passar a vida inteira assim. Temos cinto de segurança nos carros, mas o que vai nos proteger no resto do tempo?

Eu de fato não conseguia pensar sobre isso, porque ainda estava registrando mentalmente o conceito de Melinda amarrada e presa e tentando não imaginá-la em lingerie sadomasoquista.

– Tive aulas de trapézio na Suíça alguns anos atrás, e fiquei apaixonada por isso desde então – disse ela. – Fiquei superanimada quando descobri este lugar aqui em Nova York. Venho aqui quando estou estressada.

– Você está estressada agora?

Eu a estava deixando estressada?

– Tente organizar uma cerimônia de casamento em menos de quatro meses. Conheci o Alexander apenas dois dias depois do Ano Novo.

Ela não tinha como saber como era excruciante para mim ouvir aquilo.

– Por que você estava na Espanha? – perguntei, minha voz cantada me traindo.

– Eu estava indo ao casamento da minha colega de quarto da faculdade numa cidadezinha perto de Barcelona, e a última coisa que me passava pela cabeça era conhecer um cara.

Certo. Última coisa a passar pela cabeça de uma mulher que ia a um casamento sozinha.

– Não creio que meus leitores vão acreditar nisso – eu disse, invejando o timing perfeito de Alexander.

– Bom, é a verdade – disse ela, resplandecente.

– Uma mulher solteira num voo transatlântico não estava interessada em dar uma olhadinha em quem estava sentado por perto?

– Eu não tinha dormido direito por causa do feriado e estava verificando se havia poltronas vazias. Não corpos masculinos. A princípio, fiquei irritada quando Alexander começou a conversar comigo, mas ele acabou ganhando minha atenção.

Eu não imaginava como. Ou, talvez, simplesmente não conseguia tolerar isso.

– Nunca me passou pela cabeça que se tornaria algo além de uma conversa agradável – insistiu ela. – Quando nos despedimos no aeroporto, pensei que tinha acabado, que era aquilo e só. "Prazer em conhecê-lo. Tenha uma boa vida." Nunca fiquei mais surpresa na vida do que quando abri a porta do quarto do hotel e o vi parado no corredor com duas dúzias de rosas vermelhas.

Queria que fosse eu. Eu no avião. Eu com as rosas.

Uma campainha soou, e ela se curvou e tocou os dedos dos pés.

– Eles recomendam que a gente faça alongamento antes de usar o trapézio.

– Recomendam também seguro de vida? – eu disse, esticando os braços em direção aos tornozelos.

Ela riu, e eu poderia passar a tarde inteira dobrado, de cabeça para baixo, vendo-a fazer isso. No entanto, precisava parecer completamente engajado na tarefa de entrevistar Melinda, o que também me servia de oportunidade para sondar as profundezas dos sentimentos dela por Alexander.

– Se vocês se conheceram em janeiro, por que a pressa em se casarem?

– Não existe pressa – foi a resposta dela. – Se eu parasse para pensar nisso, diria que estamos sendo ridículos. Mal nos conhecemos. – Então eu tinha motivos para nutrir esperanças. – Mas acho que isso acontece quando seu primeiro encontro é em um casamento.

– Você conseguiu levar o Alexander em cima da hora ao casamento da sua amiga?

Alguns caras têm sorte. Outros se esquecem de pedir o número de telefone.

– Era um daqueles eventos para os quais a cidade inteira foi convidada – ela explicou. – A família do noivo morava lá fazia séculos, e todos o escoltaram colina acima pelas ruas sinuosas até a praça da cidade, onde a noiva o esperava perto de uma antiga fonte de pedra de quinhentos anos. Alexander me pediu em casamento no caminho até lá, e eu achei que ele estava de brincadeira. No dia seguinte ele me deu o anel. Você está gravando isso?

– Como?

– Percebi que você não está anotando nada.

Ops. Dei um tapinha na cabeça.

– Está tudo aqui.

– Você consegue se lembrar de tudo que eu digo?

Ela não fazia a mínima ideia.

– Estou impressionada – disse ela, entrelaçando as mãos atrás das costas e alongando os braços.

– Ainda não entendo por que vocês tiveram um noivado tão curto – eu disse, suspeitando de que havia algo que ela não estava me contando.

Ela rolou os ombros de um jeito evasivo, mas estava apenas alongando.

– O Alexander achou que, se a gente ia mesmo se casar, por que não fazer isso logo, em vez de passar um ano de nossa vida planejando? E eu concordei, já que não sou muito fã de adiar as coisas. Não gosto de brincar com o destino.

Então foi ideia de Alexander. Ou talvez de Genevieve.

– O Alexander e a mãe dele parecem muito... – busquei a palavra certa. – Chegados.

– Isso não é maravilhoso? – Melinda disse, entusiasmada. Não era a reação pela qual eu esperava. – Eu queria ter essa sorte.

Algo passou rapidamente pelo seu rosto, e ela desviou o olhar. Talvez ela não estivesse tão feliz com o relacionamento entre Alexander e Genevieve como dizia estar. Mais uma campainha.

– Vamos voar – disse ela.

Depois de uma lição rápida sobre coisas essenciais (por exemplo, lembrar-se de se segurar na barra do trapézio), fomos presos a uma espécie de cinto de levantamento de peso atados com clipes a múltiplas cordas de rapel. Logo estávamos subindo a escada de alumínio como marionetes em busca de aventura.

Em comparação com minha incursão mais cedo, isso seria um passeio no parque, mas, quando olhei para baixo, senti vertigem, o que me lembrou subir em um trampolim de mergulho em alta altitude – só que sem o trampolim. Senti uma inegável excitação com a possibilidade de "voar", mas também estava me sentindo cada vez mais nauseado, algo basicamente idêntico à minha resposta a trampolins de mergulho em altas altitudes, motivo pelo qual eu não fazia isso havia décadas. Desde os oito anos de idade, estive disposto a abrir mão do prazer se com ele viesse a dor. Algo para se pensar a respeito.

Melinda deve ter sentido minha apreensão.

– Você não precisa fazer isso se não quiser – disse ela, olhando de relance para baixo, por cima do ombro. – Fiquei aterrorizada da primeira vez.

A única coisa que me aterrorizava era parecer covarde aos olhos dela.

– Perdi tantas coisas na minha vida por sentir medo – me ouvi dizer em voz alta. – Estou começando a achar que "medo" é apenas outra palavra para "desejo".

Por que eu disse isso? Nem era um pensamento que fazia muito sentido, menos ainda algo a ser compartilhado. Melinda olhou para mim como se tivesse me flagrado fazendo xixi de porta aberta. Então continuou a subir.

O que eu estava fazendo ali? Eu acreditava mesmo que criaríamos algum elo fazendo perguntas sobre seu noivo? Era absurdo. E masoquista. Eu não havia lhe causado impressão alguma no Ano Novo. Precisava me livrar daquele aparato. Tomar um banho frio. E me concentrar em encontrar uma maneira de salvar meu emprego, porque comprar ações não era uma opção. Tinham me oferecido pouco mais do que as minhas férias vencidas, o que era menos insultante do que o crescente rumor de que a gerência acabaria com a seção inteira de casamentos. Renée tinha esperanças de que nossa popularidade entre os leitores nos protegesse, mas isso não salvara a seção de noivados, eliminada em 2000 depois da quebra das empresas pontocom.

A campainha soou, e parei, como tinha sido instruído. Segundos depois, vi Melinda alçando voo pela tenda. Como um anjo flexível. Graciosa e forte. Ela ergueu as pernas sobre a barra do trapézio, soltou as mãos e girou de cabeça para baixo. Para frente e para trás, para frente e para trás, com os cabelos formando um halo de cachos emplumados. Depois ela deslizou da barra e, sem esforço, fez um duplo salto mortal, mergulhando na rede estilo trampolim.

Mais uma campainha, e era a minha vez. Teria preferido ser teletransportado de volta à minha mesa no momento em que eu estava parado, em pé, no topo da escada, onde havia apenas uma plataforma estreita e o ar livre. Um instrutor trapezista e acrobata estava parado ao meu lado num espaço do tamanho de uma banheira, com a rede estirada pouco mais de nove metros abaixo de nós.

O instrutor me entregou a barra, que era mais pesada do que eu esperava. Eu me lancei abruptamente para frente, mas ele me segurou com firmeza.

– Eu te seguro.

Já era essa de bancar o Superman.

– Salte! – disse ele.

Olhei para baixo. Péssima ideia. Não conseguia me mover. Era como se estivesse de volta à escada de incêndio do apartamento de Melinda, mas pulando *para longe* do prédio.

– Olhe para cima – ele me instruiu. Como se isso fosse ajudar. Mas, na parede oposta, havia uma imensa janela com uma vista de água, céu e a florescente luz do sol. – Pule!

E pulei.

Eu estava voando. Não tão graciosamente quanto Melinda, mas eu estava balançando numa barra. Dei impulso nas pernas, pegando velocidade e altura. E eu me sentia a criança de cinco anos mais feliz do mundo!

Caí na rede, quicando algumas vezes, antes de pular para terra firme. Era estranho estar de volta ao chão. Eu me sentia vacilante e desorientado. Tropecei num colchonete onde Melinda esperava por mim. Ela me deu um sorrisinho, então nem tudo estava perdido.

– Eu estava pensando... – disse ela – ...e não tenho certeza de que o medo sempre vem do desejo.

Eu esperava que ela fosse esquecer essa minha passagem pela pseudopsicologia.

– Não sei de onde tirei isso. Acho que fiquei zonzo por causa da altura.

– Eu te devo uma resposta melhor a sua pergunta sobre o Alexander.

A última coisa que eu queria falar agora era sobre ele.

– Quando eu tinha dez anos, minha mãe foi diagnosticada com câncer de mama – disse ela, abraçando os joelhos junto ao corpo. – Eu tinha doze anos quando ela morreu.

Eu não sabia o que dizer. "Sinto muito" parecia banal.

– Como foi isso para você? – perguntei, de imediato pensando que "Sinto muito" teria sido uma escolha exponencialmente melhor.

– Foi terrível – disse ela. – Obrigada por perguntar. Mesmo. As pessoas geralmente não fazem isso. Querem ser delicadas, mas não têm nada de delicado na experiência.

– Posso imaginar – respondi, por falta de qualquer coisa útil a dizer.

– Não, não pode. – Ela abaixou o olhar para o colchonete. – Ela assava cookies maravilhosos de canela e fazia fantasias superlegais de Halloween. O que eu odeio é me lembrar dela careca e gritando por morfina. Não achei que pudesse haver nada pior. Até meu pai ser diagnosticado com câncer de intestino quatro anos depois. No dia em que ele me contou, insisti que não era possível. Nossa vez já tinha sido. Era risco duplo, e eu tinha aprendido nas aulas de história que isso era inconstitucional.

Eu queria ter estado lá por ela. Não era lógico, mas era o que eu sentia. Queria tomar conta dela. Queria tornar as coisas melhores para ela.

– Eu sinto muito.

– Viu, isso é o que as pessoas costumam dizer – ela falou com um sorriso triste. – Sou eu que tenho que pedir desculpas. Não é para isso que você está aqui. Acho que todas essas coisas do casamento estão... – A voz dela ficou embargada. – Acho que isso tudo está trazendo as coisas à tona.

– E como isso poderia não acontecer? – perguntei.

Melinda ergueu o olhar e analisou meu rosto. Havia lágrimas em seus olhos. Lá se fora minha tentativa de melhorar as coisas. Sempre me sentia impotente quando uma mulher chorava, mas nesse caso era pior. Não conseguia entender a fundo aquilo pelo que Melinda passara, mas, se fosse possível eu me apaixonar ainda mais por ela, isso tinha acabado de acontecer.

– Posso te fazer uma pergunta? – disse ela, secando os olhos com a manga da blusa.

A voz de Melinda estava marcada por um tom de seriedade e determinação.

– Claro – respondi, transparecendo na minha própria voz um leve tom de hesitação.

Havia algo acontecendo entre nós. Algo substancial. Esse era o momento pelo qual esperei desde o Ano Novo.

– Você viria à nossa festa de noivado?

21

Padrão masculino de ousadia

A primeira coisa em que pensei quando Melinda me convidou para sua festa de noivado era que eu preferiria grampear minhas pálpebras a um poste. Depois repensei o convite e, no dia seguinte, estava no escritório de Tucker, passando a ele uma nova premissa para o blog.

– E se o assunto do blog fosse acompanhar noivas na trajetória até o casamento?

Eu estava falando rápido para prender a atenção dele. Parte era entusiasmo. Parte, instinto de sobrevivência. O segredo menos bem guardado no edifício era que já havia uma lista de candidatos à demissão circulando por ali. A melhor maneira de ficar de fora da lista seria convencer Tucker de que eu era indispensável.

– Poderíamos chamá-la de "Destino: Casamento". Captou? Não seria sobre o lugar da cerimônia, mas a jornada até chegar lá, o que nos daria a oportunidade de realmente nos aprofundar e investigar todas as escolhas que o casamento força as pessoas a fazerem. Não apenas as coisas óbvias, como a escolha do vestido e do bufê. Mas a decisão quanto à mudança de nome. Ter de lidar com os sogros. Despedidas de solteiro. *Festas de noivado*. E todas as rixas entre famílias e explosões emocionais no meio do caminho. Poderia ser quase um reality show online.

Eu estava apelando ao desejo de Tucker pela glória na "interweb".

– O que aconteceu com a ideia de cobrir separações? – ele me perguntou, impassível.

Eu já estava à frente dele.

– Essa é uma das coisas que podem acontecer no meio do caminho. Nem todos os casais chegam ao altar – fiz uma pausa para criar certo efeito. – Você tem de ter o bolo de casamento e comê-lo também, por assim dizer.

Ele soltou um grunhido.

– É um tópico amplo o bastante para gerar a quantidade de material de que vamos precisar para manter um blog diário – eu disse, trazendo de volta à tona as questões essenciais. – E vai nos permitir servir tanto aos leitores em busca de histórias românticas quanto àqueles em busca de históricas mais cínicas.

– "Destino: Casamento" – ele ponderou. – Não odeio a ideia. Você tem alguma noiva em mente?

Visualizei Melinda em um vestido de seda branco.

– Tenho sim.

– Você está doido? – Hope me perguntou, e presumi que a pergunta era retórica.

– Serei tipo um repórter infiltrado – falei, com entusiasmo.

– Seu desejo de se "infiltrar" nela é que é o problema – ela disparou enquanto mexia uma panela borbulhante em seu fogão reluzente.

– O Tucker gostou da ideia.

Eu não sabia por que tinha de me defender. Nunca havia dito a Hope como costurar o dedo de alguém de volta no lugar.

– O Tucker não sabe que você tem tesão pelo objeto de sua entrevista.

Hope estava irritada porque A.J. estava atrasado para o jantar. Embora ela tivesse me falado que seria um evento casual, as recém-assadas tortinhas de pera e queijo de cabra em massa folhada sugeriam outra coisa.

– Essa não é a primeira vez que tenho de escrever sobre uma mulher que acho atraente – eu disse, mergulhando um ramo de aipo num molho caseiro.

– Tem uma grande diferença entre achar uma mulher bonitinha e desejar sequestrar uma noiva.

Tive de confessar que sonhei que agarrava Melinda enquanto ela descia pela nave da igreja, no maior estilo bombeiro, depois a levava até um táxi que nos esperava, mas eu conseguia distinguir sonhos da realidade. Nos meus sonhos eu era mais alto.

– Você não tem que escrever coisa nenhuma sobre a Melinda. Não é profissional nem saudável.

Hope tinha razão, mas eu não tinha intenção de admitir isso.

– Vou ligar para o seu irmão. Talvez ele consiga enfiar um pouco de juízo na sua cabeça.

– O Gary seria a primeira pessoa a me encorajar – eu disse.

– A correr atrás de uma mulher casada?

– A Melinda não é casada!

– Ela está noiva!

– De um cara sinistro!

– Já passou pela sua cabeça que talvez você esteja sendo tendencioso?

Para falar a verdade, não. Eu me orgulhava de minha objetividade.

– Se eu achasse que o Alexander merece a Melinda, eu sairia de campo e desejaria o melhor aos dois.

– Faria isso merda nenhuma!

Hope raramente falava palavrões. Ela estava me usando como alvo de sua violência por causa da transgressão de A.J. Ele deveria ter aparecido para o jantar às oito horas. Já eram quase nove. As tortinhas de queijo de cabra estavam ficavam geladas. O humor dela também.

– Se eu estiver errado sobre ele, os dois se casarão na primeira semana de maio – eu disse.

Não mencionei que havia solicitado uma investigação do passado de Alexander. Era um procedimento padrão – para suspeitos e criminosos de guerra.

O telefone tocou e Hope foi até o quarto para atender. Fiquei mexendo o molho de romã para o frango que ainda estava assando (ou, o que era mais provável, desidratando) no forno. Fiquei deliberando se Hope estava certa, sabendo plenamente que estava. Pesei os prós e os contras da minha situação, tentando pensar em alguns benefícios.

– O A.J. está de plantão na clínica – ela disse quando voltou, sem os sapatos de salto alto e os brincos cintilantes. – Eu te contei que ele trabalhava para os Médicos sem Fronteiras?

Trinta e sete vezes e agora mais uma. Mergulhei uma colher na panela para experimentar o molho.

– Ele é uma pessoa dedicada e compassiva – disse ela sem muita convicção –, então por que não poderia ter dito que estaria de plantão hoje à noite antes de cinco minutos atrás? Eu não o entendo. Não, eu não entendo os homens. Ponto final. Por que vocês fazem o que fazem?

Nunca me senti representante do meu sexo como um todo, menos ainda quando estava lambendo ruidosamente uma colherada de molho de frutas fervendo.

– Ei, eu cheguei cedo – falei.

– Não tem lógica nenhuma no comportamento masculino. Quando eu acho que captei as motivações primárias de vocês: sexo, dinheiro e futebol, todo o paradigma é alterado. Que motivo você tem para escrever sobre o casamento da Melinda?

Achei que tínhamos mudado de assunto e passado a reprimir o A.J.

– Você acredita mesmo que ninguém vai notar que você está completamente apaixonado por essa mulher? – Hope estava ficando cada vez mais agitada. – Você fica dizendo como tudo está tão precário no seu trabalho, aí vai lá e coloca seu emprego em risco de propósito.

– Não estou arriscando o meu emprego – retruquei, de repente preocupado que estivesse.

– Então o que acha que está fazendo?

Era menos uma pergunta e mais uma acusação, e fiquei ressentido com isso. Eu estava fazendo a única coisa ao meu alcance para estar com Melinda. Se não escrevesse o artigo, não teria motivo para vê-la e não conseguiria tolerar isso.

Lá estava.

Não era, afinal, um paradigma tão complicado. Eu estava fazendo o que parecia certo. Mesmo que acabasse sendo completamente errado.

– Pode ser que o A.J. não tenha lhe dito que estava de plantão porque queria estar aqui se pudesse – eu disse com uma recém-descoberta compreensão por questões complicadas.

Hope tombou no sofá de couro creme e pegou uma tortinha ressecada.

– Você acha mesmo?

Era só uma teoria, mas eu estava me apegando a ela.

– Com base em tudo que você me contou, parece que ele realmente se importa com você.

– É que é tão difícil. Encontrar alguém. Confiar em alguém. Sei que você gosta da Melinda, mas você quer mesmo ser o cara que tenta destruir um noivado?

– Não. – Não com as coisas nessa perspectiva. – Mas também não quero ser o cara que vai se perguntar "E se...?". Se a Melinda decidir que está cometendo um erro, não vou me sentir mal quanto a isso. Que vença o melhor.

– E se ele for o melhor? – Hope me questionou num tom suave, acrescentando: – Para ela.

Para isso eu não tinha resposta.

– Eu fico feliz de estar perto dela – eu disse, declarando a simples verdade. – Muito feliz.

Ela soltou um suspiro e deu uma mordida na tortinha.

– Por quanto tempo?

22

Vai rolar sangue

O Gawker estava fazendo a festa com meu blog, que eu ainda nem tinha começado. A manchete do artigo deles era a seguinte: "DESTINO: DIVÓRCIO".

> Existe indicação mais triste de que o romance está morto do que o *The Paper* expandir sua cobertura de casamentos para histórias de amor que deram errado? Na falta de cantadas nauseantes para preencher sua cota, o escritor de novelas baratas – queremos dizer, o colunista – Gavin Greene decidiu dedicar um novo blog àqueles de coração partido. Bravo, Gavin. Você também vai escrever sobre a última transa antes da separação?

Eu não sabia o que era mais preocupante: alguém vazar informações falsas ou a piadinha sobre novelas baratas.

Meu telefone não parou de tocar o dia inteiro. Desde o *New York Post* até o *Entertainment Tonight*, todos queriam saber se aquilo era verdade e se eu estava mesmo começando uma coluna sobre divórcios. Então entraram em cena os relações-públicas. Parecia que todos os advogados de divórcios famosos tinham um relações-públicas e um machado para reduzir alguém a pó. Ofereceram-me histórias lascivas sobre esposas trocadas em Westchester e implantes penianos que deram errado.

Passei o dia recusando ofertas e negando informações, quando deveria estar terminando um artigo sobre dois ex-participantes do reality show *The Amazing Race* que se conheceram durante a competição. Às oito e meia da noite, eu ainda estava à minha mesa, e não na casa do Upper East Side onde a festa de noivado de Melinda já devia ter começado.

Bem, fisicamente, eu estava à minha mesa. Mentalmente, visualizava Melinda num vestido preto tomara que caia e pensava em esquemas para ficar sozinho com ela na festa – o que seria impossível se eu não conseguisse nem sair do escritório.

Eu estava preparado para implorar a Renée uma prorrogação no prazo de entrega do artigo, mas ela havia saído sorrateiramente do escritório sem que eu notasse. Com frequência, ela trabalhava até tarde da noite. Para falar a verdade, tivemos algumas das nossas melhores conversas bem depois da meia-noite. Com a vista já turva, ela se lembrava dos dias em que tubos pneumáticos carregavam matérias (e, de vez em quando, um réptil) até a sala de imprensa, onde os impressores (do tipo sindicalizado) colocavam os artigos letra por letra em placas tipográficas de metal usando o método "a quente".

Mas Renée se fora. Assim como todos no departamento, o que era incomum. Mas a semana havia sido tensa, visto que o prazo para a venda do controle acionário mudava a todo momento. Aqueles que optavam por comprar ações eram ao mesmo tempo ridicularizados e invejados pelo restante de nós, que optamos por ficar e jogar uma versão adulta da dança das cadeiras, em que as cadeiras logo seriam eliminadas uma a uma, e junto iriam os computadores, senhas de segurança e contracheques.

As pessoas andavam ao redor na ponta dos pés, esperando que a música parasse. Estavam com medo de chamar atenção para si, de modo que realizavam suas fugas a cada noite o mais rápido possível. Eu era a única pessoa trabalhando até tarde na ala inteira, e as luzes automáticas acima de mim ficavam desligando. A cada quinze minutos, eu tinha de me levantar e saltar que nem um macaco para convencer os sensores de movimento e de calor de que eu era realmente uma forma de vida humana precisando de iluminação.

Metaforicamente, claro, eu permanecia no escuro. Não sabia quando começariam as demissões. Nem se começariam. Talvez Renée estivesse certa ao dizer que aquilo tudo não passava de uma tática para nos assustar. Eu nunca teria assumido sozinho a responsabilidade por um blog se não estivesse preocupado com a possibilidade de perder o emprego.

Fiz uma careta ao realizar a enésima contagem. Eu tinha apenas setecentas palavras do que precisava ser uma matéria com mil. Precisava terminar o artigo e seguir para a festa. As luzes se apagaram de novo, e dessa vez os sensores consideraram minha ginástica prova insuficiente de minha existência. Então saí correndo para um lado e para o outro, mexendo os braços no ar. Fiquei confuso ao ver que o computador de Renée ainda estava ligado e que um casaco estava pendurado nas costas da cadeira dela. Parei quando notei uma bolsa também pendurada ali.

– O que está fazendo? – ouvi Renée me perguntar antes que a visse se aproximar de mim na escuridão.

Eu estava prestes a dizer a Renée que não estava bisbilhotando as coisas dela quando as luzes fluorescentes se acenderam, e levei um choque com o que revelaram.

O que era tão chocante nem era o sangue em si, mas a quantidade dele. Renée pressionava vários pedaços completamente ensopados de lenços de papel no nariz, mas o líquido vermelho viscoso ainda vazava e descia até seu queixo.

– O que houve? – perguntei, correndo até minha mesa para pegar mais lenços de papel para ela.

– Estou sangrando – grunhiu ela, que também chorava. – Tenho hemorragias nasais. Não é nada de mais.

Eu nunca tinha visto Renée chorar, e isso era mais perturbador do que o sangue. Enquanto entregava a ela a caixa de lenços de papel, me lembrei de ter lido em algum lugar que sangramentos nasais eram um sintoma de leucemia. *Será que Renée tinha câncer?*

– Eles me demitiram – disse ela com a voz rasgada, tombando na cadeira. – Os canalhas me demitiram.

Eu não sabia o que dizer. Nem mesmo o que pensar. Fomos avisados durante semanas, mas eu ainda não estava preparado. E, mesmo que estivesse, nunca teria esperado que Renée fosse demitida.

– Heidi Takahashi me chamou para ir ao escritório dela. – O peito de Renée arfava profundamente enquanto ela falava. Suas palavras saíam articuladas em pausas, entre surtos e convulsões. – A primeira coisa que ela fez foi se apresentar como editora-geral. Como se eu não soubesse quem ela é. Eu trabalho aqui desde que ela usava fraldas!

Minha cabeça estava a mil. Se Renée era dispensável, eu estava condenado.

– Quando comecei a trabalhar aqui, não existia isso de mulher no cargo de editor, menos ainda uma editora-geral. – Seus olhos ficaram mais vermelhos à medida que sua voz de fumante retumbava com destemida indignação. – Não se permitia nem mesmo acesso à redação do jornal para as mulheres. Ficávamos exiladas à seção de "Moda para damas" ou ao cargo de secretária. Levei dez anos para conseguir ter meu nome impresso como autora de um artigo, e agora essa idiota de nariz empinado tem a pachorra de me dizer: "O *The Paper* não precisa mais dos seus serviços". Ela nem conseguiria dizer quais eram os meus serviços, porque não teve tempo de analisar meu arquivo. – Renée secou as lágrimas nos olhos com um bolinho de lenços de papel, espalhando um borrão de sangue pelo rosto.

– Sinto muito – eu disse, desejando falar algo mais útil.

Senti uma vontade premente de abraçar Renée, mas sabia que era melhor não fazer isso. Uma coisa era ela mostrar sua vulnerabilidade, e outra totalmente diferente era eu reconhecer isso.

Ela puxou mais lenços da caixa e os enfiou no nariz. Lágrimas rolavam por suas bochechas.

– Não era assim que eu queria ir embora.

Eu não conseguia imaginar o *The Paper* sem ela. Renée não somente havia trabalhado ali durante metade da história do jornal, mas também personificava os valores essenciais daquele veículo. Seus severos padrões de precisão salvaguardavam o que ela considerava um pacto sagrado entre o jornal e o público. Se o *The Paper* tivesse uma alma, seria por causa de Renée e de mais um punhado de pessoas. Tirem tais pessoas do jornal, e o que sobra e só um edifício de escritórios com elevadores incomuns.

– Não dê sua vida a este lugar – disse ela, apontando um dedo ossudo para mim. – Ele vai sugar você e se alimentar da sua força. – Ela parecia mais uma profeta do Velho Testamento que uma jornalista briguenta enquanto, instável, se erguia.

– Renée, quer que eu te leve para o hospital? – perguntei, alarmado tanto com seu aviso quanto com seu tremor.

Ela negou com um lento movimento de cabeça e um olhar melancólico.

– O problema de amar um jornal é que ele não pode retribuir esse amor.

Com as palavras de Renée reverberando em meu cérebro, paguei o motorista do táxi e fui em disparada em direção ao pórtico cheio de pilastras de uma casa de estilo beaux-arts. Eu tinha um objetivo em mente: encontrar Melinda. Não fazia ideia do que diria a ela, mas, incorporando da melhor maneira possível um guru de autoajuda, eu afirmava em silêncio que era bom o bastante, inteligente o suficiente e que a minha melhor chance de conquistá-la seria enquanto ainda tinha emprego. Um segurança idoso estava parado na frente de uma porta maciça de madeira entalhada, indiferente, fumando um charuto.

– Onde é o incêndio? – ele me perguntou enquanto eu subia correndo os degraus da entrada.

– Estou um pouco atrasado – respondi, tentando passar por ele.

– A festa começou às oito – ele disse. – Às oito e quinze, você estaria um pouco atrasado. Às nove e meia, você está adiantado para a festa de Ação de Graças.

Que figura. Que sorte a minha. E ele não saía do lugar.

– Estou aqui como repórter do *The Paper* – eu disse, pegando meu bloco de notas.

– Achei que vocês fizessem tudo no computador hoje em dia – disse ele, tragando mais uma vez seu charuto. – Tem certeza de que você é mesmo repórter?

– É isso que vem escrito no meu contracheque. – Eu estava impaciente para entrar.

– Bom, então você não pode trabalhar para o *The Paper*. Eles não têm dinheiro para pagar as pessoas.

Ele abriu um largo sorriso, se divertindo à minha custa ao mesmo tempo em que bloqueava a entrada. Ele parecia estar na casa dos setenta anos e tinha impressionantes cabelos espessos e brancos e a postura de um ex-boxeador profissional ansioso para provar que ainda poderia se dar bem no mano a mano.

– Então qualquer festa cara é considerada notícia hoje em dia?

– Só as caríssimas – foi minha resposta irreverente, enquanto considerava rastejar por entre as pernas dele.

O homem irrompeu num ataque de tosse com muco. Não sabia ao certo se ele estava engasgando ou rindo.

– É melhor você entrar logo – me disse ele. – Pode haver um furo jornalístico relacionado ao tortellini.

Ele abriu a porta, revelando uma grande área com paredes de pedra calcária e chão de mármore, com tipos da sociedade bebendo em taças de cristal e um trio de jazz tocando num canto. Fui singrando o mar de convidados que se mesclavam, em busca de Melinda, mas minha altura agia contra mim enquanto eu tentava espiar por sobre ombreiras e coques banana. Na extremidade mais afastada da sala, uma escadaria ornamentada e espiralada seguia para o andar de cima, e me dirigi até lá para ter uma vista aérea da festa.

– Gavin, sentimos sua falta no jantar.

Era Genevieve, descendo como uma peste. Virei a cabeça de um lado para o outro, perscrutando a sala em busca do rosto que procurava.

– O prefeito já foi embora, mas ele disse que você pode ligar para ele para uma entrevista.

– Farei isso – falei, enquanto realizava uma manobra em volta dela, mas a mulher enganchou o braço no meu e me guiou escadaria abaixo, sussurrando forçadamente ao meu ouvido:

– Olha, você não ouviu isso de mim, mas o prefeito prometeu apoiar Alexander em sua candidatura à câmara municipal no ano que vem.

– O Alexander vai concorrer a presidente da câmara? – Era a primeira vez que eu ouvia falar disso.

– Ele não queria jogar muita coisa de uma vez sobre a Melinda, mas ela vai ser um bom trunfo para ele. – Fui tomado pela fúria, embora Genevieve não parecesse notar. – Não somente para a corrida política pela posição na câmara – prosseguiu ela. – Você talvez não saiba, mas meu bisavô foi governador, e tenho dois tios que eram senadores. É meio que um negócio de família.

Ela estava me guiando na direção de uma socialite parada sozinha no bar. Eu girava tanto o pescoço ao redor que temia distender um músculo. Com minha visão periférica, vi uma comoção em meio a um grupo de pessoas perto da base da escadaria. As águas haviam se dividido, como Moisés fizera com o mar Vermelho, por assim dizer. Melinda surgiu e foi subindo os degraus num vestido vermelho que realçava cada curva de seu corpo mais ainda que o vestido preto tomara que caia que eu havia imaginado.

– Gavin – Genevieve me cutucou impaciente. – Quero te apresentar a Libby Rockefeller.

No *The Paper*, a regra era que não havia diferença entre um Rockefeller e um rastafári, mas isso não queria dizer que seria vantajoso ser rude com algum dos dois. Porém dizer apenas um "olá" me obrigaria a ter um bate-papo com ela enquanto Melinda desaparecia, por isso coloquei em ação a estratégia que aprendera com uma correspondente internacional com quem saí brevemente.

– Sinto muito – eu disse –, mas estou saindo de uma infecção intestinal por parasitas e preciso achar um banheiro.

Enquanto Genevieve estremecia, eu fugi.

Muitas pessoas estavam em pé no patamar do segundo andar, mas Melinda não era uma delas. Enfiei a cabeça na sala mais próxima. Era uma biblioteca com painéis de carvalho, do tipo que eu só tinha visto em filmes, com antigas poltronas de couro, luminárias da Tiffany e centenas de livros de capa dura.

– Está pensando em comprar o lugar? – Alexander bateu nas minhas costas, me assustando.

– Seus pais têm uma bela casa – balbuciei.

– Obrigado, mas a casa dos meus pais é uma cabana de pescador em comparação com este lugar. Esta é a casa da Melinda.

Eu tinha ido até a casa da Melinda e ainda tinha os ferimentos que comprovavam isso.

– Achei que ela morava no Upper West Side – comentei.

– Sabe quando as crianças colocam uma barraca no quintal para sentir como se estivessem sendo rebeldes? O apartamento da Melinda meio que tem o mesmo propósito. Foi aqui que ela cresceu. O quarto dela fica no fim do corredor, e ela não mexeu nele desde os tempos do ginásio.

Fiquei um pouco zonzo. Tombei em uma das cadeiras, imaginando quanto eu não sabia sobre ela.

– Incrível, não é? – disse Alexander, sentado à minha frente. – Quando me dei conta de quem ela era, quase me borrei todo. Lá estava eu, no avião para Madri, sentado ao lado da herdeira da loja de departamentos Altman. Linda *e* riquíssima.

Eu sabia que estava me concentrando no ponto errado, mas meu primeiro pensamento foi que Altman era um sobrenome judeu.

– Você me perguntou como decidi dar o cano na minha conferência e ir dirigindo até Barcelona. – Alexander se inclinou na minha direção. – A única questão para mim era se eu devia pegar um avião ou ir de carro. Eu não ia permitir que ela tivesse a oportunidade de conhecer outro homem. Nunca. Quer dizer, só um imbecil deixaria uma mulher como a Melinda escapar. Não é?

– Aqui está ele! – Um cara um tanto quanto gordo de trinta e poucos anos com sua esposa anoréxica na casa dos vinte irrompeu sala adentro. – Alexander, temos que ir.

Alexander ficou de pé num pulo, e os dois se despediram espancando as costas um do outro.

– Não vão ficar para a sobremesa?

– Tenho cara de quem precisa de sobremesa?

Fui vagando para fora da sala e desci o corredor, atordoado. Melinda era uma herdeira, e eu era um idiota. Não porque ela era uma herdeira, e sim porque eu a deixara escapar. Devia tê-la agarrado naquela cobertura e jurado solenemente devoção eterna a ela. Não, devia tê-la simplesmente beijado. Como um único erro podia ficar voltando continuamente para me assombrar? Ah, certo – porque escolhi me colocar numa situação em que seria forçado a lidar com isso repetidas vezes. Eu podia ouvir a voz de Hope na minha cabeça, me censurando.

Passei por uma porta entreaberta e captei de relance uma colcha cor-de-rosa numa cama com dossel. Eu me apoiei na porta e ela se abriu. Eu disse a mim mesmo que não pertencia àquele lugar. Jurei que começaria a fazer escolhas melhores – assim que desse uma olhada em volta. Havia ali troféus de vôlei, um pôster de uma peça escolar e duas fotos emolduradas: uma menina nos ombros de um homem, e a mesma menina dividindo um milk-shake com uma mulher, que parecia muito uma versão de cabelos mais escuros da própria Melinda. Ouvi um ranger no assoalho e me apressei a me virar com uma expressão de culpa no rosto.

Melinda estava parada na porta, com sua silhueta de diva de cinema iluminada por um candelabro do corredor.

– Estou de olho em você – disse ela.

Eram tantas as formas problemáticas como isso poderia ser interpretado. Fiquei perdido, sem saber o que responder. Ela acendeu a luz e entrou com calma no quarto. Poderia jurar ter ouvido seu vestido cintilante deslizando por sua pele.

– Vi o Gawker hoje – ela disse, fazendo com que eu me lembrasse de um dos muitos eventos do dia que eu estava tentando esquecer. – Você foi para o lado negro, e não estou falando da Fox News. – Suas covinhas apareceram por um breve instante. – E eu achando que você era o último dos românticos.

Estaria ela flertando comigo?

– Eu sou – garanti, lançando sobre ela uma ofensiva charmosa com o que eu esperava que fosse um irresistível sorriso. – Bem, espero que não o último.

Ela deu risada.

– Então por que o blog sobre divórcios?

– Não é um blog sobre divórcios.

– Seja lá o que for, parece mórbido. Que nem perseguir uma ambulância. Onde você acha que vai encontrar pessoas dispostas a dar entrevistas sobre o fim de seu casamento?

– Algumas pessoas foram feitas umas para as outras, e algumas não – eu disse, e era realmente o que eu achava. – Para aqueles que nasceram para ficar juntos, o casamento é uma experiência maravilhosa, mas, para as outras, a separação também pode ser um evento feliz.

– Isso não é o que a maioria das noivas quer ouvir. – O rosto de Melinda ficou corado, e ela desviou o olhar de mim.

Que diabos eu estava fazendo, falando com ela sobre divórcio em sua festa de noivado? Mudei de assunto.

– Então esta é a casa onde você cresceu? – perguntei.

– Não mesmo – disse ela, ainda sem olhar para mim. – Cresci num apartamento de sessenta metros quadrados e um quarto no Lower East Side. Meu pai era o que se poderia chamar de um homem muito teimoso. – Ela passou os dedos pela foto emoldurada. – Fui morar com meu avô depois que ele morreu.

Boa essa, Gavin. Leve a conversa do divórcio para o túmulo.

– Acho que este quarto deve ter sessenta metros quadrados.

Ela riu de novo.

– Acho que você tem razão. É um pouco demais. Quando eu era nova, achava que os meus avós moravam num reino estrangeiro. Mesmo sabendo que ficava a poucos quilômetros de distância. Nós os visitávamos nos feriados, nas férias, e eu me sentia como uma princesa de conto de fadas, com vestidos de veludo e pijamas de seda. – Ela enroscou os dedos em torno de um dos pilares da cama e se balançou como uma garotinha por um instante. – É muito fácil conversar com você.

– Espero que isso seja bom – eu disse, e meu olhar, com um desejo descarado, se encontrou com o dela.

– É como conversar com o meu terapeuta. – Talvez eu estivesse com o foco errado. – Por que você não é casado? – ela me perguntou abruptamente.

– Isso é algo que você pergunta ao seu terapeuta?

– Meu terapeuta é casado.

Eu adoraria ter tido uma epifania sobre a minha vida naquele instante. Algo que eu pudesse dividir com ela, mas epifanias são algo que não veem fácil assim.

– Eu gostaria de saber por que não sou casado – respondi. – Parece algo que eu deveria saber.

Havia motivos óbvios. Escolhas ruins. Corações partidos. Pensei em Laurel e em como me sentira ao vê-la guardando seu infusor de chá e seu fio dental numa sacola reciclável da Whole Foods. Senti como se tivesse fracassado. Essa era a parte que eu não conseguia superar. Isso e o medo de não saber como impedir que acontecesse de novo.

Melinda cruzou os braços e ficou analisando meu rosto, como um artista deliberando como desejava fazer uma pintura de mim.

– Acho que você sabe a resposta, mas a está escondendo de si mesmo.

Bem que eu gostaria.

– Isso me parece altamente improvável.

– Você vai ter de confiar em mim – ela me disse, inclinando a cabeça de um jeito brincalhão.

Melinda parecia estar flertando de novo, então fiz o mesmo.

– Ah, agora eu devo confiar em você, mas há uma semana você não me contou onde realmente morava.

– Eu nunca conto a ninguém onde moro – disse ela.

Isso não era verdade.

– Você contou ao Alexander.

– Você está de brincadeira? Nem contei a ele o meu sobrenome até ele me pedir em casamento. Sou um pouco paranoica. – A cautela dela era compreensível, mas completamente contraditória com a versão dele. – Na primeira vez em que o Alexander veio aqui para conhecer meu avô, ele quase teve um ataque do coração. Ficou muito chateado comigo por não ter lhe dito a verdade.

Ou ela estava mentindo para mim por algum motivo, ou Alexander estava mentindo para ela.

– Falando em contar a verdade, devo admitir mais uma coisa a você. – A voz de Melinda baixou uma oitava. Ela *estava* mentindo sobre algo, e eu temia descobrir o quê. – Eu devia ter dito isso a você antes, e acho que estou um pouco tensa em relação a como você vai reagir.

Éramos dois então.

– A verdade é que, quando fomos apresentados no Balthazar, não foi a primeira vez que nos encontramos. – Meu queixo caiu, mas as palavras não saíram. – Provavelmente você não lembra, com todas as pessoas que conhece o tempo todo, mas estávamos na mesma festa no Ano Novo. Não juntos, mas estávamos lá, eu e você, e nós conversamos. Não muito. Só ficamos batendo papo sobre viagens e Thomas Mann. Não sei por que eu não disse nada antes. Acho que fiquei com vergonha de me lembrar e você não.

Eu era um tremendo imbecil.

Ondas de desejo se projetavam por meu sistema nervoso. Nada tinha mudado; ainda assim, tudo tinha mudado. Ou, pelo menos, o suficiente para eu me arriscar e contar a Melinda como eu me sentia em relação a ela. Era como se tudo que eu quisesse estivesse à minha frente, e tudo que tinha a fazer era aproveitar o momento.

– Melinda, eu...

– Melinda, seu marido está procurando por você.

Era o segurança, novamente parado numa entrada e bloqueando meu progresso.

– Ele não é meu marido ainda – disse Melinda, corrigindo-o.

– Bom, ele age como se fosse.

O velho devia ter sido uma espécie de mordomo em vez de segurança. Um empregado doméstico rabugento que gostava de meter o nariz na vida de todo mundo.

– Gavin – disse Melinda –, você já conheceu o meu incorrigível avô?

Ai, meu Deus.

– Sim, já nos conhecemos – ele falou em tom de desaprovação antes de mudar de assunto. – Alexander quer fazer um brinde antes da sobremesa.

Sua declaração foi seguida de outro ataque de tosse. Melinda colocou um braço protetor em volta dos ombros do avô.

– Tomou seu remédio? – ela perguntou.

– É só alergia – ele disse, dispensando-a com um aceno de mão. – Agora, se você adiar mais a sobremesa, vão servir o sorvete com canudinho.

Ela saiu do quarto apressada. Estupefato, eu a segui escadaria abaixo, passei por um arco de pedra calcária e entrei numa imensa sala de jantar à luz de velas onde todos estavam reunidos. Eu estava desconfortavelmente ciente de que o avô dela estava apenas um metro atrás de mim enquanto eu tentava processar tudo que havia acontecido. A expressão no meu rosto devia estar estranha, porque o camarada sentado ao meu lado não parava de olhar para mim. Ele parecia vagamente familiar, com cicatrizes de acne e cabelos escuros indomáveis.

– Você não é aquele sujeito do Ano Novo? – ele me perguntou.

O sotaque australiano foi o que o entregou. A noite estava começando a se tornar uma viagem excruciante pelo mundo das recordações sentimentais.

Apático, estendi a mão a Jamie, que fora meu rival imaginário pelo afeto de Melinda. Se as coisas fossem simples assim...

– O que está fazendo aqui? – ele me perguntou, parecendo perplexo com a minha contínua existência no planeta.

Expliquei sobre o meu trabalho no *The Paper*, mas ele continuava espantado.

– Caramba! Quais seriam as chances de isso acontecer? – Eu não poderia responder. – Você sabia que ela era totalmente a fim de você?

– O quê? – perguntei, relutante a acreditar que tinha ouvido direito.

– A Melinda – disse ele, como se eu fosse idiota. – Vocês chegaram a sair? – Tudo que consegui fazer foi balançar a cabeça em negativa. – Que pena. Tenho que admitir que fiquei com um pouquinho de ciúmes. Nunca consegui nada com ela, e não foi por falta de tentativa. Mas, se uma mina não cai na sua quando tomou um porre de vinho barato numa praia em Goa, nunca vai rolar. – Ele olhou para mim em busca de confirmação. Eu estava chocado demais para falar. – Você deve ter alguma coisa de muito especial, porque eu mal consegui fazer com que fôssemos embora naquela festa no Ano Novo, e aí tive que impedi-la de voltar lá dentro.

Tive de me segurar para não estrangular o cara.

– Ela queria voltar para a festa?

– Tive que arrastar a Melinda para dentro de um táxi. Não sei no que ela estava pensando. Pra mim a festa estava um saco, mas ela achou que você era *o* cara. Ela não parava de falar de você até... bom, até conhecer o Alexander.

Um som parecido com o de um sino ressoava em meus ouvidos. Vi Alexander tinindo com uma colherzinha sua taça de champanhe.

– Quero dizer apenas algumas palavras – disse ele, com um sorriso largo no rosto, que nem o do gato de Alice, abrindo assim seu ensaiado discurso.

A sala estava girando. Em mais de um eixo. Como um giroscópio. Era como se eu estivesse dentro de um giroscópio gigante. Eu estava suando. Respirar era difícil. Eu tinha medo de estar hiperventilando.

– Sou o homem mais sortudo do mundo – disse Alexander, eufórico.

Sortudo-tudo. Sortudo-tudo. As palavras reverberavam na minha cabeça, dando voltas. *Ela era totalmente a fim de você. Só ficamos batendo papo sobre viagens e Thomas Mann. Só um imbecil deixaria uma mulher como a Melinda escapar*. Faces mescladas, unidas num só borrão com as velas e o champanhe. E o sorriso de Melinda. Os lábios de Melinda se abrindo. Os lábios de Alexander indo em direção aos dela. *Sortudo-tudo. Sortudo-tudo.*

– Quando você encontra a mulher dos seus sonhos, não desperdiça um único momento que seja – disse ele, enquanto seus perfis se uniam e a multidão ali reunida vibrava.

Eu me virei. Não conseguia mais olhar aquilo. Pior ainda era ver a reação radiante dos outros convidados. Os olhos do avô dela estavam cheios de lágrimas, e ele levara as mãos ao coração.

Não, ele estava apertando com força o coração. *Merda.*

Corri na direção dele enquanto ligava para a emergência do meu celular. As pernas dele pareciam que iam tombar, e fui correndo para segurá-lo antes que ele caísse. Enquanto o segurava nos braços, ele sussurrou com a voz rouca:

– Prometa que vai cuidar da Melinda.

E então desmaiou.

As portas deslizantes se abriram e se fecharam, e mais uma maca manchada de sangue estava sendo levada para dentro do pronto-socorro. Ainda nenhum sinal de Melinda.

Eu estava andando de um lado para o outro fazia vinte e cinco minutos. Não sabia se deveria ficar ou ir embora. Não sabia ao certo se ela lembrava que eu estava ali. Tinha menos certeza ainda se deveria estar. Tudo acontecera muito rápido. Num minuto eu estava checando a pulsação do avô dela e, no minuto seguinte, pulando para dentro da ambulância enquanto Alexander se oferecia para ficar e cuidar dos convidados. Porém, quando chegamos ao hospital, ela foi acompanhada pelos paramédicos até o pronto-socorro e fui deixado ali na sala de espera para me virar sozinho. A sala de espera fazia com que o terminal de ônibus de Port Authority parecesse acolhedor. A iluminação hostil, os assentos desconfortáveis e a proximidade com doenças mortais me deixavam tenso. Os dois copos de café também não estavam sendo de grande ajuda.

Eu não conseguia parar de pensar no que o avô dela me dissera. Obviamente, ele estava confuso. Bem provavelmente, delirando. Ainda assim, eu não conseguia resistir ao pensamento de que era alguma forma de sinal.

As portas de vidro se abriram de novo e vi o rosto borrado de rímel de Melinda.

– Ele está na UTI – ela disse, enquanto cambaleava na minha direção. – Ninguém está me contando muita coisa.

Eu queria confortá-la, mas não tinha certeza se era apropriado. Estendi a mão, que ela segurou. Desajeitado, bati de leve no ombro dela, que deslizou os braços à minha volta, enterrando o rosto em meu ombro. Eu me deixei abraçá-la. Podia sentir seu coração batendo. Podia sentir também o leve aroma de tangerina em seus cabelos. Eu era uma pessoa terrível.

– Desculpa – disse ela, respirando com o nariz entupido.

– Por quê?

– Por estar assim tão devastada – disse ela. – Agradeço por você estar aqui. Sei que você não é pago para isso. Ou talvez seja. Confortar noivas nervosas.

Com seu corpo pressionado ao meu, eu não estava pensando nela como uma noiva.

– Achei que estava confortando uma neta nervosa.

– Sou as duas coisas – ela disse.

Por mais que eu quisesse apoiá-la e ser compassivo, essa era a brecha pela qual eu vinha esperando.

– Você tem dúvidas quanto a se casar com o Alexander? – perguntei. Se não era o destino ficarmos juntos, eu iria direto para o inferno.

– Como eu poderia não ter? – disse ela, ainda descansando a cabeça no meu ombro. – Sei como é ridículo me casar com alguém que mal conheço. Ele fez esse grande gesto romântico, e ou eu dizia sim ou me arriscaria a ser a garota que teve medo de dar um passo decisivo na vida.

Isso não me parecia amor de verdade, mas eu não queria aumentar minhas esperanças.

– Eu vinha procurando pela pessoa certa há tanto tempo, sabe? – ela ergueu o olhar para mim. – Como você sabe que aquela é a pessoa certa? E por quanto tempo espera? Já tenho trinta e dois anos. Minha mãe morreu com trinta e cinco. – Ela pegou um lenço de papel da bolsa e assoou o nariz. Não estávamos mais nos tocando, e eu já sentia falta da calidez de seu hálito.

– É claro que existem coisas no Alexander que me incomodam – disse ela em voz baixa. – Eu queria que ele estivesse aqui agora. Queria que ele tivesse pegado minha mão, ficado comigo e dito: "Que se dane todo mundo", mas ele é muito responsável. É uma das coisas que amo nele. Então, como posso ficar chateada?

Melinda tinha todos os motivos do mundo para ficar chateada, mas eu me sentia grato por ele não estar ali.

– Você deve ouvir esse tipo de coisa o tempo todo – disse ela, roendo a unha do indicador. Melinda parecia nervosa e vulnerável. Eu não queria dizer nada que a fizesse se sentir pior. – Muitas noivas se sentem assim, não é? Não estou dizendo que estou com medo, mas, se estivesse, o que você teria a me dizer?

Não era uma questão de o que eu deveria dizer. Eu tinha as palavras na cabeça. As mesmas que usara com Amy sobre confiar em seus sentimentos. E confiar no amor. Era a coisa certa a fazer. A coisa nobre a fazer.

Eu simplesmente não poderia fazer isso.

– Não se case com ele – eu disse. Melinda arregalou os olhos. – Ele não te merece. Você realmente acredita que ele não sabia do seu dinheiro? Ou que ele ficou lá na festa para benefício de qualquer pessoa além dele mesmo? Ele não está aqui com você agora porque não queria estar.

Porque você não é a prioridade dele. E você merece estar com alguém que *sempre* te tenha como prioridade.

As palavras vieram jorrando, sem que eu tivesse tempo de organizar meus pensamentos. Foi mais duro do que eu pretendia que fosse. Era difícil ocultar minha animosidade em relação a Alexander, mas eu havia deixado algo de fora. Algo importante, mas eu não conseguia lembrar o quê.

– Sou mesmo uma idiota – disse ela.

– Não. Não foi isso que eu quis dizer, de jeito nenhum.

Eu tinha feito tudo errado. Havia algo crucial que eu não tinha contado a ela.

– Você deve me odiar.

Odiar Melinda? Eu tinha acabado de me dar conta de quanto a amava. Foi isso que esqueci de dizer! Deixei completamente de fora como eu me sentia em relação a ela.

– Vi aquele artigo no Gawker – disse ela –, e nem passou pela minha cabeça o que você estava fazendo.

O que o Gawker tinha a ver com isso?

– Melinda, preciso te contar uma coisa.

– Você já disse o bastante. Já entendi. Qual a melhor maneira de conseguir uma matéria sobre um casamento rompido do que acabar com ele você mesmo?

– O QUÊ?

– Meu avô pode estar morrendo, e você só se importa com seu blog patético.

– Não!

– Tenho que tirar o chapéu para você – ela disse, cerrando o maxilar. – Você é muito bom no que faz. Todo esse lance de escritor sensível. Fazer com que as pessoas se abram para você. Você me pegou. E me pegou de jeito.

– Não era isso o que eu estava fazendo.

Eu tinha de achar uma maneira de convencê-la.

– Você ia escrever sobre a pobre garota rica com problemas de abandono? Ou era sobre como não confiei em meu noivo e não contei a ele o meu sobrenome? Bom, isso não é novidade. Nunca confiei em ninguém. Mas confiei em você.

Os paramédicos entraram empurrando uma maca manchada de carmesim com uma vítima de esfaqueamento.

– Melinda... – estendi a mão na direção dela, mas ela me deu um tapa para me afastar dela.

– Fique longe de mim e do meu noivo!

Raiva lampejava em seus olhos. E traição. Eu magoara a pessoa que mais desejava proteger.

– Nunca mais quero ver você – foi a última coisa que ela me disse.

As portas deslizantes se abriram, e Melinda correu para dentro do pronto-socorro. Continuou descendo, correndo por um longo corredor. Eu a vi ficando cada vez menor, até se tornar uma mancha escura em meu mundo fenecido.

23

Falta de notícia é sinal de boa notícia

— Nunca acontece algo de bom num hospital – disse minha avó, parecendo ainda mais exausta do que eu.

Eu telefonara para ela a caminho do trabalho, como de costume, porque, se não o fizesse, ela perceberia que algo estava errado. E eu não queria que se preocupasse comigo.

– Eles ligaram o Bernie a um monte de máquinas e estão drenando a vida dele – disse ela enquanto eu seguia em direção a Uptown sob densas nuvens de abril.

– As máquinas estão ajudando – eu disse, forçando a voz para assumir um tom animado.

– Não as vejo ajudando em nada – ela replicou irritada.

Nossas conversas eram, mais tipicamente, curtas e animadas. Ela fingia que Bernie estava melhorando, e eu, que não sabia que não era verdade. Hoje não era um bom dia para mudar a nossa rotina. Não era um bom dia para nada. Meu objetivo era chegar até a noite sem ter um colapso emocional. Eu me arrastei da cama, querendo ligar para o trabalho e dizer que estava doente, mas sabia que seria um erro terrível. A última coisa de que eu precisava era que Melinda ou Alexander ligassem para o *The Paper* antes que eu tivesse uma chance de explicar minhas ações. Não que eu soubesse como faria isso.

– Desculpa, Gavin – disse minha avó. – Só estou um pouco cansada. Me conta sobre o seu bog.

– É blog – eu disse.

Sentia a necessidade premente de contar à minha avó o que havia acontecido na noite passada. Queria que ela me dissesse que eu só precisava comer um pedaço de seu apfelstrudel e tudo ficaria bem, mas ela não fazia strudel havia vinte anos, e nada ficaria bem. Eu tinha perdido Melinda, e provavelmente perderia o emprego.

– O blog vai bem – menti.

– Você está bem agasalhado? – ela me perguntou.

Estávamos de volta ao campo familiar.

– Está fazendo vinte graus aqui.

– Isso é frio – ela falou, como uma verdadeira moradora da Flórida. – Vou mandar um suéter para você.

Não era meu aniversário, e minha avó nunca se importou com tricô.

– Não precisa, vó. Eu tenho suéteres.

– Eu comprei um suéter de cashmere com gola V para o Bernie antes do acidente – disse ela, com a voz mais anasalada a cada palavra. – Ele não vai precisar mesmo.

Eu sabia desde fevereiro que Bernie não se recuperaria; mesmo assim, ouvir minha avó abrindo mão da esperança era perturbador. Era como estar num daqueles brinquedos de parque de diversões em que o chão de repente não está mais debaixo da gente.

Fiquei parado do outro lado da rua, em frente ao *The Paper*, durante dez minutos, deixando que sua imensidão se agigantasse sobre mim. Eu temia entrar ali. Admitir minha falta de bom senso para Renée teria sido humilhante o bastante, mas só pensar em contar a Tucker o que eu fizera era insuportável. Eu me perguntava se o posto de recrutamento do Exército na Times Square estaria aberto.

Seguindo como um soldado em direção ao trabalho, apertei o botão do elevador, uma vez na vida grato por poder contar com alguns minutos de atraso, mas nem isso. O elevador chegou de imediato, me provocando com sua saudação ansiosa de porta aberta. Se eu não soubesse das coisas, teria jurado ouvir as engrenagens abafando risadinhas.

Paranoia não me ajudaria. Eu tinha muitos problemas de verdade sem precisar ver objetos inanimados como inimigos. Ainda assim, enquanto caminhava pelo corredor do quinto andar, as paredes pareciam se inclinar para frente.

Ao me aproximar de meu cubículo, pude ver a luz que indicava mensagens no meu telefone piscando. Acendendo e apagando sozinha, o que não era incomum, mas era algo carregado de perigosas possibilidades. No instante em que me sentei, o telefone tocou abruptamente. *Está vivo, pensei. O edifício inteiro está vivo. E sabe de tudo.*

Tentando diminuir minha crescente histeria, reconheci o número no mostrador. Era Roxanne. As noivas entravam em contato comigo depois que os artigos eram publicados por dois motivos: ou para expressar gratidão, ou para reclamar, sendo que os agradecimentos quase sempre vinham por e-mail. Deixei que a ligação caísse na caixa postal. Então fechei os olhos, inspirei fundo e soltei o ar.

Quando abri os olhos, me deparei com Tucker à minha frente.

– Você pode vir até a minha sala? – Ele fez a pergunta de um jeito tão calmo que um terceiro, ao observar a cena, poderia presumir que era uma solicitação casual.

– Claro – respondi, tentando soar igualmente casual, como se meu corpo estivesse funcionando normalmente e as glândulas adrenais não estivessem emitindo um alerta para todo o sistema: Todos a postos!

Segui Tucker por quase dez metros até o escritório dele, lutando contra o impulso de sair correndo na outra direção e sem olhar para trás.

A secretária dele ergueu o olhar de relance quando passamos por ela. Detectei pena naqueles olhos. Ou talvez fosse medo. Tucker postou-se atrás de sua mesa e fez um gesto, dizendo:

– Pode se sentar.

Haveria três palavras mais agourentas do que essas em nosso idioma?

– Recebi um telefonema interessante hoje de manhã – disse ele, usando a palavra "interessante" como sinônimo de "fim de carreira". – De uma tal de Genevieve Bigelow. Imagino que a conheça.

Minha vida estava acabada.

– Conheço – murmurei, lembrando que até mesmo os criminosos tinham direito de permanecer em silêncio.

– Ela alega que você encorajou a noiva do filho dela a não se casar com ele – disse Tucker. – Você tem o costume de mandar as noivas cancelarem o casamento?

– Eu não estava mandando – respondi, sem força nem intensidade. – Estava respondendo a uma pergunta.

– O seu trabalho não é *fazer* as perguntas? – Ele estava jogando comigo. Eu era um repórter a caminho da execução. Bom, eu estava sentado. – Você a ameaçou? – ele quis saber.

– Não.

– Ofereceu algo em troca para ela cancelar o casamento?

– Não.

– Então por que a sra. Bigelow falou que você fez isso?

Eu me encontrei contemplando os muitos benefícios da decapitação. Uma execução rápida seria misericordiosa.

– A noiva viu o artigo do Gawker sobre o nosso blog – tentei explicar –, o que pode tê-la deixado confusa quanto às minhas intenções.

Tucker estreitou os olhos.

– Bom, ela não pode ter ficado tão confusa assim, porque eles ainda querem que a gente escreva a matéria. Só não querem que *você* a escreva.

Tucker deu um peteleco de leve com o polegar no indicador, um hábito nervoso que geralmente vinha à tona quando ele estava prestes a explodir.

– Eles querem que eu transfira a matéria para outro repórter – disse ele, quase chegando à parte em que diria que me transferiria dali permanentemente.

Meu impulso foi me jogar aos pés dele e implorar para manter meu emprego. Trabalhar no *The Paper* não era apenas o que eu fazia, era o que me definia. Eu era o cara que escrevia para o jornal número um do país. Não, mais que isso. O cara que escrevia sobre casamentos, e eu era bom nisso. Era a única coisa na minha vida de que eu me orgulhava.

E eu a tinha estragado.

– O problema é que não gosto que me digam como administrar meu departamento. – Tucker deu um soco com o punho cerrado na mesa. – A audácia desse povo. Não sei como você tem paciência de lidar com essa gente.

Como?

– Eu diria a todos eles para não se casarem. – Um sorriso se formou por um breve instante nos lábios dele. – Mas não antes de conseguir a matéria.

Eu havia recebido indulto.

Tucker estava aceitando a minha palavra contra a de Genevieve. Eu não seria um escritor desempregado e digno de pena que moraria nas ruas vivendo de vodca não filtrada e atum. Fiquei grato por isso.

– Você continua com o artigo – disse ele.

Eu estava ferrado. Continuar escrevendo o artigo não era uma opção. Eu não poderia fazer isso com Melinda. Nem comigo.

– Tucker, você não acha que vai ser difícil para mim continuar trabalhando com essa gente?

– Ah, eu sinto muito – disse ele. – Você se alistou para a carreira de jornalismo fácil?

Na voz dele, havia um tom maldoso. Ainda assim, eu tinha que lembrar como estava grato com a perspectiva de emprego contínuo e bebida de marca.

– Não é uma questão de ser ou não fácil. – Fiquei buscando as palavras. – A verdade é que acho que perdi a objetividade. Apenas nessa história. Me desculpa. Eu devia ter mencionado isso antes.

Eu estava admitindo ter violado um dos princípios fundamentais do *The Paper*, mas estava sendo honesto, e esperava que isso contasse para alguma coisa.

Tucker se reclinou na cadeira, ponderando as implicações.

– Bom, isso muda tudo, não? – Assenti. – Objetividade é o mais importante – disse ele, fazendo uma pausa para ênfase. – *Se* você estivesse escrevendo sobre uma notícia de verdade. Mas você escreve sobre casamentos. Não tem como ser objetivo quanto a isso. Você anota quando os casais se conheceram, onde se casaram e cai fora.

– Isso é tudo que você acha que eu faço?

– Um macaco treinado poderia escrever suas matérias, se soubesse os nomes dos designers de vestidos de noiva.

Eu não sabia se ele acreditava mesmo no que estava dizendo, mas parecia sentir um grande prazer em me menosprezar.

Esse é o preço a ser pago para se trabalhar em um lugar como o *The Paper*. Você tolera tudo que lhe é servido, porque não há para onde ir, exceto para baixo. Renée fez isso por quase cinquenta anos. E eu vi o que isso fez com ela.

– Agora eu tenho um trabalho a fazer – ele disse em tom de escárnio. – Não, sem a Renée, agora tenho dois trabalhos a fazer. – Ele falava como se não estivesse implícito que ele estava ativamente envolvido na demissão dela. – Ela me deixou com uma história de duas mil palavras a ser editada falando de um filme sobre uma maldita dama de honra. Que Deus me ajude. Por isso sugiro que você se ocupe em fazer o *seu* trabalho. Enquanto ainda tem um. – Com isso, Tucker voltou sua atenção para o monitor do computador.

– Só tem uma coisa, Tucker.

– O quê? – disse ele, sem erguer o olhar.

– Eu me demito.

24

O novo eu

— Ninguém sai do *The Paper* – disse Renée. – Nunca.

Eu a convidara para tomar café da manhã comigo num restaurante casual no Upper West Side para ver como ela estava, e parecia que ia muito bem, enquanto me criticava duramente entre garfadas de omelete de clara.

– Eles me puseram pra fora enquanto eu esperneava e gritava – ela falou. – Que diabos você estava pensando?

Eu achei que ela me apoiaria. Tony e Alison tinham me levado para tomar uns drinques. Até mesmo o capitão Al me oferecera ajuda. Hesitei em abrir o e-mail dele, já prevendo uma última reclamação sobre minha pontuação, mas o que ele escreveu não fazia menção alguma à minha predileção por vírgulas: "Gavin, fiquei triste ao saber de sua saída, e a considero uma perda ao *The Paper*. Foi um privilégio trabalhar com você".

Alto elogio vindo de um homem que desprezava o sentimentalismo. Então, por que Renée estava chutando meus recém-adquiridos colhões? Especialmente visto que minha ação fora amplamente motivada pelo modo desprezível como ela tinha sido tratada? Eu gostaria de ter um pouco de reconhecimento por isso, mas o que queria mesmo era acesso à lista de contatos dela. Eu precisava de um emprego novo pra ontem.

– Você cometeu um erro *imenso* – disse ela.

Ao largar o *The Paper* ou convidá-la para tomar café? Sua falta de empatia estava começando a me irritar.

– Por que, Renée? Por que foi um erro *imenso*?

– Porque eu fiz um acordo para que você fosse promovido.

Meu primeiro pensamento foi: *Como?* (O segundo: *Quanto?*)

– Foi uma das últimas coisas que fiz – disse ela, me olhando de um jeito que sugeria que se arrependia profundamente do esforço. Era uma piada cruel ter uma dívida com ela por algo que nem tive o prazer de desfrutar.

Meu celular tocou. Enquanto me apressava para alternar do toque para o vibracall, vi no mostrador o número de Roxanne, que já tinha me deixado duas mensagens enigmáticas insistindo para que eu retornasse sua ligação o mais rápido possível, mas suas reclamações não me diziam mais respeito.

– O Tucker não te disse nada? – Renée perguntou, mastigando ruidosamente o último pedaço de torrada. Neguei com um desanimado movimento de cabeça. – É claro que não. Você acabou de fazer com que ele economizasse dez mil dólares.

Gostaria que ela não tivesse dito isso. A sensação de deixar para trás um aumento de cinco dígitos nessa economia era quase criminosa. Ao contrário de Renée, eu não tinha pensão à qual recorrer. Comecei a refletir de novo nos milhares de jornalistas demitidos em todo o país, todos competindo pelas mesmas vagas, e perdi a fome.

– Você ainda pode voltar atrás, Gavin – ela me falou. – Você é bom no que faz, e o Tucker sabe disso. Ele é um babaca, mas não é idiota.

– Ele não vai me deixar entrar numa boa e ter minha mesa de volta.

– Não, ele vai te fazer implorar pela metade do seu salário. Mas você estará empregado.

– Até o próximo turno de demissões.

Renée se encolheu. Não tive a intenção de ser insensível, mas fatos são fatos. O que aconteceu com ela mostrava que, apesar da retórica idealista, o *The Paper* não era nem um pouco diferente de nenhuma outra corporação. Achei que era isso que ela havia tentado me avisar. Eu esperava que ela me aplaudisse pelo que fiz. Que me aplaudisse e dividisse sua lista de contatos.

– Foi você quem me disse para cair fora enquanto eu podia – falei.

– Eu nunca disse isso. – Ela limpou os lábios com o guardanapo.

– Não exatamente com essas palavras...

– Se vai citar alguém, cite com precisão.

– Eles se aproveitaram de você. – Ela virou a cabeça para o outro lado. – Me desculpa, Renée, mas foi o que você disse. E foi firme dizendo que eu não deveria deixar que fizessem o mesmo comigo.

– É o melhor trabalho do planeta – ela disse, levantando-se da cadeira. Ficou de frente para mim, e dessa vez não tremia. – Eu voltaria sem nem pestanejar.

– Há mais do que uma lista de contatos nesta cidade – eu disse a Hope enquanto ela cheirava o copo com mais de meio litro de café do Starbucks, se preparando para assumir o turno da noite. – Eu respeito a Renée, mas ela não sabe necessariamente o que é melhor para mim. Tenho que confiar nos meus instintos, não duvidar das minhas decisões.

Esse era o novo eu. Agindo com base nos meus sentimentos. Relaxando. E não vivendo no passado. Minha vida era uma grande seta apontando para frente.

– Você ligou para a Melinda? – Hope perguntou, arrastando-me de volta para a lama primordial.

– Eu estava falando sobre o meu emprego.

– Você não tem emprego.

Não era uma resposta útil. Estávamos caminhando até o Centro Médico St. Vincent. Corrigindo: ela estava indo até lá. Eu iria apenas até a porta da frente, já que não conseguiria entrar em outro hospital.

– Você precisa ligar para a Melinda – ela me disse, bebendo avidamente seu café americano gelado.

– Pra começo de conversa, foi você quem me disse para não entrar em contato com ela.

– Isso foi antes de eu saber que você a amava.

– Como posso amar a Melinda? Eu mal a conheço. – A situação era absurda. – Acho que amor é algo que a gente imagina – formulei essa hipótese. – Quando duas pessoas o imaginam ao mesmo tempo, é algo real. Mas se é unilateral não é amor.

Hope não ficou impressionada com a minha filosofia.

– Ou você tem sentimentos por ela ou não tem.

– Não faz diferença o que eu sinto. Ela não quer me ver. E, definitivamente, não quer que eu ligue pra ela.

– Não subestime o poder que um pedido de desculpas pode ter sobre uma mulher. – Não estávamos necessariamente falando sobre Melinda. A.J. estava ausente desde o jantar ao qual ele não comparecera. Sem ligações nem pedidos de desculpa, mas Hope estava, bem, esperançosa. – Uma briga não tem que ser o fim de tudo, mas você não pode esperar que alguém leia a sua mente. Você precisa dizer a Melinda como se sente.

Hope não fazia ideia de quantas vezes eu havia tirado o telefone do gancho para fazer precisamente aquilo que ela sugeria que eu fizesse.

– Você não viu o jeito como ela olhou para mim – eu disse, estremecendo só com a lembrança. – Seria egoísta ligar para ela. Ela vai se casar em duas semanas. Preciso deixar a Melinda em paz.

Hope estava indo embora. Tínhamos chegado à entrada do pronto-socorro. Meu celular vibrou no meu bolso. Era Roxanne de novo. Ela não estava sacando a indireta.

– Estou me concentrando em seguir em frente – eu disse a Hope quando nos demos um abraço de despedida.

– Gostaria de acreditar em você.

Era por isso que Hope ainda estava solteira. Ela não sabia quando era a hora de mentir.

Meu celular continuou a vibrar. Roxanne era como um fantasma do passado, arrastando ruidosamente suas correntes. O velho eu teria ficado se corroendo sobre que erro teria cometido no artigo dela, mas o novo e melhorado eu decidiu que o artigo era história antiga. Eu não estava mais na folha de pagamento do *The Paper* e Roxanne não era minha responsabilidade.

Porém me ocorreu que ela era responsabilidade do Tucker. Eu não conseguia pensar num presente de despedida melhor do que deixar a cargo dele o prazer de aplacar a fúria de uma noiva. Especialmente uma que trabalhava para o *Today Show*. Atendi a chamada.

– Você está me evitando – disse Roxanne como saudação. – E não pense que eu não sei o motivo.

Se ela sabia que eu tinha pedido demissão, por que estava me incomodando? Quanto antes eu desse a ela o número do telefone de Tucker, mais rápido poderia deixar tanto ela quanto o *The Paper* para trás.

– Seja lá quanto o *Good Morning America* esteja lhe oferecendo por uma entrevista, eu cubro a oferta – ela me disse. Eu não tornaria público meu desemprego em nenhum dos programas, e fiquei surpreso por ela achar que isso era algo digno de notícia. Ela devia ter um monte de tempo livre de transmissão para preencher. – Posso conseguir um horário melhor para você, uma limusine maior... você é quem manda.

– Não vou aparecer no *Good Morning America* – garanti a ela.

– Você vai dar entrevista pro *Regis and Kelly*? Sem querer ofender, mas eles gostam de tudo grande. Quanto maior o nome, mais tempo no ar. Garanto que vão passar o bloco inteiro com o James Marsden e colocar você no finzinho.

Eu não fazia ideia do que ela estava falando.

– O que o James Marsden tem a ver com alguma coisa?

– Você já viu o filme?

– Que filme?

– Você está brincando comigo? Ou realmente não sabe que tem um filme sobre você?

Roxanne tinha que estar enganada. Não tinha? Peguei o jornal e fui para a seção de cinema. *American Zombie, Horton e o mundo dos Quem, 10.000 a.C.* Eu tinha certeza de que qualquer filme sobre mim não incluiria tangas.

Foi então que lembrei que Tucker mencionara um filme que seria lançado, mas ele não disse que tinha alguma coisa a ver comigo. Disse que era sobre uma dama de honra.

– *Sempre a dama de honra* é o filme número um dos Estados Unidos esta semana – me informou Roxanne. – Em que planeta você tem andado?

Poupei-a dos detalhes enquanto olhava para o anúncio de página inteira. Seis fotos coloridas de Katherine Heigl usando seis vestidos diferentes de dama de honra.

– Odeio te dar essa notícia, Roxanne, mas nunca fui dama de honra e não pareço nem um pouco com a Katherine Heigl.

– Não dê uma de idiota – disse ela. – A personagem da Katherine Heigl é a dama de honra, que se apaixona por um cara que escreve a coluna sobre casamentos num jornal que parece muito o *The Paper*. É você. Em todos os detalhes, até a gravata.

Roxanne não tinha motivo algum para inventar isso. Alguém devia mesmo ter feito um filme sobre mim. Quem? Por quê? Aquilo era empolgante. E desnorteante. Não é o tipo de coisa que se espera ouvir quando se está parado na Sétima Avenida com ambulâncias passando por você e mendigos pedindo trocados. Senti vontade de gritar: "Estarei com o Matt Lauer no *Today Show*!" Eu não poderia pedir uma prova melhor de que a minha vida estava seguindo uma nova e audaz direção, para longe do passado.

– Imagino que você conheça a roteirista – disse Roxanne. – O nome dela é Lori alguma coisa. Não, é Laurel. Laurel Miller.

Deus me odiava.

25

Sempre a dama de honra

Eu me sentei na quase escuridão, com o olhar voltado para cima. Havia apenas uma meia dúzia de pessoas na matinê. Dava para ouvi-las comendo pipoca ruidosamente, e eu me perguntava se tinham percebido que James Marsden e eu estávamos usando blazers idênticos.

Ele era eu. Ou eu com dentes mais brancos. (Fiz uma anotação mental para comprar clareador dental.) Ele era como meu avatar de guarda-roupa. James/eu parecia um banana usando chapéu fedora, mas nosso visual de jaqueta e calça jeans era demais. É claro que havia diferenças óbvias entre nós. Eu nunca usaria calça jeans para ir a um casamento. Laurel sabia disso.

Em que ela estava pensando? Não em relação ao jeans. Em relação à coisa como um todo. Eu tinha me preparado para algo nada lisonjeiro, mas o filme era um tributo ao amor. Eu era sensível e romântico. Ou James era. Mas Laurel não me considerava nenhuma das duas coisas. Não perto do fim. Eu nunca me esqueceria do olhar glacial em seu rosto na noite em que ela me disse que estava indo embora.

Eu vinha pensando em pedi-la em casamento. Especificamente enquanto olhava anéis de diamante em joalherias. Eu nunca tinha contemplado a ideia de gastar tanto dinheiro assim num único item, e fui tomado por dúvidas. E se ela não gostasse do anel? E se dissesse "não"? E se ela não fosse a mulher certa para mim?

Minhas hesitações se provaram providenciais quando ela me disse que havia conhecido um advogado de patentes que tocava bateria numa banda cover do Bruce Springsteen. Acabou que era eu quem estava dançando no escuro.

Então, por que ela escrevera sobre mim? Ela foi embora e nunca me ligou. Nenhum e-mail. Nada. E aí, três anos depois, eu sou a ideia que ela tem de um herói romântico. Não fazia sentido.

A não ser que ela ainda sentisse algo por mim.

Eu nunca teria considerado isso possível, mas lá estava Katherine Heigl agarrando-se a James Marsden, chorosa, enquanto pedia desculpas por ter fugido e dizia a ele quanto o amava. Talvez o filme fosse a maneira que Laurel encontrara de chegar até mim.

Se ela podia escrever um roteiro de vinte milhões de dólares como uma oferta de paz, eu podia dar um telefonema.

Laurel parecia bem. Seu rosto estava mais cheio e havia pequenas rugas em sua testa, mas os espessos cabelos castanho-avermelhados ainda caíam em lustrosas ondas e passavam de seus ombros.

Ela não era o tipo de mulher que as pessoas achavam bonita à primeira vista. Suas feições eram um pouco suaves demais, as bochechas, um pouco redondas demais. Porém havia uma centelha em seus olhos, um fogo interior camuflado pelo exterior plácido.

Não saberia dizer se ela estava nervosa. Eu nunca fora capaz disso.

Laurel respondeu prontamente a meu recado na caixa postal e pareceu feliz em tê-lo recebido. Sugeri almoçarmos no Cornelia Street Café, um bistrô aconchegante no West Village. Somente quando entrei pela porta é que questionei minha sanidade.

Eu não conseguiria olhar para ela sem me lembrar de mil momentos que passara três anos tentando esquecer. A gente dividindo um fondue de chocolate numa pousada em Stowe, Vermont. Aborrecidos e sentados em bancos separados, numa balsa em Fire Island. Era como abrir um baú cheio de armadilhas. Apreensivo, eu a beijei na bochecha.

– Você ainda usa Drakkar – ela disse.

Sim, eu usava o mesmo perfume desde a faculdade, mas porque gostava. Não achei que tinha que passar por uma transformação de estilo para almoçar com uma mulher que me largou.

– Seu cheiro é ótimo.

Engano meu.

– Fiquei feliz por você ter entrado em contato – disse ela, indo direto ao ponto, como sempre fazia. Essa era uma das coisas que eu admirava nela. Além da inteligência. Da criatividade. Da percepção rápida. – Não fiquei feliz com o jeito como as coisas ficaram entre nós.

– Nem eu – falei, e nós dois sorrimos, parcialmente por desconforto, mas mais por causa da ternura sincera.

Eu realmente gostava da Laurel Isso não tinha mudado desde o dia em que a conheci na festa de lançamento do livro de um amigo. Parecia natural estar sentado diante dela, e fiquei grato a ela. Grato pelo filme e pela oportunidade de consertar as coisas.

– Não é que eu não tenha pensado em entrar em contato com você antes – eu disse, e não conseguia me lembrar do motivo pelo qual não tinha feito isso, embora parecesse implícito até poucos momentos atrás.

Olhei para ela, que olhava para mim. A expressão franca em seu rosto, como se estivesse ouvindo com atenção o que eu dizia. Laurel sempre fora uma boa ouvinte. E uma boa tagarela também. Ninguém conseguia prolongar uma piada como ela. Ou ficar tão exaltada com o último escândalo político. Eu tinha sentido mais falta dela do que percebia, e me ocorreu que talvez tudo que vivenciara com Melinda era por um motivo, que era acabar aqui, de volta com Laurel.

Melinda era uma miragem. Alguém que eu imaginava mais do que realmente conhecia. Talvez o motivo pelo qual eu ainda estava solteiro era preferir a fantasia de um relacionamento a um de verdade. Eu escrevia sobre casamentos, mas minhas histórias terminavam na noite da cerimônia, antes do início de qualquer complicação. Eu não era apenas um romântico incorrigível – era profissional nisso.

Mas Laurel era real. Eu sabia que ela roncava quando dormia. Sabia que gostava de tomar sorvete Cherry Garcia fora do recipiente. Sabia como era beijá-la quando seus lábios ainda estavam gelados por causa do sorvete.

Propus um brinde com meu copo de água.

– A recomeços – eu disse.

Ela riu, nervosa, e deu uma batidinha de leve com sua taça na minha.

Foi então que vi sua aliança.

– Você está casada?

– Faz quase dois anos – disse ela.

Então que diabos ela estava fazendo ali? O que *eu* estava fazendo ali?

– Você se lembra do Jeffrey? – ela me perguntou.

– O baterista da *D Street Band*?

Ela me fulminou com o olhar.

– O nome da banda é *Born in New Jersey*.

Como se esse nome fosse melhor.

– Nascido em New Jersey... Essa não é uma credencial que eu ia querer anunciar publicamente – eu disse, o que, admito, foi um pouco hostil.

– A gente mora em New Jersey. Em Hoboken – ela falou, furiosa.

Ops.

– Com nosso filho de seis meses.

Ai!

– Você vai pedir pra ver as fotos?

Eu preferiria dar um tiro na minha cabeça.

– É claro que quero ver as fotos – eu disse, tentando não engasgar com a água.

Ela abriu a bolsa e pegou seu iPhone. Vários minutos embaraçosos se seguiram enquanto ela clicava em uma sucessão de fotos de um bebê genérico, embora eu tivesse que admitir que era uma criança bem fofa, de cabelos espessos e bagunçados.

De repente me dei conta de que ele poderia ser meu filho. Não literalmente. A matemática não permitia nenhum questionamento em relação a isso, mas eu poderia ser o pai de um bebê com grandes olhos castanhos e bochechas gorduchas vestindo um macacão azul. Bom, na minha família, talvez não as bochechas gorduchas. Olhei com nostalgia para o último instantâneo dele rindo. Se eu tivesse útero, ele estaria doendo.

– Não entendo por que você aceitou meu convite para um encontro – falei.

– Encontro? – Ela parecia chocada. – Não vim até aqui para um encontro. Vim para um pedido de desculpas.

Ela só podia estar de brincadeira.

– Esperei durante três anos – ela disse.

– *Você me* largou! – eu disse. – Não foi o contrário.

– Não tem como largar alguém que não estava lá.

Eu podia sentir meu rosto ficando vermelho.

– Se eu não estava lá, onde estava? Porque alguém ficou para trás quando você caiu fora ao pôr do sol de New Jersey, e, ao que me parece, essa pessoa era eu.

– Porque você acha que tudo gira em torno de você.

– E quanto ao filme? Era sobre mim, ou sobre algum outro cara que você namorou e que escreve uma coluna sobre casamentos?

– Não escrevi nada no estilo *O diabo usa Drakkar*.

Eu me senti como se tivesse sido esfaqueado.

– Mas é óbvio que pensou nisso.

– É claro que pensei. Eu estava com raiva e magoada.

Não! Ela não podia inverter todo o nosso relacionamento e reescrever a história.

– Foi você quem me abandonou sem aviso algum.

– Sua ceninha de "azarado no amor" está ficando velha – ela teve a audácia de dizer. – Pobre Gavin. Todo mundo larga o Gavin.

– Não todo mundo. Você. Especificamente você.

– Você não se dá crédito suficiente – disse ela. – Você sempre reclama que não consegue se casar quando a verdade é o oposto. Você consegue muito bem evitar o casamento.

– Isso é um monte de baboseira. – Agora ela tinha se transformado numa psicanalista barata. Eu queria retirar cada elogio que já tinha feito a ela sobre sua capacidade de percepção. – Acontece que, enquanto você fugia com seu projeto de Bruce Springsteen, eu estava procurando alianças.

– Procurando! – ela irrompeu. – Não comprando!

Laurel abriu a bolsa e pegou um lenço de papel.

– Você não foi capaz nem de ser honesto consigo mesmo, que dirá comigo. Quando o Jeffrey e eu ficamos juntos pela primeira vez, ele estava me consolando.

– Aposto que sim – eu disse, mais para a toalha de mesa do que para ela. Quando ergui o olhar, vi que seus olhos estavam injetados de raiva.

– Você é tão idiota!

Há várias coisas de que eu posso ser acusado, mas idiota não é uma delas.

– Se eu acreditasse que havia uma chance de você me pedir em casamento, teria ficado. Como você pôde não saber disso? – Ela enterrou o rosto nas mãos. – Não consigo acreditar que estou chorando.

Nem eu. Não era ela quem estava solteira, sem filhos e de coração partido. Se alguém ali deveria estar chorando, esse alguém era eu. Mas tudo que bastou foram algumas lágrimas para ela superar tudo aquilo.

– Não achei que você ainda pudesse me perturbar – ela disse, e uma pequena parte de mim teve orgulho porque eu ainda podia. Porém a maior parte desejava nunca ter telefonado para ela. – Eu vim até aqui me sentindo mal pelo modo como deixei que você me tratasse. Mas a verdade é que me sinto pior por você, porque você vai acabar sozinho.

Eu não saberia dizer se ela estava com pena de mim ou tripudiando.

– Você acha que eu não sei disso?! – Três anos de mágoa e frustração contidas jorraram de uma vez só. – Qual você acha que é o meu maior medo?

– Gavin. – Ela pegou minha mão na sua. – Seu maior medo não é ficar sozinho. É acabar como seus pais.

O funeral de Bernie foi em um dia particularmente quente e úmido na Flórida. Quando a temperatura passou dos trinta graus, senti que estava cozinhando em meu terno preto.

Cerca de sessenta pessoas estavam reunidas sob um toldo verde mais adequado a uma festa à beira da piscina. Minha avó estava sentada, estoica, numa cadeira dobrável ao lado do caixão, e eu, em pé ao lado dela, entre meus pais. Gary e Leslie permaneceram afastados, porque ela tinha alergia ao novo perfume do meu pai. (Havia suspeitas de que meu pai também era alérgico ao tal perfume, já que ele espirrara a manhã inteira.)

– Não é legal que a Leslie tenha vindo com o Gary? – minha mãe sussurrou enquanto o rabino começava a entoar uma prece hebraica.

– O que tem de legal nisso? – perguntou meu pai em sua tentativa de sussurro, que era muito parecido com seu tom normal de voz, só que mais alto.

– É legal que o Gary tenha alguém para levar aos lugares – ela insistiu.

Sim, pensei, *ter uma namorada para trazer ao cemitério é um motivo excelente para estabelecer uma família.*

– A cerimônia está começando – eu disse, esperando que isso fizesse com que se calassem.

– Você conversou com a sobrinha do Bernie? – quis saber minha mãe. – Ela tem vinte e seis anos e acabou de se formar em direito.

– Ela se formou no ano passado – meu pai corrigiu.

– De qualquer forma, ela é advogada.

– Mãe! – a repreendi baixinho.

– Qual é o problema? Vocês não têm relação de sangue.

– É um funeral.

– É um *mitzvah*.

Eu não tinha energia para discordar. A combinação do calor com cânticos antigos estava me deixando zonzo. Os costumes judaicos ditam que o enterro seja feito dentro de vinte e quatro horas após a morte, de modo que eu praticamente não tinha parado desde que recebera o telefonema da minha avó, quando estava saindo do Cornelia Street Café.

Tinha sido um longo dia. Um longo ano. Bom, quatro meses pelo menos.

Parecia que o panegírico terminaria antes das cinco. O rabino falava com seu monotom, agora em inglês, mas descobri que era ainda mais difícil me concentrar em seus chavões sobre pores do sol e velas ardendo. Olhando ao redor, vi que não era o único que parecia estar definhando. As pálpebras do meu pai estavam semicerradas.

Finalmente recitamos o kaddish, a prece para os mortos, e o caixão foi abaixado lentamente para dentro do túmulo. O rabino ergueu a pá para a tarefa ritualística de jogar terra em cima do caixão. Quando ninguém a pegou de sua mão, ele pigarreou alto, dando a deixa para que fizéssemos alguma coisa.

– Saul! – minha mãe zurrou.

– O quê? – Os olhos do meu pai se abriram de imediato e ele mexeu a cabeça meio desajeitado, como um motorista de ônibus prestes a colidir com a traseira de um caminhão articulado.

– Pegue a pá.

– Pega você – disse ele, abraçando sua criancinha interior.

Minha avó se encolheu, mas não disse nada.

– Algum de vocês, por favor, pega a pá? – implorei.

– Ele não é meu pai – foi a resposta do *meu* pai.

– Nem meu – rebateu minha mãe, fazendo com que minha avó tivesse outra convulsão.

– Então por que tem mais de dois quilos de salmão defumado na nossa geladeira?

Minha mãe agarrou a pá. Imagino que a intenção dela era colocá-la à força nas mãos do meu pai. Imagino, porque só posso presumir que minha mãe tinha um objetivo lúcido em mente quando a empurrou na direção dele. Infelizmente, meu pai escolheu aquele momento preciso para espirrar. Quando se curvou, a pá o atingiu na testa, ferindo-o e tirando sangue.

– Meu Deus! – ele gritou.

O rabino ficou com os olhos esbugalhados.

Laurel estava certa. Eu vivia com um medo mortal de me tornar igual aos meus pais. Todos os meus protestos sobre querer me casar eram mentiras. O casamento me aterrorizava. Quando eu pensava nisso, me vinham à mente duas pessoas brigando pela eternidade e se espancando com ferramentas de jardinagem. O casamento não passava de permissão legal para torturar alguém com impunidade.

Peguei a pá.

– Eu cuido disso – falei.

– Preciso de um curativo – murmurou meu pai, e uma dezena de bolsas se abriram em uníssono, como se curativos pudessem resolver os problemas dele.

Por que ninguém tinha impedido meus pais de acasalarem? Alguém devia ter ressaltado que gostar da mesma estação de rádio e marca de refrigerante os tornava compatíveis para jogar boliche, não para se casar. Eles nunca deviam ter se apaixonado. O fato é que eles realmente provavam que o amor não apenas era cego como não tinha coração. Não se podia confiar no amor. Claro que eu temia o casamento. Desde a infância tinha sido impresso em minha mente que eu deveria buscar um relacionamento disfuncional e a longo prazo com alguém que tornaria minha vida um inferno. Era como ser o portador de uma doença genética que causava desfigurações – e que eu poderia transmitir à próxima geração.

Ataquei o monte fresco de terra com ferocidade, jogando uma pá cheia dentro do túmulo. Ouvi o suave som oco do solo impassível atingindo a madeira e se dispersando para dentro do túmulo aberto, o que me deixou horrivelmente consciente do que estava fazendo.

Eu estava enterrando um homem, despachando-o para a jurisdição dos invertebrados. Polônio, pai de Ofélia e conselheiro do rei em *Hamlet*, entendeu errado: todos nós pegamos emprestado *e* emprestamos. Eu estava devolvendo Bernie para o juízo final. Ou o estaria escondendo? Enterramos aquilo que desejamos esquecer, e eu desejava desesperadamente esquecer tê-lo visto no caixão. Eu o imaginava jazendo ali agora. Pior, eu me via no lugar dele. Um corpo, numa caixa, num buraco. Sozinho. De repente, aquilo tudo foi demais. O calor e a terra. A pá e o sangue. Laurel e Melinda. Caí de joelhos, soluçando.

Minha avó se inclinou sobre mim e beijou o topo da minha cabeça.

– O Bernie também amava você.

Misericordiosamente, os convidados se dispersaram com rapidez. Meus pais, tendo recuperado suas funções cerebrais, acompanharam minha avó até o carro deles, onde as condolências poderiam ser dadas sob o ar-condicionado. Permaneci um tempo ao lado de Gary, enquanto Leslie esperava por ele no carro que alugaram, também com ar-condicionado.

– Aquilo foi intenso – disse Gary. – Eu não sabia que você gostava tanto do Bernie.

Eu o deixei a par da acusação de Laurel.

– Parado ali, ao lado do túmulo, percebi que existe algo pior do que acabar como a nossa mãe e o nosso pai. E é ficar sozinho.

Parecia tão óbvio, e ainda assim eu tinha escolhido precisamente isso. Ficar sozinho e, pior ainda, nem sequer admitia a mim mesmo que estava fazendo essa escolha.

– Eu sei – disse Gary, colocando a mão no meu ombro. – Venho pensando a mesma coisa.

– É mesmo?

Eu não estava sozinho. Tinha Gary. Sempre teria Gary. Quase fiquei com os olhos marejados novamente.

– Eu pedi a Leslie em casamento ontem à noite.

Eu sabia como meu pai tinha se sentido ao ser pego de surpresa por um membro da família.

– A gente estava esperando até o fim do funeral para contar para todo mundo. – Gary me abraçou. – Me dê os parabéns. Vou me casar!

26

Não deixe para amanhã o que pode fazer hoje

— Eu sei que não devia estar te ligando – eu disse, em pé no banheiro de hóspedes pintado de lavanda do chão até o teto na casa dos meus pais. Inspirei fundo, esperando que não soasse como uma ligação obscena. Havia tanta coisa que eu queria dizer a Melinda. Nenhuma delas apropriada para o momento e o local em particular, enquanto os convidados que não conseguiam segurar o conteúdo da própria bexiga sacudiam a porta trancada.

Eu tinha conseguido escapar sorrateiramente da tarefa de receber a procissão de amigos em luto e servir carne assada. Eu podia ouvir os sons abafados da minha mãe chamando meu nome. Era uma questão de minutos até que ela viesse bater à porta, exigindo que eu saísse ou confessasse estar em apuros intestinais por ter comido salmão defumado em excesso.

Eu estava em apuros, mas não tinha nada a ver com peixe defumado.

Vinha pensando em ligar para Melinda desde que o funeral terminara. Retiro o que disse. Vinha pensando em ligar para ela desde o instante em que ela fugira de mim. É que, desde o funeral, não conseguia parar de pensar nisso.

Estava com medo da reação dela. Não queria causar mais dor a Melinda. E nem ser rejeitado de novo. Porém, se Laurel estivesse certa, tudo isso não passava de uma desculpa.

Eu sentia o telefone pesado na mão, enquanto pesava minhas palavras. Queria pedir desculpas. Fazer com que Melinda soubesse que nunca quis magoá-la. Mas, acima de tudo, queria desesperada e incontrolavelmente lhe dizer quanto eu estava apaixonado por ela e descobrir se havia alguma chance de meus sentimentos serem correspondidos. É claro que não achei que esse era o tipo de coisa a ser dito num recado na caixa postal. Então apenas pedi que retornasse minha ligação.

Depois tentei me lembrar do motivo pelo qual achei que ligar me faria me sentir melhor

.

– Por que você ainda está solteiro? – Matt Lauer me perguntou com a discrição de uma bola de demolição.

Não era uma entrevista. Era um interrogatório. Achei que contaria incidentes interessantes ou divertidos sobre noivas neuróticas, e não que teria de defender minha longa solteirice em rede nacional.

– Não te incomoda ir a casamentos uma semana após a outra e não ser casado?

Nos últimos dias, eu tinha fantasiado que receberia uma oferta de emprego como coapresentador do *Today Show*. Imaginei Matt e eu, dois repórteres judeus, criando vínculos instantaneamente (sim, ele é só meio judeu, mas é uma coisa genética). Visualizei Matt dizendo a mim (e ao país inteiro) que eu tinha um dom a seguir, e me perguntando se eu queria me juntar à equipe do *Today*. Então, como bônus, ele me convidaria para a festa do Oscar da *Vanity Fair*.

Tudo bem, eu sabia que Matt Lauer não era o Papai Noel e o Graydon Carter – editor da *Vanity Fair* – em uma só pessoa, mas, se Elisabeth Hasselbeck podia ser apresentadora de um programa matinal, por que não eu?

– Você *quer* se casar? – me perguntou Matt, sem nenhuma indicação de afinidade semítica.

Era claro que eu queria me casar. Ter trinta e sete anos e ser solteiro fazia de mim algum tipo de esquisito?

– Quero – respondi, suando sob as luzes quentes do estúdio e lamentando... bem, tudo na minha vida.

– Por quê? – ele perguntou.

Abri um sorriso inexpressivo.

– Por que você quer se casar?

Ninguém nunca me fizera essa pergunta. Comecei a abrir e fechar as pálpebras. Meu queixo caiu. Não deveria ser tão difícil responder a essa pergunta.

Eu queria me casar para ter alguém com quem assistir ao *The Daily Show*. Queria ter alguém com quem viajar num trem noturno para as montanhas Rochosas do Canadá e passear de balão no vale do Hudson. Queria ter alguém em meus braços e fazê-la se sentir protegida. Queria colocar a felicidade de alguém acima da minha.

– Quero me casar para não ter de raspar os pelos das costas.

A plateia irrompeu em gargalhadas. Eu não fazia a mínima ideia do motivo pelo qual as palavras do padrinho de Mike Russo ainda ocupavam espaço na minha mente, e menos ainda como haviam saído da minha boca.

– Bom, Gavin – disse Matt –, cada louco com a sua mania.

A plateia riu de novo. Havia um oitavo círculo no inferno reservado aos mortais que se atreviam a voar perto demais das luzes dos refletores.

– Daqui a pouco – disse Matt, olhando para a câmera –, tirando a "honra" da "dama de honra". Depois do intervalo.

Seguiu-se uma comoção enquanto o programa entrava no intervalo comercial. Um assistente de produção surgiu do nada debaixo de mim e removeu meu microfone. Matt me deu um enérgico aperto de mão e uma batidinha de consolo nas costas. Sua expressão dizia: "Lamento, cara, mas você vai ver o clipe no YouTube pelo resto da vida".

Outro assistente, de cavanhaque e headset, me acompanhou de volta à sala verde para reunir meus pertences e os fragmentos do meu orgulho. Mas que se dane o orgulho! Quando visualizei a mulher que queria amar e proteger, era Melinda, e minha maior prioridade era checar minha caixa postal para ver se ela havia me ligado.

Eu tinha deixado meia dúzia de mensagens e não havia recebido nenhuma em retorno. Parado num canto na sala de espera, em meio às imensas fotos de astros e estrelas da NBC, eu me senti como um drogado tomando mais uma dose enquanto golpeava meu celular. Se eu tivesse me segurado e não entrado em contato com ela, a possibilidade de fazer isso teria permanecido uma opção. Como liguei, fiquei sem prerrogativas além de ligar compulsivamente para minha caixa postal.

Não havia mensagem alguma. A manhã era um bufê de decepções.

Roxanne entrou voando na sala, com um ar sério, claramente arrependida de ter me convidado para o programa. Estava acompanhada de um cara alto, magro, mas musculoso, com uma massa de cabelos escuros. Os dois olhavam para mim como antropólogos examinando um exemplar da espécie *Homo uncommiticus*.

– Você leva mesmo jeito com as palavras – disse Roxanne. Traduzindo: É óbvio por que você ainda está solteiro. – Este é Liam O'Neill, um dos nossos produtores.

– Você é um cara engraçado – ele disse, olhando distraidamente na minha direção.

Eu não sabia ao certo se ele queria dizer engraçado do tipo "ha-ha" ou do tipo "assustador".

– Normalmente não fazemos comentários sobre o "desempenho" de um convidado. – Roxanne fez sinal de aspas no ar como se fosse Richard Nixon com tique nervoso. – Porém, trabalhamos duro para manter o nível de qualidade da marca do *Today*, então nos sentimos obrigados a te dizer uma coisa.

A última coisa que eu precisava era de uma bronca. Peguei minha sacola e um bagel para comer no caminho de volta. Não havia nada que eles pudessem dizer que eu tivesse interesse em ouvir.

Liam abriu um sorriso.

– Eu tenho uma proposta de emprego para te fazer.

Tirando isso.

27

O ritmo do casamento

— Não, não, não, não, não! – guinchava exasperada a futura noiva. Eu tinha voltado a ser um repórter de casamentos, mas agora tinha um comparsa. Liam tinha uma câmera de vídeo sobre o ombro e um crachá de identificação do *Today Show* no pescoço, enquanto aguardávamos na parte de trás da Igreja Batista Abissínia, um marco neogótico no Harlem. Um coro gospel ensaiava melodias densas e alegres no santuário em forma de anfiteatro, e, acompanhando-o, ou, melhor dizendo, sobrepondo-o, estavam os berros de Wanda Robinson, uma mulher explosiva na casa dos cinquenta anos com pele cor de café com leite e longas unhas coloridas que eram um milagre da cosmetologia moderna.

– Os mantos do coro parecem cor-de-rosa pra você? – ela perguntou em tom desafiador à organizadora do casamento, cuja expressão exausta dava a entender que a noite tinha sido longa.

– Querida, se eles fossem mais cor-de-rosa, seriam ilegais ao sul da divisa Mason-Dixon.

– Eu quero cor-de-rosa! – disse Wanda, com o terninho verde justo espremendo seus amplos seios. – Não rosa forte. Tenho cento e cinquenta pessoas vindo no próximo sábado, e elas não estão à espera de um desfile da Victoria's Secret.

– Só porque elas não estão esperando por isso, não quer dizer que não iam gostar – disse um homem perplexo com cabelos grisalhos num corte militar, sentado no último banco.

Wanda se virou para nós e disse:

– Vocês podem levá-lo daqui quando quiserem.

O "ele" em questão se levantou e estendeu a mão. Ele também tinha uns cinquenta e poucos anos, constituição física de atacante de futebol americano, pele escura e um aperto de mão gentil.

– Meu nome é Duane Mackenzie. Todo mundo me chama de Big Mac.

– Todo mundo, com certeza, não – Wanda retrucou imediatamente, com sua voz aguda.

– Todo mundo, menos a Wanda – ele disse.

– Ele não é um hambúrguer – ela disse, com um enfático balançar de cabeça. – É um homem crescido, e de vez em quando age como um.

– Eu faria muito mais se você usasse um daqueles mantos cor-de-rosa.

Liam deu uma risadinha.

Meu problema era que havia um único casamento em que eu tinha interesse, que ocorreria em menos de vinte e quatro horas numa sinagoga seis quilômetros ao sul. Não tivera uma palavra de retorno de Melinda, mas continuei ligando mesmo assim. Ouvir a voz dela na mensagem da caixa postal era o mais próximo que consegui chegar. Eu sabia que devia desistir, e me dizia isso todas as vezes que checava minha caixa postal.

– Você tem um encontro hoje à noite? – perguntou Liam quando me flagrou olhando para o celular pela enésima vez.

Péssima ideia. Esse trabalho era o meu teste. Liam ficara satisfeito com o que chamou de meu estilo "despretensioso" no ar e lançou ao produtor executivo a ideia de fazer uma versão em vídeo de minha coluna de casamentos. Se eu passasse no teste, conseguiria um cargo na equipe ganhando três vezes meu salário anterior. Caso estragasse tudo, voltaria a ser desempregado.

– Não tenho encontro nenhum – garanti a ele. – Sou todo seu.

Estávamos arrumando os equipamentos no balcão enquanto Wanda era bajulada lá embaixo. Na verdade, Liam estava arrumando os equipamentos. Eu estava mexendo no celular, nervoso, e tentando mostrar que sabia o que estava fazendo.

– Então, você está no ritmo do casamento? – Duane me perguntou enquanto Liam terminava de prender a câmera ao tripé.

– É o que dizem – respondi.

– Sei – ele falou, soando em todos os detalhes como o músico de jazz que era.

Que sorte a minha. Finalmente tinha um músico para entrevistar e havia sido instruído a não fugir das perguntas sobre os motivos que o levaram a demorar trinta anos para se casar com sua namorada da faculdade.

– Ah, não posso dizer que sei a resposta a essa pergunta – ele falou arrastado.

Nunca um começo promissor.

Liam fez uma careta atrás da câmera. Estimulei Duane.

– Como era a Wanda na década de 70?

– A mesma de hoje. Recomeçamos exatamente de onde paramos. É claro que às vezes ela me trata como um de seus alunos do quinto ano, mas às vezes eu ajo como um.

Aquilo daria uma ótima citação para o aniversário deles de vinte anos de casados, mas para mim não servia para nada.

– Duane...

– Pode me chamar de Big Mac.

Eu poderia, mas me sentiria entrevistando o Papabúrguer.

– Geralmente, os homens não deixam a mulher que amam se casar com outra pessoa.

Ou talvez deixassem. Dei uma espiada no celular enquanto Duane ruminava sobre o que eu dissera.

– Depois da faculdade, ela deixou muito claro que queria uma aliança – ele disse.

– E você?

– Eu queria um trompete novo. – Algumas rugas se formaram em seus olhos quando ele abriu um sorriso sem graça para mim. Então se tornou contemplativo de novo. – Sabe, a coisa *é* meio que nem um ritmo.

– Como assim? – perguntei.

– O ritmo do casamento. É como a batida do tambor. O bumbo. Constante e lento. Vai ficando mais alto e mais pesado conforme mais e mais pessoas vão se juntando. Nos bongôs e nos tom-tons. Mas nem todo mundo ouve esse ritmo. Não, isso não é verdade. Todo mundo o escuta, mas alguns o ignoram. Algumas pessoas acham que têm dentro de si um ritmo diferente. Querem se mover em seu próprio ritmo. E, se tiverem sorte, vão conseguir. Vão encontrar um ritmo agradável que seja delas e somente delas, mas vai chegar um dia em que vão levantar a cabeça e se dar conta de que não tem mais ninguém dançando ao som daquele ritmo.

O ritmo do casamento.

Era o que vinha retumbando na minha cabeça pelos últimos cinco anos. Amplificado semana após semana, casal após casal. Um som estrondoso, esmagador e pulsante. Incessante. Que batia dentro de mim e me fizera admitir que eu era um fracasso no amor. Um fracasso em encontrá-lo. Um fracasso em compartilhá-lo.

Meu celular tocou. O número de Melinda brilhava na tela. Atendi sem pensar.

– Ela não quer falar com você! – A voz masculina trepidava. – Pare de ligar para ela – me ordenou Alexander. – Pare de ligar para ela, ou eu juro que vai se arrepender. – Foi tudo que disse antes de desligar.

Fiquei chocado demais para me preocupar. E não podia culpar o Alexander por estar com raiva. Ele não teria me ligado se não se sentisse ameaçado. E não se sentiria ameaçado a menos que...

Eu já estava descendo as escadas correndo antes de notar o olhar perplexo no rosto de Liam ou a curiosidade no olhar de Duane.

– Me desculpem – proferi no meio do caminho. – Tenho que ir. É uma emergência de casamento.

Desci correndo a 138th Street. Estava colocando em risco um trabalho que eu não poderia me dar ao luxo de perder. Precisava voltar, pedir desculpas a Liam e me recompor, que eram precisamente as instruções que eu dava a mim mesmo enquanto parava um táxi e dizia o endereço de Melinda ao motorista.

O táxi seguiu a toda velocidade pelas ruas noturnas, mas pareceu uma eternidade até chegarmos ao quarteirão de Melinda, o que me deu mais tempo para pensar no que eu estava fazendo e na sagacidade de fazê-lo. E esse era o maior dos meus problemas: pensar demais. Cada escolha era uma tarefa monumental para mim, porque eu nunca queria tomar uma decisão sem conhecer todos os fatos. O que era considerado uma qualidade admirável no meu trabalho havia se tornado uma característica debilitante no resto da minha vida.

Eu precisava relaxar. Precisava ser a abelha.

Não, isso era simplista demais. Eu estava repetindo como um papagaio o conselho de outra pessoa, quando não precisava de conselho nenhum para saber o que eu queria. Queria Melinda. Desde o instante em que a conheci. Ainda que tivesse hesitado, esperando, como sempre, para analisar os fatos. Mas não existiam fatos. Existia apenas sentimento. E eu não havia percebido como esse sentimento era raro e extraordinário até que fosse tarde demais.

Mas não era tarde demais. Ainda não.

Minhas mãos tremiam enquanto eu pagava a tarifa do táxi. Tentei respirar fundo, contar lentamente de um a dez, mas continuava perdendo a conta depois do três. Um furor de cores vívidas chamou minha atenção no canto da floricultura, e comprei rapidamente um buquê de lilases e um pacote de balas de menta.

Dava para ver uma luz acesa na janela de Melinda. Os últimos degraus até a porta de seu prédio foram a parte mais difícil. Eu estava apostando tudo num último passe, no fim do jogo, com o tempo acabando, tentando ganhá-lo, e, se não funcionasse, não haveria para onde fugir do inimigo. Estendi a mão até o interfone.

E então parei. Se ela não atendia minhas ligações, não havia motivo algum para que eu presumisse que me deixaria entrar. Seria fácil para ela ignorar o toque do interfone, e ela não teria que se arriscar a me ver nem a me ouvir. Minhas chances seriam bem maiores se eu vencesse sua resistência parado do lado de fora de seu verdadeiro apartamento e defendesse meu caso com apenas uma porta nos separando.

Ou uma janela.

Momentos depois, eu estava subindo desajeitado a escada de incêndio, feliz por ter praticado antes à luz do dia. Eu me inclinei por sobre o corrimão mais próximo ao apartamento dela e espiei lá dentro. Não havia nada na sala. Tive de olhar duas vezes para ter certeza de que estava no andar certo. Havia caixas de mudança empilhadas ao longo das paredes, de onde tudo tinha sido retirado. Nada de fotografias. Nem móveis. E nenhum sinal de Melinda.

Ainda assim, as luzes estavam acesas, então achei que ela estava no banheiro. Como eu chamaria sua atenção? Não tinha pensado nos detalhes, apenas em chegar como Romeu na janela dela, com lilases na mão. Eu estava considerando minhas opções quando ouvi um farfalhar lá dentro. Não tinha muito mais tempo antes que Melinda surgisse. Ou, mais precisamente, antes que surgisse uma grande caixa com pernas bem torneadas sob ela.

Bati gentilmente na janela. A caixa abaixou alguns centímetros, revelando um rosto aterrorizado. Mas era o rosto da mãe de Alexander. Ela gritou. Eu também. A caixa caiu. As flores saíram voando. Ela gritou mais uma vez. Em seguida, houve um som de vidro quebrando. Provavelmente, da caixa atingindo o chão. Não tenho como dizer com certeza, porque eu já estava correndo escada abaixo, na esperança de que ela não tivesse me reconhecido. E sabendo muito bem que tinha.

28

Socorro

A luz do sol da primavera invadia meu apartamento pelas frestas da persiana fechada. Mas parecia o dia mais negro da minha vida.

– Você chamou a polícia? – Hope perguntou.

Olhei para ela sem acreditar no que estava ouvindo.

– Para me entregar?

– Para se certificar de que a mulher estava bem.

Em muitas ocasiões eu admirei Hope por ser uma médica tão cuidadosa. Essa não era uma delas.

– Ela pode ter tido uma parada cardíaca – disse ela. – Pode estar caída inconsciente no chão daquele apartamento.

– Bom, nem ferrando que vou voltar lá pra descobrir.

– Quando foi que você se tornou tão babaca? – Hope estava enfurecida, mas, em minha defesa, era menos pelo que eu tinha feito e mais por culpa do A.J. – Nenhum homem dessa cidade tem senso de moral?

Para o crédito de A.J., por fim ele acabou ligando para Hope. E, para sua eterna danação, foi para a informá-la que iria se casar. Ao ser pressionado, ele admitiu que estava noivo o tempo todo em que eles namoraram. Achei que ele teria se saído bem melhor com o tradicional: "Não é você, sou eu".

– Qual é a dificuldade em pegar o telefone e ligar para a emergência? – resmungava Hope enquanto se entupia com os meus flocos de milho, que, surpreendentemente, eram bem eficientes para automedicação em casos de abrasões do coração. – Você nem precisava se identificar.

– Por que você não está preocupada com a possibilidade de *ela* ter ligado para a polícia? Pode haver um aviso da polícia para me procurarem enquanto estamos aqui conversando.

– Se a polícia estivesse procurando por você, não acha que já o teriam encontrado a essa hora?

Hope tinha razão. E isso queria dizer que eu podia parar de me encolher de medo cada vez que ouvia uma sirene. Verdade seja dita: eu não devia ter fugido da Genevieve. Devia ter ficado lá e mantido minha posição, além de exigir que ela me dissesse onde estava Melinda.

É claro que logo ela teria me golpeado com um alfinete de chapéu.

– E se ela estiver morta? – Hope perguntou, nervosa.

– E se não estiver? – contra-ataquei. – E se estiver no Templo Emanu-El, apertando a gravata-borboleta do filho, enquanto estamos aqui conversando? O casamento vai começar em menos de duas horas, droga!

Eu estava preso numa espiral que se fechava lenta e inexoravelmente.

Hope suavizou sua expressão.

– Desculpa – ela disse. – Não me dei conta de que era hoje. – Então ela me bateu no braço. – O que ainda está fazendo aqui?

– Onde eu devia estar? Invadindo o casamento? Isso seria loucura.

– O que não te impediu ontem.

– Eu fiz tudo que podia.

– Menos dizer à Melinda como você se sente.

– Ela não se importa com o que eu sinto!

– Porque ela não sabe! – As lágrimas de Hope surgiram com tamanha rapidez que fiquei desnorteado com o que as havia provocado. – Você deve a verdade a ela.

Eu tinha que parar de fazer as mulheres chorarem.

– Que tipo de pessoa usa um site de namoro quando está noivo e vai se casar? – ela gritou, chorando.

– Uma pessoa desprezível – garanti a ela, querendo que parasse de chorar, mas ao mesmo tempo a invejando por isso.

– O que há de errado comigo? – ela perguntou em tom de lamento. – Porque deve ter algo errado comigo. Ou eu só sou amaldiçoada?

Claramente ela estava fazendo essa pergunta à pessoa errada.

– Você não é amaldiçoada – eu disse, pensando que amigos deveriam coordenar suas crises emocionais para que elas não se sobrepusessem.

– Então talvez eu esteja provocando isso. Talvez eu esteja escolhendo de propósito caras propensos a me abandonar. Ou talvez eu os espante. Para que eu possa representar algum psicodrama infantil repetidas vezes. – Isso era o mais próximo que Hope tinha falado do pai em anos.

– Ou talvez o A.J. simplesmente seja um babaca – eu a consolei.

– O A.J. é um tremendo de um babaca!

Ela ainda estava chorando, mas também sorria.

Meu interfone tocou.

– Quem é? – Hope perguntou entre fungadas.

Eu estava esperando Liam quando ela chegou.

– Meu produtor – respondi, enquanto apertava o botão para abrir a porta do prédio.

– Ele não te demitiu?

A confiança dela em mim deixava a desejar, mas a de Liam também.

– Ele acabou de passar por uma separação ruim, então está com pena de mim.

E por "pena" eu quis dizer que ele havia me permitido implorar por uma segunda chance, que me seria concedida sob a condição de que eu concordasse em ser seu escravo particular. Ele ia deixar algumas gravações em vídeo comigo. Além de roupa suja para lavar.

Houve uma batida na porta e, enquanto Hope continuava buscando consolo no açúcar, eu, exausto, fui abrir a porta.

– Seu filho da puta de merda!

Não era o Liam.

Alexander estava com seu smoking de casamento e um olhar assassino. O rosto dele lembrava um tomate maduro.

– Porra, eu disse pra você ficar longe da minha noiva!

Pelo menos eu sabia que Genevieve estava viva.

– Tecnicamente, você me disse para não ligar para ela – falei, flertando com a morte.

– Vou te mostrar a técnica, seu merda!

Cuspe voava da boca dele.

Eu estava surpreendentemente calmo para alguém prestes a ser massacrado. Até que Hope surgiu atrás de mim. Pior do que levar uma surra do cara que se casaria com a mulher que eu amava seria que isso acontecesse na frente de Hope, que olhou boquiaberta para Alexander.

– A.J.? – ela disse.

Ele parecia ter sido atingido por um caminhão.

– Que diabos você está fazendo aqui? – ela perguntou.

Os olhos dele se alternavam entre mim e ela.

– Isso é algum tipo de armação?

Hope se virou para mim, com ar reprovador.

– Como você o conhece?

Eu já não sabia mais se o conhecia.

– Só fiquem longe de mim – murmurou Alexander, ou A.J., ou quem quer que ele fosse. – Vocês dois, fiquem bem longe de mim.

Ele desceu as escadas.

Hope e eu ficamos parados na porta, encarando o espaço vazio à nossa frente, chocados. Agarrei minha jaqueta e saí correndo.

– Aonde você vai? – ela gritou.

– Tenho que impedir um casamento.

A imponente fachada de pedra calcária e vitral do Templo Emanu-El se erguia ao longo da Quinta Avenida como a ornamentada parede de uma fortaleza. Um policial guardava as portas de bronze de três metros de altura. Eu temia que estivesse estacionado ali apenas para me deter. Mantendo a cabeça baixa, me juntei a algumas pessoas numa fila.

– Nome? – ele perguntou ao casal à minha frente sem tirar os olhos da prancheta.

– Estamos aqui para o casamento – disse uma mulher de meia-idade com "Long Island" estampado na testa e nas cavidades nasais.

– É por isso que estou perguntando seu nome. O prefeito estará na cerimônia, e só será permitida a entrada de pessoas cujo nome esteja na lista oficial.

– Que bacana!

"Frustrante" era a palavra que eu tinha em mente. Saí de fininho da fila para reavaliar a situação. Elaborando uma nova tática, fui caminhando discretamente, como se estivesse passeando, até a esquina da avenida, depois desci voando a quadra até a entrada de serviço. Havia um policial postado ali também.

De volta à Quinta Avenida, me faltavam opções além de sair correndo em direção à entrada e usar o elemento surpresa para passar pelo policial. Fiquei calculando minhas chances de encontrar Melinda antes de ser preso e lerem meus direitos quando quase colidi com o avô dela, que estava em sua pausa para fumar. Ou em seu turno de tocaia.

Ele estava virado para o outro lado, por isso não me viu girar nos calcanhares e dobrar a esquina novamente. Peguei um jornal numa lata de lixo na calçada e o usei como escudo para cobrir o rosto antes de seguir à frente com cautela. Olhei de relance acima das manchetes. O avô dela ainda estava lá. Usava uma bengala, mas, fora isso, parecia ter se recuperado bem. Duvido que seus médicos aprovassem o fato de ele fumar, mas era bem provável que também pensassem isso antes do ataque que sofrera. Talvez eu pudesse apelar para seu espírito rebelde. Ou poderia sequestrá-lo.

– O *The Paper* agora te paga para ficar vadiando em frente a sinagogas?

Não havia dúvidas de quem era a voz grave ou a tosse fleumática que veio em seguia.

– Eu posso explicar – eu disse.

– Duvido muito – ele grunhiu. – Então é isso que você considera cuidar da minha neta? Esconder o nariz atrás de um jornal do lado de fora do casamento dela?

Se não fosse pela dor na coxa onde ele me bateu com a bengala, eu teria achado que estava alucinando.

– Você se lembra de ter me pedido para fazer isso? – Eu tinha repassado o pedido dele em minha mente incontáveis vezes. – Presumi que tinha me confundido com o Alexander.

– Eu tenho problema de coração, não um tumor cerebral – ele me disse em tom de censura. – Vi como você olhava para ela. Só vi aquele olhar uma vez antes na minha vida. No rosto do meu filho, quando ele olhava para a mãe de Melinda.

Eu teria me desfeito em lágrimas se não estivesse com medo de que ele me batesse de novo.

– Preciso entrar – eu disse.

– Com certeza.

Ele foi se embrenhando rapidamente entre a multidão, girando a bengala no ar como se fosse um facão e cambaleando de um lado para o outro com seu jeito instável de andar.

– Velho chato com problema nos joelhos passando – disse ele.

Eu mal conseguia acompanhar o ritmo dele.

– Já passei no exame de admissão – ele vociferou para o policial, passando como um raio e me arrastando atrás de si pela manga da jaqueta.

– Espere um momento, senhor – disse o policial. – Preciso do nome desse cavalheiro.

– Ele está comigo.

– Eu preciso verificar o nome de...

– Ele é meu neto. O cabeça-oca do meu neto que aparece no último minuto sem avisar ninguém.

O policial parecia cético.

– Você vai privar um velho da companhia do neto?

Era uma súplica sincera, tirando a atitude teatral, mas o policial fez um sinal com a mão indicando que eu entrasse.

Assim que estávamos dentro do saguão de mármore travertino, o avô de Melinda me puxou para o outro lado da antecâmara oblonga, entre portas de metal que davam para uma escadaria de pedra.

– A Melinda está na sala da noiva, no porão – ele me informou.

Eu me lancei em direção à escada, mas ele me deu um tapa e apontou para um conjunto de portas do outro lado da escadaria.

– Lá dentro tem uma capela.

Por mais que eu apreciasse a ajuda dele, não achava que aquela era hora para uma turnê pela sinagoga.

– É um lugar discreto para você ficar – disse ele. – Vou dizer à Melinda que quero ter um momento em particular com ela e pedir que me encontre na capela. – Parecia um bom plano. – Depois disso você esta por conta própria, malandro.

Eu não sabia como lhe agradecer, então disse precisamente isso.

– Eu disse que você era meu neto lá fora – ele respondeu. – Se quiser me agradecer, não me faça passar por mentiroso.

Ele desceu mancando as escadas e me lancei pela entrada, encontrando um corredor curto que dava para mais portas. Quando as empurrei, ouvi vozes masculinas cantando "Ele é um bom companheiro".

Vi de relance homens corados de smoking e me joguei no chão.

"Ele é um bom companheiro, ninguém pode negar."

Seguiu-se um coro de gargalhadas e o tilintar de taças enquanto eu rastejava de volta pelos dois conjuntos de portas. Alto-falantes no meu cérebro transmitiam o alerta de emergência: "Abortar plano!" Ficando em pé num pulo, desci correndo as escadas, mas cheguei a um beco sem saída quando avistei um coque prateado subindo. Sob o coque estava Genevieve, com os olhos voltados para baixo, observando os degraus em seu vestido cinza-ardósia de mangas longas.

– Simplesmente não dá tempo – ela disse a uma dama de honra que a acompanhava. – A Melinda pode falar com o avô depois da cerimônia.

Dando meia-volta, pulei dois patamares e passei por uma entrada aberta, fechando a pesada porta de madeira atrás de mim. Eu me virei para ver onde estava e fui saudado pela rajada de um órgão de tubos tocando Bach. Eu estava na parte de trás do balcão do templo, olhando para a basílica arqueada de dez andares de mosaicos de mármore e ladrilhos folheados a ouro. Havia um elaborado arco matrimonial de vinhas de glicínias e orquídeas, e os convidados já enchiam os assentos de madeira escura lá embaixo. Eu estava ficando sem tempo.

Encostei a orelha na porta para tentar ouvir passos. Como não ouvi nada, fiz pressão contra a porta. Ouvi um clique. Eu não queria ouvir um clique. Um clique não era meu amigo. Empurrei a porta de novo, mas ela não cedia. Eu estava trancado ali dentro. Não, eu estava amaldiçoado.

Eu me imaginei preso no balcão durante a cerimônia, forçado a testemunhar o casamento contra a minha vontade. A menos que eu reencenasse o fim do filme *A primeira noite de um homem*, gritando o nome de Melinda – e então pedisse que ela subisse as escadas para me resgatar.

O suor escorria da minha testa, mas eu me recusei a entrar em pânico. Daria certo. *Tinha* que dar certo. Fazendo uma varredura com o olhar pelo balcão, vi uma saída do outro lado. Fui me arrastando, encostado à parede da sinagoga, passando por uma fileira de janelas incrustadas de joias reluzentes. Então virei rápido e me deparei com outra escadaria.

E desci.

Fui meio correndo, meio pulando, deslizando ao longo de cada patamar e girando até o próximo lance de degraus, até chegar ao térreo, passar correndo por um conjunto de portas e entrar no saguão. Eu estava a pleno galope quando Alexander surgiu da extremidade oposta. Reverti meu curso e, num impulso, voltei à escadaria.

Eu arfava enquanto andava no pequeno vestíbulo. De um lado para o outro. De vez em quando batia a cabeça na parede de pedra. Ouvi o som abafado do órgão tocando a "Marcha nupcial" de Mendelssohn. Podia muito bem ser a "Marcha fúnebre". Espiei por uma pequena janela na porta e pude ver os padrinhos e madrinhas alinhados no saguão – os homens de smoking cinza escuro e as mulheres de vestido de manga japonesa num tom de cinza mais claro, carregando buquês de orquídeas brancas. A absoluta inevitabilidade daquilo tudo era esmagadora. Ocorreu-me que eu deveria me retirar. Sair à francesa depois que a cerimônia começasse.

Foi então que a vi.

Uma princesa de conto de fadas num vestido branco de tule em cascata flutuando pelo chão lustroso. Os braços desnudos e esguios pairavam em volta do corpete de seda bordado. Cachos macios emolduravam-lhe o rosto.

Eu não saberia dizer quanto tempo passei ali paralisado, mas, antes que me desse conta, a dama de honra estava entrando no santuário, e as antigas portas de imbuia se fecharam atrás dela. Melinda estava sozinha. Inspirei fundo. Tudo na vida é uma escolha, e eu estava escolhendo ser feliz.

Abri a porta.

– Melinda – eu disse, seguindo na direção dela, que se encolheu, surpresa. – Não há desculpa para o que estou fazendo. – Busquei em seus olhos sinais de encorajamento, mas tudo que encontrei foi aflição e confusão. – Só que eu estou apaixonado por você, e acho que é desde o Ano Novo. Desde que te vi naquela festa. – Eu estava achando a linguagem uma forma terrivelmente ineficiente de comunicação. – É claro que me lembro de ter conhecido você lá. Eu me lembro da primeira coisa que você me disse. Você estava parada no terraço e me perguntou se eu tinha uma corda de bungee jump. Você disse que queria uma fuga rápida. Bom, eu sou sua corda de bungee jump. Ou quero ser. Quero ser aquele que te deixe voar e te mantenha a salvo.

Ela não disse nada. Não a princípio. Mas isso não durou muito tempo.

– *Agora?* – foi o que ela disse. – Você está me dizendo isso *agora*? – Ela arremessou as palavras sobre mim.

– Antes tarde do que nunca?

Ela me olhou como se eu tivesse duas cabeças e então me deu um tapa na cara. Forte. Por essa eu não esperava.

As portas do santuário se abriram, e, quando me virei e me deparei com o rosto de quatrocentas pessoas me encarando, Alexander me nocauteou.

Bom, *por essa* eu devia ter esperado.

Enquanto eu cambaleava, pensei comigo mesmo: *Ele tem o direito.* Afinal, eu entrei sem ser convidado e estava interferindo no casamento dele. Envergonhando o cara na frente da família, dos amigos e do prefeito da cidade de Nova York. Percebi que meu comportamento era abominável.

Então me lancei para cima dele e meti a cabeça em seu plexo solar. Ou algo ossudo ali perto.

Os convidados soltaram gritos agudos e se dispersaram quando ele caiu para trás no corredor da sinagoga. Eu estava em cima dele. Por pouco tempo. Antes de os padrinhos do noivo me puxarem e me tirarem dali. Eu gostaria de dizer que bati tanto quanto apanhei, mas estaria mentindo. Eles estavam tirando meu couro.

– Parem com isso! – Melinda gritou.

Eu vi estrelas. Ouvi sirenes. Bom, ouvi uma sirene. Cujo som ia ficando mais alto. Chegando mais perto. Depois senti meu corpo ser erguido. Então era isso? Era essa a sensação de ter sacrificado tudo por amor? Se fosse, eu me perguntava por que meus braços doíam. Então percebi que dois dos padrinhos estavam me erguendo pelas axilas para que Alexander me desse o golpe final.

– Você tem muita coragem de aparecer aqui! – disse ele, cuspindo.

Alexander estava puxando o braço para trás, de forma a causar o máximo de danos, quando seu queixo foi atingido por um punho cerrado.

Para ser preciso, o punho cerrado de Hope. A sirene da ambulância ainda soava enquanto ela estava lá parada com uma maca, dois paramédicos e Liam, com a câmera de vídeo grudada no olho.

Alexander ainda esfregava o maxilar quando Hope voltou para um segundo round, socando-o com toda a força no estômago. Ele se curvou.

– Essa é pelos Médicos sem Fronteiras – disse ela, chacoalhando a mão.

– Quem diabos é você? – Melinda estava estupefata.

Hope olhou para Melinda como se ela tivesse algum problema mental.

– Sou sua fada madrinha, minha filha!

– Não dê ouvidos a nada que ela disser – Alexander falou, tossindo. – Ela é uma vadia idiota.

Parti para cima dele. Minhas mãos buscavam seu pescoço, que era muito grosso, o que só piorava as coisas. Pressionei os polegares contra sua traqueia enquanto nós dois caíamos no chão.

– Nunca mais diga isso – rosnei. Não sei o que deu em mim, mas eu meio que gostava disso, presumindo que não acabasse indo parar na cadeia nem morto. – Está me ouvindo?

Não houve resposta. Apertei com mais força.

– Sim – ele respondeu gorgolejando.

Eu o soltei. Uma sensação de poder infinito me invadiu e me pus de pé. Eu era o rei do mundo, ou ao menos de uns poucos metros quadrados dele. Até que vi a expressão aflita no rosto de Melinda, e meus joelhos cederam.

Os paramédicos foram rapidamente para o meu lado e me carregaram até a maca. Nas minhas mãos havia sangue – eu não sabia ao certo de quem. Passei o braço na boca e ele ficou com mais sangue. Isso basicamente respondia à minha pergunta.

– Melinda! – gritei enquanto era levado embora na maca. Havia tanta coisa que eu queria dizer. Tanto que queria explicar. – Desculpa por ter estragado sua festa de casamento.

29

A sanidade está nos olhos de quem vê

A sirene continuava tocando enquanto seguíamos a uma velocidade imprudente pelas ruas da cidade. Eu estava deitado na maca, dolorosamente ciente de cada buraco nas ruas. Hope enfiou a terceira agulha em mim em três minutos, e Liam moveu a câmera para obter um close.

– Quer desligar essa coisa? – grunhi.

Ele negou com a cabeça.

– Por que diabos não?

– Muito bem – disse ele. – Demonstre emoção. Ficar deitado inerte na maca é meio caído.

Hope o mandou ficar quieto. Ele virou a câmera para ela, que ficou corada.

– Não irrite o Gavin – disse ela, falando como se eu não estivesse ali. – Acabei de dar um sedativo a ele.

– Não preciso de sedativo – eu disse. – E não preciso ir pro hospital. Tentei me sentar, mas uma dor paralisante na lateral do corpo me convenceu a abandonar essa ideia.

– O nosso Hulk Hogan aqui está pronto para o próximo round – disse Liam.

Meu celular tocou e o procurei desajeitadamente. Meus dedos se mexiam em câmera lenta, mas eu estava determinado a atender, ansioso para ouvir a voz de Melinda.

– Gavin, por que você não retornou as ligações do seu irmão? – Não era Melinda. – Ele disse que deixou três mensagens sobre possíveis locais para o casamento.

Desde que Gary e Leslie anunciaram o noivado, minha mãe havia se tornado a organizadora não oficial do evento. O surpreendente era que Leslie dizia estar gostando da ajuda dela.

– Eles estão pensando em se casar em Nova York, e você é o especialista. Por que estou ouvindo uma sirene?

– Eu meio que estou numa ambulância.

Eu me preparei para escutar um grito agudo, que não veio.

– Você sofreu um acidente?

Dei a resposta simples:

– Sim.

Ainda nenhum grito agudo.

– Estou bem – acrescentei.

– Não esquece de dizer aos médicos que você tem alergia a cloro.

– Acho que eles não vão me levar para nadar.

Achei ter ouvido minha mãe dar risada, mas pode ter sido efeito dos remédios.

– Você me liga do hospital?

A voz dela estava calma. E tranquilizante. Eu tinha esquecido que ela sempre fora boa para lidar com emergências. Quando eu era criança, quebrei os braços e dei perda total em carros – uma vez, isso aconteceu ao mesmo tempo. E ela sempre foi a Supermãe, indo me resgatar sem questionar nem reclamar.

– Ligo sim – eu me ouvi prometendo.

– Eu amo você, Gavin – ela disse antes de desligar.

Aquelas eram exatamente as palavras que eu queria ouvir. Só queria que alguém além da minha mãe as dissesse para mim.

Eu me virei para Hope quando um pensamento sombrio se infiltrou em minha mente grogue.

– Você não acha que a Melinda vai seguir em frente com o casamento, acha?

Eu podia ouvir Alexander implorando perdão. E, pior ainda, Melinda cedendo. Eu os via descendo juntos a nave da sinagoga manchada de sangue. Então abri os olhos.

Havia luzes fluorescentes acima da minha cabeça, e a luz do dia fluía por uma pequena janela. Eu estava num leito de hospital, conectado a um fio intravenoso. Minha dor de cabeça era latejante. Fui esfregar atrás da orelha e me deparei com uma gaze em volta da cabeça. E mais em torno das costelas.

Uma jovem estudante de enfermagem estava parada aos pés do meu leito, segurando a prancheta com meus dados. Abriu um sorriso para mim e disse:

– Sua namorada acabou de ir embora.

Vi ao lado do leito um post-it escrito por Hope.

– Ela não é minha namorada.

O bilhete dizia: "Bom dia, Hulk. Eu volto no meu intervalo".

Notei também que ela deixara um cartão de melhoras. Eu o abri. "Eles não fazem um cartão decente para esse tipo de situação, mas espero que você se sinta melhor". Estava assinado: "Melinda".

Dei uma guinada no leito, ignorando os protestos do meu corpo.

– Quando ela saiu? – perguntei à aluna de enfermagem.

– Quem?

– A Melinda – eu quase gritei.

Sem resposta.

– Minha namorada.

– Você disse que ela não era sua namorada.

– Você viu alguém deixar este cartão aqui? – perguntei, abanando o cartão como se estivesse tendo convulsões.

– Acabei de te falar, ela saiu cerca de um minuto antes de você acordar.

Girei as pernas para sair do leito.

– O que está fazendo? – ela me perguntou.

Agarrei o suporte de soro e me dirigi até a porta.

– Volte para o seu leito.

Isso não ia acontecer, mas também eu não sairia em disparada corredor abaixo. Uma dor pungente tomou conta do lado direito do meu corpo.

– Você está com duas costelas quebradas e traumatismo craniano – ela me repreendeu, nervosa, me seguindo. – Aonde você está indo?

Eu gostaria de saber. Eu meio que me arrastava, meio que tropeçava no corredor, até que cheguei a uma encruzilhada. Bem, a uma interseção de corredores. Melinda poderia ter seguido qualquer uma daquelas três direções.

– Vou chamar os seguranças – a enfermeira ameaçou.

Melinda tinha uma vantagem inicial em relação a mim, e não estava presa a um aparato médico. Dois serventes do hospital se aproximaram e pareciam prontos para me derrubar. Estava na hora de dar meia-volta.

E ali estava ela. Na entrada do meu quarto.

Se eu não podia correr, conseguia pelo menos mancar a um passo acelerado. Melinda não recuou quando viu um homem enlouquecido, com bandagens pelo corpo e arrastando um suporte de soro. Ela estava sorrindo do jeito como eu me lembrava da primeira vez em que a vi. E instantes depois ela estava nos meus braços.

Era o momento com o qual eu sonhava fazia meses, daqueles que eu via em filmes bregas, em que a câmera fazia piruetas em volta do casal e o som dos violinos aumentava. Nossos lábios se encontraram com ansiedade e nosso corpo se mesclou enquanto eu a mantinha junto a mim. Tirando a camisola do hospital e a dor no abdômen, era tudo que eu poderia ter desejado.

Minutos se passaram. Milênios, talvez. Meus dedos massageavam um local macio entre suas omoplatas enquanto fazíamos uma pausa para respirar.

– Eu não perdoei você – ela disse baixinho. – Não sei se algum dia conseguirei fazer isso.

Os violinos pararam de tocar abruptamente com um som agudo e estridente.

– Não é que eu não tenha apreciado ficar sabendo que o Alexander é um canalha mentiroso. Só acho difícil acreditar que um repórter tão experiente quanto você não tenha conseguido achar hora e local melhores para me informar a respeito disso.

Assenti. Com esse movimento, veio uma dor pungente. Eu não tinha como contestá-la nesse ponto.

– Desculpa – eu disse, fazendo um movimento para beijá-la mais uma vez. As coisas ficavam muito melhores quando nos beijávamos.

– Por que você não se sentia atraído por mim antes do meu casamento? – ela me questionou, se afastando de mim.

– Eu me senti atraído por você desde que nos vimos pela primeira vez.

– Isso é o que você diz agora.

– Eu queria ter dito isso a você na época.

– Mas não disse.

Eu me arrependeria disso pelo resto da vida.

– Desculpa por isso também.

Peguei a mão dela nas minhas e tracei os contornos de sua palma. Quando ergui o olhar, os olhos dela estavam marejados.

Ela retirou a mão da minha e limpou os olhos.

– Eu vim aqui para me despedir. – Foi então que notei a grande mochila apoiada na porta. – Eu tenho uma passagem não reembolsável para a Tailândia e decidi usá-la.

Eu não sabia como a convenceria da minha sinceridade se ela estaria do outro lado do planeta, mas eu a apoiaria, mesmo que isso me matasse. E parecia que isso poderia mesmo me matar, já que meu corpo doía tanto.

– Tirar um tempo para você mesma parece uma boa ideia.

– O Jamie vai comigo – disse ela, desviando o olhar. – Depois vamos voltar ao Nepal. Vou ser voluntária no mesmo orfanato em que trabalhei um ano atrás. Também vou fazer mais pesquisas para o meu livro. Talvez eu passe um tempo na Índia. Não temos nada muito planejado.

Minha dor de cabeça estava piorando, e eu não estava acompanhando completamente o que ela dizia.

– Não sei quando volto.

Essa parte eu tinha entendido.

– Sinto muito, Gavin, mas eu só não quero ter de lidar com...

– Comigo? – perguntei. Minhas costelas pulsaram em espasmos sincopados de dor, e tive que me sentar no leito.

– O que você fez ontem à noite foi a coisa mais humilhante que já me fizeram. – Ela veio na minha direção, e previ que levaria outro tapa. Mas, em vez disso, ela me beijou. Na boca. – E talvez a mais maravilhosa.

Ela pegou a mochila do chão e saiu correndo do quarto – e, mais uma vez, ela se fora.

Epílogo

Mais uma semana, mais um casamento

A linha do horizonte do centro da cidade estava esplêndida do outro lado do porto, enquanto eu esperava, sozinho, no balcão de madeira desbotada pelo sol, sob o calor de agosto.

– Gim tônica – disse o barman, me entregando o copo cheio até a borda.

Eu me concentrei em manter as mãos firmes e voltar até a mesa com o conteúdo do copo intacto. Caminhando descalço na areia quente, não parecia que eu estava num casamento, e era exatamente isso que Gary e Leslie tinham em mente.

Leslie, natural de Nova York, queria um casamento na cidade, mas sem tantas despesas nem tanta formalidade. Por isso os sanduíches de lagosta e os mariscos fritos no Water Taxi Beach, um oásis urbano numa ilha próxima de Manhattan aonde se chegava em táxis aquáticos amarelo-canário.

– Gavin – Hope me chamou, com Liam ao seu lado. – Fiquei tão comovida quando seus pais disseram que me consideravam parte da família.

– Não devia ter ficado assustada? – perguntei.

Ela me ignorou.

– Foi muito legal da parte deles me incluírem na festa, e obrigada por conseguir um convite para o Liam.

– Isso quer dizer que agora eu tenho que lavar a *sua* roupa suja? – ele me perguntou.

Ele me devia muito mais do que lavar minhas roupas. Minha vida tinha se tornado um teste de personalidade público desde que o vídeo do casamento de Melinda se tornara viral. Todo mundo, do *The Huffington Post* ao *The Daily Show,* havia dado pitaco sobre a minha travessura. A notoriedade matou minha efêmera carreira no *Today*. Eles me dispensaram antes mesmo de o meu primeiro trabalho ir ao ar.

Felizmente, existe um lugar que acolhe as vítimas do sensacionalismo dos tabloides, chamado Fox Broadcasting Company. Em uma semana, Liam e eu fomos chamados para ser coprodutores de um novo reality show, *Noivas dando vexame*.

Só fiquei com um pouco de inveja quando ele conseguiu também uma namorada com isso tudo, mas ele parecia ser um bom par para Hope. Antes de eles se dirigirem ao bar, ela me perguntou:

– Você sabia que ele trabalhava para os Repórteres sem Fronteiras?

Eles se afastaram de braço dado, e acelerei o passo, sorrindo para parentes distantes e tentando não parecer agitado.

– Posso ter a atenção de todos?

Era Gary segurando o microfone do DJ, parado na pista de dança em frente à praia. Eu me senti obrigado a parar onde estava.

– Obviamente não somos muito ligados em tradições – disse meu irmão. Com o colarinho da camisa aberto e a calça de linho enrolada até os joelhos, ele parecia mais alguém saído de um anúncio de moda casual do que um noivo. – Mas eu queria dizer algumas palavras sobre essa mulher maravilhosa com quem acabei de me casar. – Leslie ficou ruborizada, e seu vestido branco de verão ondulava na brisa leve. – Como disse Adam Sandler em *Como se fosse a primeira vez,* "O amor não é um sentimento. É uma habilidade".

– Não foi o Adam Sandler quem disse isso – Leslie interferiu. – Foi o Steve Carell em *Eu, meu irmão e nossa namorada*.

– Não, não foi o Steve Carell – disse Gary. – Foi a garota que fazia o papel da filha dele.

– Não foi a filha. Foi o namorado da filha.

– Que se dane o discurso – ele disse.

Enquanto ele a tomava nos braços bronzeados, os Beach Boys cantavam, numa melodia gravada: "God only knows what I'd be without you".

Observando-os juntos, senti um anseio familiar. Fui correndo até a mesa de madeira à qual minha família estava sentada e coloquei o drinque, que já estava escorrendo, em cima de um guardanapo.

Melinda ergueu o olhar para mim com um sorriso agradecido.

Eu queria me lembrar eternamente de como ela estava com a luz do fim da tarde banhando seu rosto em sombras douradas. Eu queria me lembrar de todos os momentos com ela. Passar apenas alguns minutos longe dela, para pegar um drinque, já me deixava ansioso para voltar a ficar ao seu lado.

Ela vestia um sarongue coral que trouxera do Nepal, e me sentei deixando os dedos repousarem na curva de seu braço desnudo. O avô dela deu uma piscadela para mim. Ou eu deveria dizer Max. Já que era assim que ele insistia que eu o chamasse. Gary o convidara como um favor para mim e como uma possível companhia para nossa avó, mas ela mal falara com ele.

– Que tal a gente se exibir na pista de dança? – Max perguntou a ela, se levantando.

– Acho que não seria apropriado – minha avó respondeu, alisando o vestido preto de algodão.

– Mãe, quem se importa com o que é apropriado? – disse minha mãe. – É um lindo dia de verão.

– Curtam o dia – acrescentou meu pai, enquanto ajudava minha mãe a se levantar.

Meus pais tinham sido transformados em alienígenas. Alienígenas amáveis e fofos. Tinham passado o fim de semana inteiro de mãos dadas e dando risadinhas, o que estava me deixando apavorado.

– Não sei... – minha avó estava hesitante.

– Estou pedindo para dançar com você, não para namorar com você – Max brincou.

– Bem, então você não é muito ambicioso – ela retrucou, tomando o braço dele com cuidado.

– Existe algum motivo pelo qual nós somos os únicos que ainda estão sentados? – quis saber Melinda.

– Sim – eu disse. – Sou um péssimo dançarino.

– Essa desculpa é que é péssima.

Ela se levantou e me conduziu até a pista de dança. Ao ver o balanço de seus braços e os movimentos rápidos de seus quadris, eu era um homem feliz.

"Wouldn't it be nice to live together?", cantavam os Beach Boys, e, conforme a canção continuava, segurei a mão de Melinda na minha, da forma como tinha feito tão brevemente no dia em que nos conhecemos.

– Seus pais são uns amores – ela disse.

– Aqueles não são os meus pais.

– Bom, seja lá quem forem, eu gosto deles.

Eu a puxei para perto de mim, tentando esconder minha total falta de ritmo.

– E eu gosto dessa música.

Murmurei que concordava, sussurrando ao ouvido dela:

– Algo mais de que você goste?

– Um pouco mais a cada dia.

Beijar Melinda era fácil. Difícil era não pisar em seus pés. Eram tantos os casais ao nosso redor, se movendo ao som da mesma música. Ela pressionou o corpo contra o meu, e pude sentir o ritmo.